BLIZZARD

ROBERT BRACK

BLIZZARD

THRILLER

ELLERT & RICHTER VERLAG

Vorsehung oder Verhängnis,
man hat die Wahl.
Balzac, Geschichte der Dreizehn

0

Glitzer, glitzer. Die Welt ist eine Kathedrale, erbaut aus Kristallen, üppig geschmückt mit leuchtenden Diamanten, überdeckt mit schimmerndem Staub wie Puderzucker.

Wie durch zigtausend Prismen bricht sich das Licht der aufgehenden Sonne in dem glänzenden Schmuck, der mit großzügiger Hand über die Welt verteilt wurde. Winzige Regenbögen explodieren, als sie den Kopf neigt. Das Blau der Eisfläche spiegelt sich im Himmel. Das grelle Licht schmerzt in ihren Augen. Schönheit tut weh.

Meterhoch türmen sich Eiswände und Schneeschichten, bizarre Formen aus gefrorenem Wasser, mal grellweiß, mal bläulich matt oder grau, mal durchsichtig wie Glas. Zapfen und Zacken, erstarrte Tropfen. Manches sieht aus wie geronnene Luft, als wäre der Sturmwind erstarrt. Wasserwirbel schockgefroren, überschäumende Brandung in der Bewegung gestoppt, ein Wald aus Stämmen, Zweigen, Nadeln, Disteln und Dornen aus Eis. Dünen aus feinsten Kristallen. Gebirge aus Blöcken von gefrorenem Wasser, krustig und mit scharfen Kanten wie Blätterteig aus Eis, garniert mit Baisers aus Schnee, verziert mit frostiger Zuckerwatte.

Schwacher Atem stößt dampfende Wolken aus.

Luft! Luft! Wie kann es sein, dass zu wenig Luft in der Luft ist? Jeder Hauch ist so kalt, dass Nase und Kehle einfrieren.

Inmitten der Eisfläche hockt sie da wie eine Marionette, der man die Fäden zerschnitten hat, auf einem angewinkelten Bein, das andere nach vorn gestreckt. Im groben Mantel, die Füße in klobigen Stiefeln. Dicker Wollschal, Fellmütze. Der Mantel ist so groß, dass er sich wie ein Zelt um sie ausbreitet. Ihre Kleider sind trotz des Glitzerflaums, mit dem sie gepudert wurden, ein hässlicher dunkler Klecks in dieser makellos weißen Umgebung.

Übrigens ist sie nicht der einzige dunkle Fleck in diesem reinlichen Paradies. Da ist noch einer, neben ihr. Erstarrt sitzen sie da, als wären sie aneinander festgefroren.

Rote Streifen ziehen sich durch den Schnee, als farbige Nuance eingeträufelt in das alles beherrschende Weiß. Ein paar Spritzer auf dem klaren Eisfenster, das ihren Blick in die dunkle Tiefe des Meeres lockt. Das Rot versickert im Schnee, das warme Rinnsal gräbt ein winziges Flussbett, dann verblasst es mehr und mehr, übrig bleibt nur eine Ahnung von Leben.

Ist das mein Blut, fragt sie sich. Fließt es noch? Oder ist es längst erstarrt?

Diese Helligkeit tut weh. Dieses verdammte, grell schimmernde Eis! Der Himmel wölbt sich wie eine blaue Kuppel über der weißen Wüste. Alles ist still. Die letzte Flocke ist herabgesunken, in der Glaskugel herrscht Ruhe. Wäre es nicht an der Zeit, dass jemand sie nimmt und schüttelt, damit ein neues Schneegestöber entsteht und denen die Sicht nimmt, die mich einfangen wollen? Wo ist die mächtige Hand, die uns hilft, dem Verhängnis zu entkommen?

Los doch! Greif zu! Schüttle das Glas! Lass uns verschwinden im wilden Schneegestöber und mit uns die ganze Welt.

1

Die kleine weiße Kugel rotierte im Kessel, getrieben von der Macht der Rotation, prallte ab von unsichtbaren Hindernissen, flitzte als Querschläger über den Kranz der roten und schwarzen Zahlen, ließ sich von den vorstehenden Rauten schikanieren, surrte, klackerte, eierte herum, ignorierte die grüne Null und fiel schließlich nach einer halben Ewigkeit in eins der Fächer. Dreiundzwanzig, rot, ungerade. Und wieder schob der Croupier die Jetons auf die andere Seite des Tischs, wo sie sich vor der blonden Frau im kleinen Schwarzen auftürmten. Die hat wirklich Glück, dachte Gisela. Nur gut, dass Karl mir vor allem kleinteilige Chips in den Beutel gelegt hat, sonst müsste ich mir noch Gedanken über meine Ausgaben machen.

Die junge Frau trug eine hübsche Perlenkette um ihren Schwanenhals. Wenn die echt ist, würde es reichen, ihr in einer Seitenstraße eins über den Schädel zu ziehen und mit dem Ding das Weite zu suchen. Wäre das nicht genug? Aber sie sah schon das scheinheilig-geschäftsmäßige Gesicht von Karl vor sich: „Na meine Liebe, du weißt doch, dass ich dir nur einen Bruchteil vom eigentlichen Wert auszahlen kann.“ Sei's drum, spontane Raubüberfälle waren sowieso nicht ihre Sache. „Und außerdem arbeiten wir nie am Wochenende“, hatte Frieder mit einem schelmischen Lächeln gesagt, „denn am

Wochenende haben die Banken geschlossen." Frieder, der gerade wegen bewaffnetem Raubüberfall in Santa Fu hockte.

Gisela vergewisserte sich, ob ihre dunkle Lockenmähne noch immer so üppig auf ihre Schultern fiel wie erwünscht und strich dann mit kalkulierter Nervosität über ihr dunkelblaues Kleid, zu dem sie weiße Glacéhandschuhe trug, die bis zu den Ellbogen reichten. Sie wolle das Spielgeld nicht mit den bloßen Händen berühren, weil das Unglück bringe, hatte sie Karl erklärt. Der hatte gelacht und gesagt: „Ja, ja, Aberglaube ist in unseren Kreisen weit verbreitet. Setzt du auf die Dreizehn?"

„Die Dreizehn ist schwarz, dabei müsste sie doch rot sein", hatte sie geantwortet. Er hatte nachsichtig gelacht, mit selbstgefälligem Unterton: Menschen, die abergläubisch sind, so kündete dieser Unterton, sind leichter zu beherrschen.

Das war an der Bar gewesen, wo er ihr das Säckchen aus Samt – dunkelblau, passend zu ihrem Kleid – übergeben hatte. Spielgeld. Eine Investition in die Zukunft.

Die Blondine auf der anderen Seite lächelte. Leicht verschämt, stolz und zurückhaltend zugleich. Sie wollte nicht triumphieren, das sprach für sie. So viel Lebenserfahrung hatte sie mit schätzungsweise Mitte Dreißig schon gesammelt. Immerhin hatte sie bereits ein paar hundert Deutsche Mark vor sich aufgehäuft, und nicht wenige der Jetons stammten aus dem Säckchen von Giselas Geschäftspartner Karl Schneider, den manche „Beutel-Schneider" schimpften.

Schneider war gegangen. Das hatte sie sich ausgebeten. „Du musst mir nicht beim Verlieren zuschauen", hatte Gisela gesagt. Was ihn amüsiert hatte: „Aber du verlierst doch absichtlich." Und sie hatte hochmütig entgegnet: „Umso schlimmer, mein Lieber."

„Faîtes vos jeux!" Man sprach Französisch im neunten Stock des Hotels Intercontinental in Hamburg an der Außenalster. Das nagelneue Kasino war eine internationale Attraktion. Anfang des Jahres hatte der Finanzsenator die erste Kugel geworfen, jetzt ging das Jahr 1978 seinem Ende entgegen und der Ko-Investor Staat konnte zufrieden sein, er sahnte mit ab.

So wie die Blonde gegenüber, die gerade ihren Einsatz an die Transversale 16-18 gelegt hatte. Wieder zwei rote und eine schwarze Zahl. Gisela bildete sich ein, die Blonde würde mehr auf rote als auf schwarze Zahlen setzen. Was sie allerdings nicht mathematisch belegen konnte. Ergo: Aberglaube.

Die Frau mit der Glückssträhne blickte irritiert auf. Sie hatte eine Stimme gehört. Ihre Augen, die eben noch das Tableau gemustert, den Croupier angelächelt und Gisela einen entschuldigenden Blick zugeworfen hatten, irrten hektisch hin und her. Als würde sie nach einem Fluchtweg suchen.

Gisela schaute sie betont erstaunt an. Aber ihr Versuch mütterlich-mitfühlend zu wirken – sie war etwas älter als ihr Gegenüber – ging ins Leere. Denn im gleichen Moment, als die Kugel geworfen wurde und über den schwarzen Kesselrand surrte, sprang die Blonde auf. Als der Croupier „Rien ne va plus" sagte, wandte sie dem grünen Tisch den Rücken zu, und als die kreisende Kugel ihren Radius verengte, ins Trudeln geriet und zu klackern anfing, eilte sie mit weit ausholenden Schritten davon und wirkte dabei durchaus sportlich. Unter dem Kleid, das an den Schultern gepolstert war, sich ansonsten eng an Hüften und Oberschenkel schmiegte, konnte Gisela kurz das Muskelspiel beobachten.

Der Blickrichtung nach zu urteilen, hatte die Blonde an der Bar etwas Beunruhigendes bemerkt. Gisela schaute betont desinteressiert hinter sich. Dort plauderte eine seriös wirkende, ältere Hanseatin in einem altmodischen dunkelgrünen Abendkleid mit einem graumelierten Herrn im dunklen Zweireiher. Sie trug Goldschmuck, der nicht zu ihrem toupierten platinblonden Haar passte.

Aber das war jetzt nebensächlich, denn die Geflüchtete hatte erneut gewonnen, wie der Croupier leicht irritiert annoncierte. Und nicht zu knapp: elfmal einhundert macht 1100 Deutsche Mark, das war kein Pappenstiel. Damit konnte so eine junge Frau schon mal einen Monat durchkommen, wenn sie keine allzu hohen Ansprüche stellte.

Die anderen Spieler schüttelten die Köpfe, lächelten verlegen, zuckten mit den Schultern, blickten sich suchend um.

„Ich schau mal, ob ich sie finde“, sagte Gisela im Aufstehen. „Das wäre doch zu dumm.“ Als ob ein Kasino keine Vorkehrungen für derartige Fälle getroffen hätte. Aber das war ja egal, sie wollte die Blonde jetzt nicht wieder verlieren.

Gisela durchstreifte die diversen Räume, Bars, Foyers, Lounges, die Säle mit dem amerikanischen Roulette, die Blackjack- und Poker-Tische. Nichts zu machen. Gleichzeitig fühlte sie sich irgendwie beobachtet. War Schneider noch da?

Blieb nur noch das Inspizieren der Toiletten übrig. Ebenfalls Fehlanzeige. Alles leer, niemand stand händeringend vor einem der modernen Waschbecken mit den blitzenden Armaturen und starrte verzweifelt in den Spiegel. Auch die Kabinentüren standen sämtlich sperrangelweit auf. Na schön, wenn wir schon mal hier sind – Gisela steuerte das nächstliegende Klosett an. Trat ein, schob die Tür zu, hielt inne.

Draußen im Flur näherten sich hastige Schritte. Klappernde Absätze, leicht unregelmäßig, wie von einer Frau, die es nicht gewohnt war, auf Pfennigabsätzen einen Sprint hinzulegen – oder vor jemandem zu flüchten.

Die Tür wurde aufgestoßen, hastiges Atmen, ein leise geflüstertes „oje, oje!“, gefolgt von einem hektischen Herumirren im Waschraum, hin und her vor den Kabinen. „Was mach ich jetzt ... da drinnen findet die mich doch ...“

Gisela hatte schnell begriffen, worin die Gefahr bestand: Man konnte durch den Spalt unter Tür und Kabinenwand durchspähen. Niemand versteckt sich in einer Toilette, wenn er wirklich gesucht wird. Was das Flüchten betraf, hatte Gisela einige Erfahrung.

Draußen im Korridor erneut Schritte. Langsam, gemessen, vielleicht sogar zögerlich. Ein verhaltener Ruf: „Simona?“

Gisela hätte beinahe laut aufgelacht, konnte sich aber gerade noch beherrschen. Sie zog die Tür auf. Die Blonde starrte sie kurz an. Gisela bedeutete ihr einzutreten. Und schon war die Tür geschlossen und verriegelt.

„Was ...“, flüsterte die Blonde, die nicht so ganz zu begreifen schien.

Gisela klappte den Deckel herunter. „Hock dich drauf!“

Die Blonde kletterte auf den Toilettendeckel.

Meine Güte, dachte Gisela, was man alles tut, nur um an Geld zu kommen.

Die Tür zum Waschraum ging auf.

„Simona?“

Schritte trippelten hin und her. Offenbar inspizierte die Dame die Ecken und Nischen, schaute in jede der leeren Kabinen.

„Simona? Ich weiß, dass Sie hier sind.“

Gisela schaute die Blonde an, die geduckt im engen Kleid auf der Toilette hockte, die Augen weit aufgerissen vor offensichtlicher Verzweiflung, einen Finger an den Lippen, unausgesprochen bettelnd: Schweigen Sie, retten Sie mich.

Gisela nickte zustimmend.

Die Tussi da draußen wurde aufdringlich. Sie klopfte an die Tür. „Simona, kommen Sie raus!“

Die beiden Gefangenen schwiegen.

Die Klinke wurde mehrmals betätigt. Die Tür wackelte.

Die Frauen in der Kabine hielten den Atem an.

Draußen geschah etwas Eigenartiges. Unter dem Türschlitz waren Knie zu sehen, und Hände. Diese Frau war sich für nichts zu schade. Auf allen Vieren spähte sie unter der Tür in die Kabine hinein. Also jetzt mal im Ernst, wie weit will die denn noch gehen?

Die junge Frau, die anscheinend Simona hieß, presste die Lippen zusammen.

Gisela entschloss sich, die Komödie zu beenden. Kurz und schmerzlos. Sie drehte den Riegel um und öffnete die Tür einen Spaltbreit.

„Also hören Sie mal!“, sagte sie streng zu der älteren Dame im grünen Kleid, die vor ihr hockte und gequält aufschaute.

„Oh, verzeihen Sie ...“ Die Armreifen schepperten.

„Was tun Sie denn da?“

Die Frau erhob sich auf die Knie, blickte verlegen drein.

„Das schickt sich nicht!“, sagte Gisela streng.

„Entschuldigen Sie, aber ich dachte ...“ Die Frau stand auf und fuhr sich durch das platinblonde Haar.

„Ich könnte Sie anzeigen!“

„Nein, nein, bitte ...“ Die Frau hob den Saum des Kleids und besah ihre Beine. Von den Knien ausgehend zogen sich durch beide Strümpfe breite Laufmaschen. „Ach, herrje.“

Draußen im Korridor näherten sich erneut Schritte. Die Frau blickte verstört zur Tür, dann wieder zu Gisela. Sie trat einen Schritt vor, schaute sie eindringlich an.

„Jetzt reicht es aber. Ich schreie um Hilfe“, sagte Gisela laut.

Die Schritte waren vor der Tür angekommen. Man hörte durcheinander plappernde Frauenstimmen.

„Nein, lassen Sie“, sagte die Frau. „Ich gehe schon.“

„Das ist wohl besser.“

Drei Damen traten ein. Die Frau im grünen Kostüm drehte sich um und eilte an ihnen vorbei nach draußen.

Gisela schloss die Tür und blickte auf die ausgestreckte Hand der Blonden. „Da, nehmen Sie.“ Sie hielt ihr die Perlenkette hin.

„Wie bitte?“

„Ich kenne sie doch. Die lässt nicht locker. Sie wird draußen auf mich lauern. Mich in die Enge drängen, mich zur Rede stellen. Mich womöglich durchsuchen. Und dann verliere ich meine Anstellung. Wenn sie die Kette bei mir findet.“

„Ich verstehe kein Wort.“

Vor den Waschbecken wurde eifrig über Banalitäten palavert.

Die Blonde beugte sich vor und flüsterte Gisela ins Ohr: „Das war meine Chefin, Annegret Weiler-Gehling, die Juwelierin. Und das hier ist nicht meine Perlenkette. Ich habe sie mir nur geliehen. Ohne zu fragen, verstehen Sie?"

Gisela hatte einige Erfahrung in Bezug auf Eigentumsdelikte und daraus resultierende Verstrickungen. Sie nickte. Simona legte ihr die Kette in die Hand.

„Sie sind ja lustig", sagte Gisela. „Sie kennen mich doch gar nicht. Und wenn die wirklich wertvoll ist ..."

„Geben Sie mir Ihren Ausweis!"

„Wie bitte?"

„Dann komme ich zu Ihnen und hole mir die Kette wieder ab. Finderlohn eine Flasche Schampus, ist das ein Wort?"

„Meinen Ausweis als Pfand?" Gisela verzog zweifelnd das Gesicht. „Ist das Ding denn auch echt?" Sie hielt das Collier ins Licht, obwohl sie wusste, dass sie diesbezüglich über keine Expertise verfügte.

„Ist Ihr Ausweis echt?", fragte Simona.

Beide schauten sich kurz an. Bist du eine Komplizin oder eine Betrügerin, schienen sie sich gegenseitig zu fragen.

Dann mussten sie lachen.

Die Kommentare draußen vor der Kabine fielen sowohl amüsiert wie anzüglich aus. Dann verließen die schwatzenden Damen den Raum.

„Gut", sagte Gisela und öffnete ihre Handtasche, um das Collier darin verschwinden zu lassen. Sie holte ihren Personalausweis heraus und hielt ihn der Blonden hin, die, wie sie jetzt bemerkte, zu allem Überfluss auch noch strahlend blaue Augen hatte. „Immerhin bin ich damit ins Kasino gekommen."

Simona nahm das graue Heftchen, klappte es auf und fragte: „Die Adresse stimmt?"

Gisela nickte. „Natürlich."

„Dann komme ich morgen Nachmittag vorbei?"

„Gern."

Simona nickte zufrieden. „Sie gehen vor."

Gisela entriegelte die Tür und hielt inne. „Aber was ist mit Ihrem Gewinn?"

Die blauen Augen leuchteten auf. „Da fällt mir schon was ein. Gehen Sie jetzt." Simona schob sie sanft aus der Kabine. Die Tür klappte zu, das Schloss klickte.

Im Vorbeigehen warf Gisela einen kurzen Blick in die Spiegel über den Waschbecken. In jedem sah sie genau gleich aus, nur im letzten nicht, denn da war eine Lampe defekt und ein Schatten fiel über ihr Gesicht.

Draußen näherten sich Schritte.

Nichts wie weg hier.

Hat doch gut geklappt, oder?

2

Wenn man es in Hamburg richtig hübsch haben will, architektonisch betrachtet, baut man mit rotem Backstein und verziert die Mauern mit Türmchen, die spitze Dächer haben, und vergisst auch romantische Nischen und Erker nicht. Die Gefängnismauern in Fuhlsbüttel waren darüber hinaus noch großzügig mit Stacheldraht versehen. Das Eingangsgebäude sah aus wie eine Bibliothek, der Besuchsraum war in der Kirche untergebracht.

„Hier veranstalten sie auch Konzerte“, sagte Frieder.

Gisela schaute sich um und rümpfte die Nase. „Na ja.“

Aufsichtsbeamte standen vor den Wänden und achteten darauf, dass die Besucher und Besuchten an den Tischen keinen Unfug trieben. Eine Frau hatte sogar zwei kleine Kinder mitgebracht. Die würden später bestimmt nicht straffällig werden.

„Vorgestern hat ein Chor Bachkantaten gesungen.“

„Aha.“ Sie schaute ihn an. Er hatte sich kaum verändert. Die Haare waren etwas länger geworden, die Koteletten breiter und neuerdings grau meliert, aber sonst wirkte sein breiter kantiger Kopf so intelligent und durchsetzungsfähig wie eh und je. Seine braunen Augen einfühlsam, sein Mund sinnlich. Ja, er gefiel ihr immer noch.

„Du lachst“, sagte Frieder, „aber mir hat’s gefallen.“

„Ist ja auch bald Weihnachten.“

„Eben.“

„Kurz danach kommst du raus.“

„Wie man so sagt. Ich werde entlassen.“

„Das klingt auch nicht besser.“

„Nein.“

„Und? Hat es dir was gebracht hier drin?“

„Ich bin zu einem besseren Menschen geworden, was sonst?“ Frieders Mundwinkel deuteten an, dass er dies ironisch meinte.

„Ich finde, du warst auch vorher schon ein guter Mensch.“

Er senkte die Stimme. „Weil ich so gut ‚Hände hoch, das ist ein Überfall‘ brüllen konnte?“

„Du hast nie gebrüllt, sondern das Nötige stets deutlich und sehr bestimmt vorgebracht. ‚Runter auf den Boden und stillhalten‘, fand ich immer am schönsten.“

„Nicht flüstern!“, mahnte der Aufseher.

Frieder verzog das Gesicht. „Aber damit ist jetzt Schluss, ein für alle Mal.“

„Ganz recht“, sagte Gisela und ließ ihre Augen aufleuchten. „Ein und für alle Mal. So soll es sein. Ganz ohne dein Zutun.“

„Da bin ich aber gespannt.“

Gisela ließ die Zeige- und Mittelfinger der rechten und linken Hand aufeinander zugehen. Sie begegneten sich und gingen wieder auseinander, dann begegneten sie sich wieder. „Ich habe eine junge Dame kennengelernt, die mir in gewisser Weise eine Arbeit angeboten hat. Eine sehr interessante junge Dame übrigens. Sehr lebhaft und auch sympathisch.“

„Sieh mal an.“

„Ja, sieh mal an. Sie hat mir sozusagen eine kurzfristige Möglichkeit in einem Schmuckgeschäft in Aussicht gestellt."

„Sozusagen?"

„Nachtschicht. Ist doch mal was anderes."

„Aha."

„Und schon nach Weihnachten kann es losgehen."

„Wenn der Trubel sich gelegt hat. Dann ist es nicht gleich so anstrengend", sagte Frieder. „Aber ..."

Sie unterbrach ihn lebhaft. „So ist es. Und was Hin- und Rückfahrt betrifft, so kann ich mich auf einen guten Freund verlassen."

Frieders Gesicht verdüsterte sich. „Das gefällt mir nun weniger. Du sollst mir doch treu bleiben."

„Bleib ich auch! Der gute Freund hat übrigens auch gute Freunde."

„Gefällt mir noch weniger. So viele Männer um dich herum."

„Ach, Frieder!" Gisela lachte und schaute ihn verliebt an. „Die lasse ich alle sausen für dich."

„Meine Lebenserfahrung sagt mir, dass eine attraktive Frau leicht in Schwierigkeiten gerät, wenn sie sich mit zu vielen Männern umgibt. Deswegen waren wir doch auf unsere Zweisamkeit bedacht."

„Weißt du, ich mag es, wie du dich ausdrückst", sagte Gisela.

Frieder warf einen leicht beunruhigten Blick auf den Aufseher in ihrer Nähe. Gisela bemerkte jetzt, dass er ziemlich angespannt war. Mit beiden Händen umklammerte er den Rand der Tischplatte.

„He", sagte sie leichthin und versuchte ein verführerisches Lächeln. „Keine Sorge. Was die Zweisamkeit betrifft, ist vorgesorgt. Wir machen Ferien an der Ostsee."

„Was hältst du davon?“

„Hm ...“ Er ließ die Tischkante los und lehnte sich zurück. Unzufrieden.

„Nur wir beide“, versicherte Gisela, „versprochen. Wir fahren ein Stückchen übers Meer. Eine Insel ... wie wäre das?“

Sein Gesicht blieb regungslos, wie versteinert. Wenn er so dreinblickte, machte er ihr Angst. Weil sie dann fürchtete, nicht mehr an ihn ranzukommen. Diesen Blick hatte er, wenn er andere zurechtwies. Komplizen, wenn die nicht gespurt hatten oder ihm irgendwie quergekommen waren. In solchen Fällen konnte er ungemütlich werden. Sie übrigens auch, das hatte sie sich bei ihm abgeguckt. Weshalb sie in manchen Zeitungen geschrieben hatten, sie sei die Bandenchefin. Was nicht stimmte. Sie und Frieder waren ein Team, die anderen bloß Gehilfen, fertig. Genauer gesagt: Bei der Arbeit ein Team, privat ein Paar, aber die Bereiche schön getrennt. Nie hatte es eine vertrauliche Geste oder ein zärtliches Wort gegeben, wenn andere dabei waren. Weder bei der Planung noch bei der Vorbereitung oder der Durchführung. Sie waren absolut professionell und verlangten dies auch von anderen. Die Reporter der Sensationspresse hatten Lügengespinste über sie verbreitet – Gangsterbraut, Räuberliebchen, Bandenchefin, Intrigantin, je nach Bedarf. Alles Unsinn. Das Leben ist viel weniger aufregend, als es sich diese Märchenschreiber vorstellen. Wobei, in einem Punkt hatten sie recht gehabt, das hatte sich Gisela während ihrer bereits verbüßten Haftstrafe – die eigenartigerweise kürzer ausgefallen war als die von Frieder – eingestanden. Nachts, nachdem das Licht ausgegangen war und sie auf der oberen Pritsche liegend zur dunkelgrauen Decke geschaut hatte. Wenn der verzerrte Schatten des Zellengitters zu sehen war, weil draußen ein Scheinwerfer ungünstig stand, dann hatte sie zugeben müssen: Es hat mir großen Spaß gemacht! Ich habe es genossen, eine Bank zu überfallen, Menschen in Schach zu halten, Geld zu erzwingen, Hals über Kopf zu flüchten und später die Beute auf einem großen Tisch auszuschütten. Das war mehr als aufregend gewesen, das hatte sie glücklich gemacht. Natürlich nur, wenn Frieder dabei war, aber das war ja immer der Fall gewesen.

Beim nächsten Mal jedoch wäre sie auf sich allein gestellt.

Daher kam sicherlich dieser Drang, ihm so viel wie möglich anzuvertrauen, damit er eingebunden war, auch wenn er erst einen Tag später entlassen wurde.

„Was ist mit dieser jungen Dame?“, fragte Frieder.

Gisela war überrascht. Das war es also, was ihm Sorgen bereitete. Das mit den Komplizen war zweitrangig? Manchmal war es gar nicht so einfach, seinen Gedanken zu folgen.

„Ich habe sie zum Tee eingeladen. Und da hat sie mir Avancen gemacht. Weil sie wusste, sie kann mir vertrauen. Übrigens hatte ich es genau darauf abgesehen, weil ich ja wusste, wo sie arbeitet. Und dann hat mir der Zufall in die Hände gespielt.“

Frieder schaute sie kopfschüttelnd an, er verstand kein Wort. Gisela schaute zu den beiden Aufsehern in ihrer Nähe, die waren gerade mit der Familie beschäftigt, wo es Streit gab und eins der Kinder weinte.

„Also, sieh mal. Sie hat sich im Betrieb ein Schmuckstück ausgeliehen, aber vergessen zu fragen. Als das herauszukommen drohte, musste sie es zwischenzeitlich loswerden. Ich habe ihr geholfen. Sie hat es dann wiederbekommen, als sie zum Tee kam. Ich bin ja keine Diebin!" Das sagte sie so laut, dass es sogar der Aufseher hören konnte, der nun wieder näherkam. „Seitdem sind wir befreundet. Sie ist sehr schlecht auf ihre Chefin zu sprechen. Genau genommen lässt sie kein gutes Stück an ihr. Sie würde ihr am liebsten einen Denkzettel verpassen, verstehst du?"

Frieder wiegte zweifelnd den kantigen Kopf. Sie sah ihm an, dass er dachte: Zwei Frauen, das kann nicht gut gehen.

„Es geht nur um einen Tipp", fügte sie hastig hinzu. „Sonst alles wie gehabt."

Frieder war noch nicht überzeugt. „Ohne mich ...", begann er.

Der Aufseher trat an ihren Tisch und unterbrach ihn: „Die Besuchszeit ist vorbei!"

Gisela erschrak. „Aber ..."

„Sie haben die Zeit bereits überschritten."

„Ohne dich ...", sagte sie.

Frieder schüttelte den Kopf. Der Wärter zog ihn fort.

Was hatte er damit gemeint? „Ohne mich", das konnte alles Mögliche bedeuten, konnte eine Feststellung sein, eine Aufforderung, eine Mahnung, eine Absage.

Darüber grübelte sie noch nach, als sie durch das Gefängnistor ins Freie trat und über das nasse Kopfsteinpflaster Richtung Hochbahn lief. Sie merkte, dass sie schwitzte. Obwohl sie sich den Mantel gar nicht übergezogen hatte. Es war ungewöhnlich warm für Anfang Dezember. Ein leichter Regen setzte ein. Sie schaute auf. Kahle Äste. Feine Tropfen nieselten ihr ins Gesicht.

Nun wurde ihr doch kalt. Hastig schlüpfte sie in den Mantel.

Zweifel überkamen sie und hielten noch an, als sie schon in der Bahn Richtung Innenstadt saß. Hatte sie sich übernommen? War sie zu vertrauensselig? Aber nein, entschied sie, als sie an der Station St. Pauli die glitschige Treppe hinaufstieg. So etwas wie Vertrauen gibt es nicht, es gibt bloß Individuen, die geschäftsmäßig in Verbindung stehen. Nur Frieder ist da eine Ausnahme.

Sie schaute durch das Gitter zur Straße. Reifen zischten vorbei, Pfützen spritzten, Regen prasselte. Vor dem Ausgang ein dichtes Spalier wartender oder zögernder Menschenbeine, feuchte Rücken, nasse Schultern, darüber ein Dach aus aufgespannten Regenschirmen. Alles Grau in Grau. Ich will Farbe, ich will einen Regenbogen!

Ihr Knirps-Schirm, immerhin, der war rot.

Die Ampel schlug um auf Grün.

Sie schritt aus.

3

Draußen hupt es zum zweiten Mal. Diesmal länger, dringlicher.

„Ich komme ja schon."

Gisela stand vor dem Spiegel der Garderobe im Hausflur und strich sich über das Wollkleid. Es gefiel ihr gut. Sie kaufte gern bei C&A. Schlichte Alltagskleidung stand ihr viel besser als mondäne Abendgarderobe. Das grau-beige-schwarze Karomuster sorgte für eine gewisse Lebendigkeit, aber die Farben waren zurückhaltend. So wie sie selbst auch. So ein Auftritt als Dame wie im Kasino war reine Maskerade. Doch, sie mochte lebhafte Farben, aber nicht an sich selbst. Sie hatte Frieder überredet, den Flur ihrer Wohnung mit einer orange- und gelbgemusterten Tapete auszustatten, das Wohnzimmer in grün mit vertikalen bunten Streifen, gerahmte Bilder mit impressionistischer Kunst aus Bildbänden, die sie im Antiquariat erstanden hatte. Bunte Kissen auf dem braunen Sofa. So liebte sie ihre Welt. Mit Wehmut, denn es war nur ein Provisorium auf Zeit. St. Pauli war nicht ihre Welt. Ich war eine Person im Übergangsstadium. Noch nicht in fester Form. Im Kasino, so ihr Eindruck, hatte sie sich ohne es zu wollen in eine andere Frau verwandelt. Das war wundersamerweise wie von selbst passiert.

Mitunter fand sie sich eigenartig.

Sie band sich die schwarzen Haare zu einem Pferdeschwanz und zupfte den Pony zurecht. Heute kein Makeup, sonst kommt Randy noch auf falsche Gedanken. Sie wählte den Trenchcoat, weil ihr der Wintermantel zu warm erschien. Noch immer war es, wie sie in den Nachrichten gemeldet hatten, „für die Jahreszeit zu mild“.

Wieder hupte es. Sie schlang das Halstuch um, setzte die Strickmütze auf und wählte die flachen Schuhe.

Zog die Wohnungstür zu, prüfte, ob sie wirklich geschlossen war, drehte den Schlüssel zweimal um und ließ das Schlüsseletui in ihrer Umhängetasche verschwinden. Kurz fiel ihr Blick auf das handgeschriebene Namensschild: „Friedholm/Lohmann“ stand dort in ordentlichen Druckbuchstaben. Eines Tages, so hoffte sie innig, würde der Name Friedholm für sie beide genügen. Vielleicht, wenn sie in Schweden angekommen waren und Egon „Frieder“ Friedholm sie vor den Altar einer niedlichen kleinen Dorfkirche irgendwo in der Nähe von Bullerbü führen würde.

Wieder hupte es energisch. He! Geht man so mit einer ausgewiesenen Gangsterbraut um? Gisela eilte die steile Treppe hinunter und trat mit leicht simulierter hektischer Aufregung auf die Gilbertstraße.

Die Fahrertür des grauen Ford Taunus ging auf und Randolf Hinrichs, genannt „Randy“ stieg aus, im schwarzen, einreihigen Mantel mit Pelzkragen. Sah teuer aus, war aber, wie sie wusste, gebraucht gekauft. Leider trug er keinen Hut wie sonst immer in der Öffentlichkeit, was Gisela aufrichtig bedauerte. Der Anblick seiner sehr schütteren schwarzen Haare, die er lang wachsen ließ, um damit kunstvoll, aber vergeblich, die kahlen Stellen zu bedecken, war ihr peinlich. Im Nacken war zu viel davon vorhanden und kräuselte sich über dem Hemdkragen.

Randy, leicht gedrungen und immer mit einem Bartschatten auf den Wangen, bemühte sich, galant zu sein und eilte um den Wagen herum, um ihr die Beifahrertür zu öffnen.

Gisela dankte mit der knappen Andeutung eines Lächelns und stieg ein, wobei sie darauf achtete, dass der Saum des Kleids bis über die Knie reichte. Sie wusste, dass Randy ein Faible für ihre Knie hatte, und wollte ihn keinesfalls in irgendeiner Hinsicht ermutigen. Dafür, dass er der beste Freund ihres Verlobten war, nahm er sich gelegentlich zu viel heraus.

Randy ging um den Taunus herum und polierte kurz mit dem Ärmel eine Stelle auf der Motorhaube.

„Wir sind spät dran", sagte Randy, als er sich hinters Steuer klemmte.

„Tut mir leid."

„Schon gut." Er warf ihr einen knappen Blick zu. „Du siehst gut aus."

„Danke."

„Ich hab den Wagen aufmotzen lassen. Er läuft jetzt wie 'ne Eins. PS-Zahl praktisch verdoppelt." Er ließ kurz den Motor aufheulen. Es klang tief und guttural.

„Prima."

Sie bogen auf die Ost-West-Straße. „Schneider erwartet uns um siebzehn Uhr, und der Verkehr ist dicht."

Gisela schaute auf ihre Armbanduhr. Echtes Gold. Ein Geschenk von Frieder. Sie trug sie gern, war aber darauf bedacht, sie unter dem Ärmel zu verstecken. Leider vergaß sie immer wieder, das hübsche Ding aufzuziehen.

„Hach", ärgerte sie sich. „Stehengeblieben."

„Da!“ Randy deutete mit dem dicken kurzen Zeigefinger auf die Uhr neben dem Tachometer.

„Wir haben noch eine Stunde Zeit.“

„Bis Bergedorf und dann weiter“, sagte er bedeutungsschwanger.

„Das schaffen wir schon.“

Als hätte er diese nichtige Bemerkung als Aufforderung verstanden, gab er Gas und wechselte auf die Überholspur. Die Gegend, durch die sie jetzt fuhren, sah aus, wie sie sich Amerika vorstellte. Betonschluchten. Gewerbe, Büros, Tankstellen, Garagen.

Die Unterhaltung erstarb. Randy konzentrierte sich auf den Verkehr. Es regnete schon wieder. Das monotone Hin und Her der Scheibenwischer machte sie müde. Randy fluchte gelegentlich. Irgendwann sagte er unvermittelt: „Entschuldige.“ Und sein Blick glitt über ihre Knie. Das blöde Kleid schien heute kürzer zu sein als sonst. Sie zupfte daran herum.

Bergedorf, Reinbek, Wentorf. Fast waren sie am Ziel, da fragte Randy unvermittelt: „Wie geht's Frieder?“

„Danke gut.“

Er brummte etwas Unverständliches und lenkte den Taunus in die Einfahrt vor einer Villa am Rand des Orts, die aussah wie ein Modell aus dem Faller-Baukasten. Jenseits des tristen Gartens breiteten sich Wiesen aus. Hinter dem Panoramafenster des Wohnzimmers im Hochparterre war die Silhouette von Schneider zu sehen. Er wartete schon ungeduldig. Dabei waren sie gerade mal zwölfeinhalb Minuten zu spät.

Randy ließ zweimal den Motor aufheulen, als wollte er sich auf diese Weise für das Zuspätkommen entschuldigen. Dann stieg er aus und fand noch Zeit behutsam mit dem Ärmel über eine Stelle an der Tür zu wischen. Besser er poliert sein Auto als mein Knie, dachte sie. Diesmal verzichtete er darauf, ihr die Tür zu öffnen, sondern eilte gleich zur Eingangstreppe.

Gisela sah nicht ein, warum sie sich hetzen sollte. Sie stieg gemächlich aus und ließ ihren Blick über die ländliche Szenerie gleiten. Grüne Weiden mitten im Dezember. Sehr hübsch. Aber der Modellbauer hatte vergessen Kühe oder Pferde darauf zu setzen. Wer sollte jetzt das saftige Gras mampfen?

Sie spürte den Regen im Nacken und folgte Randy ins Haus.

Als sie in den Vorraum trat, hatte Randy offenbar schon einen Tadel erhalten. Er blickte betreten drein und beeilte sich, den Mantel an die Garderobe zu hängen. Schneider begrüßte sie freundlich und half ihr aus dem Trench. Sie folgten ihm ins Wohnzimmer. Gelsenkirchener Barock. Eine Schrankwand mit dekorativen dicken Büchern. Auf dem Couchtisch warteten englischer Tee und dänisches Gebäck, beides aus dem Albrecht-Discount-Laden, wie Gisela erkannte. Das Teeservice musste wohl noch von Oma Schneider stammen. Alles recht gemütlich, fand Gisela, trotz Randy und dem Gastgeber.

Karl N. Schneider – so stand der Name an der Klingel, aber niemand wusste, wofür das N stand – war ein schlaksiger Mittfünfziger mit leichtem Bauchansatz, der immer graue Anzüge trug, die etwas zu groß wirkten. Schmales, braun gebranntes Gesicht, Habichtnase, eng stehende Augen, die fast weißen welligen Haare zurückgekämmt. Eine Rolex Oyster am linken Handgelenk, ein Goldkettchen am rechten. Keine Krawatte. Drei offene Hemdknöpfe gaben den Blick auf eine gebräunte haarlose Brust frei. Die Bräune kam angeblich vom vielen Segeln auf der Ostsee.

Sie nippten am Tee, sprachen übers Wetter - „Ich erwarte einen Kälteeinbruch mit Eisregen", erklärte Schneider. Randy, dem nicht viel einfiel, sagte irgendwann. „Wir sollten mal wieder zum Bowling gehen." Schneider schaute ihn irritiert an: „In dieser Phase der Planung? Ausgeschlossen."

„Eisregen wäre nicht so günstig für unsere Unternehmung", sagte Gisela, um das Gespräch auf das eigentliche Thema zu lenken.

Schneider wehrte ab: „Bis dahin ist ja noch viel Zeit."

„Genau drei Wochen", stellte Gisela fest, denn heute war Donnerstag, der siebte Dezember.

Schneider verschränkte die Hände und blickte sie erwartungsvoll an. „Also? Wie sieht es aus?"

„Frieder geht es gut", sagte sie und fand sich bockig. Aber warum fragte auch niemand nach ihm?

„Fein", sagte Schneider.

„Er vertraut uns und hofft das Beste." Meine Güte, wie klingst du albern, dachte sie.

„Sehr gut", sagte Schneider.

Schweigen. Gisela nippte am Tee, Randy grapschte nach den Keksen. Jetzt zupf nicht ständig an deinem Kleidsaum, die Strumpfhose ist doch dick, da schimmert nichts durch. Sei du wenigstens locker, wenn's die Herren schon nicht sind.

Schneider warf ihr einen auffordernden Blick zu: „Wie läuft es also?" Ganz der Oberlehrer.

„Alles nach Plan. Ich habe Fortschritte gemacht. Wir sind jetzt befreundet, Simona und ich. Sie hegt einen gewaltigen Groll gegen ihre Chefin. Das kommt uns gut zupass."

„Die Weiler-Gehling hat sich nach dem Tod ihres Mannes gut gehalten. Viele dachten, sie verkauft, andere, sie fusioniert mit der Konkurrenz, um sich Unterstützung zu holen. Stattdessen hat sie alle hinter sich gelassen. Wer in Hamburg auf sich hält und Schmuck kaufen will, geht zu Weiler-Gehling." Schneider hielt demonstrativ die Rolex hoch.

„Ich weiß", sagte Gisela. „Simona hat mir alles haarklein auseinandergesetzt."

„Simona", sagte Schneider amüsiert.

„Fräulein Steinfest", korrigierte Gisela. „Aber wir sind jetzt per du. Nach der Geschichte im Kasino – das war ja auch zu verrückt – hat sie sich mir anvertraut. Sie ist sympathisch, aber sie hat einen Hang zum Mondänen. Das mit der ‚geliehenen' Perlenkette spricht Bände. Eigentlich ist sie eine normale junge Frau, aber es brodelt etwas in ihr. Wie bei einem Vulkan. Als wäre da eine Macht, die nach oben drängt. Ich weiß nicht, ob es bloß deshalb ist, weil sie sich von ihrer Chefin gegängelt und erniedrigt fühlt oder ob da noch mehr ist. Vielleicht fühlt sie sich benachteiligt wegen ihrer Abstammung. Aber darüber weiß ich noch nichts."

„Bitte nicht klein-klein, das interessiert uns weniger", sagte Schneider ungeduldig.

Randy schaute derweil aus dem Fenster. Der Regen schien ihn mehr zu interessieren als der Charakter der für ihre Unternehmung entscheidenden Verbündeten. Gisela merkte, wie sie immer unzufriedener wurde.

„Ich muss sie doch abklopfen auf ihre Zuverlässigkeit", sagte sie.

„Sicher. Vor allem aber in Bezug auf das, was sie uns bieten kann."

„Soweit bin ich noch nicht. Aber immerhin hatte ich sie schon so weit, dass sie sagte: ‚Wenn ich abends diesen ganzen Glitzerkram in den Tresor packe, dann möchte ich am liebsten alles zusammenraffen und das Weite suchen.' Sie träumt davon, in Juwelen und Schmuck zu baden, in der Badewanne. Das hat sie mir anvertraut. Sie ist wirklich ... exaltiert."

„Ich bin froh, dass du es nicht bist, Gisela", sagte Schneider augenzwinkernd. „Aber ernsthaft: Sie soll uns doch bloß Zugang verschaffen. Meinst du, es ist nötig einen Romeo auf sie ansetzen?"

„Wen denn? Wer schafft so was denn in drei Wochen?" Gisela schüttelte energisch den Kopf. Tatsächlich war sie verärgert. Traute er ihr denn gar nichts zu? So ein Blödmann! „Mach dir mal keine Sorgen. Ich krieg das schon hin. Morgen treffe ich sie. Und dann verspreche ich ihr ein Bad in Juwelen und Gold."

„Frauen sind so berechenbar", sagte Schneider an Randy gewandt, aber der schaute immer noch nach draußen. Jetzt nicht mehr verschlafen, sondern hellwach, denn es näherten sich Motorgeräusche. Er stand auf und trat ans Fenster. Lautes Dröhnen. Etwas fuhr in die Einfahrt.

„Eine Honda, 750er. Wer ist das denn?"

Schneider schaute auf seine Rolex. Du bist auch berechenbar mit deinem Glitzerkram, dachte Gisela.

Schneider nickte zufrieden: „Das ist Kid. Pünktlich auf die Minute."

„Kid?", fragte Gisela.

„Jemand in Lederkluft mit schwarzem Helm", sagte Randy.

„Mein Chauffeur", erklärte Schneider.

Als der „Jemand" ins Wohnzimmer trat – er hatte

offenbar einen Schlüssel zur Villa Schneider – war Gisela einigermaßen verblüfft.

„Darf ich vorstellen“, sagte Schneider. „Kyr-“ Die Person unterbrach ihn mit hoher Altstimme: „Kid K.“ Und hielt Gisela die Hand hin, sie schüttelte sie. Sanfter Druck. „Angenehm.“ Dann trat der Jemand zu Schneider und gab ihm einen Kuss auf die Wange.

Die Person schenkte Randy nur ein Kopfnicken. Er? Oder sie?

Gisela war verwirrt. Kid K. hatte eine Art Igelfrisur. Pechschwarze Haare wie Stacheln. Schminke im Gesicht. Schwarzer Lidstrich. Die Lippen dunkelrot eingefärbt. Silberner Nagellack. Kräftige, muskulöse Gestalt unter der mit Reißverschlüssen und Nieten besetzten Motorradkluft, feste Stiefel. Schwere Kette mit einigen Rasierklingen um den Hals. Vielleicht sind die echt, und scharf, besser ich komme ihm nicht zu nahe, dachte Gisela. Oder ihr.

„Wer ist das?“, fragte Randy unwirsch.

Was ist das, hätte Gisela beinahe gefragt.

„Das sagte ich doch bereits.“ Schneider tat arrogant.

Kid K. ließ sich auf einen leeren Sessel fallen und nahm Schneider die Teetasse aus der Hand, um daran zu nippen. Schneider ließ es zu, tat dann aber ganz geschäftsmäßig und begann, den Plan für den 28. Dezember darzulegen, der bislang nur in Bruchstücken erörtert worden war.

Er drückte sich so umständlich aus, dass Giselas Gedanken immer wieder zu Frieder abschweiften, den sie sich in seiner kargen Zelle vorstellte. Randy knurrte ab und zu ungeduldig wie ein Jagdhund, der schon das Wild wittert. Nur der, die oder das Kid fläzte sich im Sessel, vertilgte die übrig gebliebenen Kekse und krümelte seine Lederkluft und den Sessel voll.

„Zum Schluss“, Schneider breitete eine detaillierte Karte aus, „möchte ich euch dringend auffordern, euch den Weg zum Fluchtpunkt gut einzuprägen. Und damit meine ich nicht nur die Strecke vom Jungfernstieg zum Horner Kreisel und auf die A1, sondern den gesamten Weg bis zum Ziel, also wie ihr ab Lübeck auch auf Seitenstraßen ausweichen könntet, falls es Sperren gibt. Ein gezeichneter Plan oder Notizen zum Weg sind absolut verboten. Sollte ein Wagen abgefangen werden, muss die andere Gruppe es trotzdem schaffen. Prägt euch sämtliche Straßen, Wege und Pfade in Ostholstein gut ein.“

Gisela stöhnte innerlich.

„Ich dachte, wir fahren alle zusammen?“, warf Randy ein.

„Konvoi? Bist du verrückt! Kid und ich nehmen Frieder mit, der Treffpunkt ist vereinbart, richtig, Gisela?“

Sie unterdrückte ein Gähnen. Das hatten sie alles schon hundertmal durchgekaut.

„Ihr beiden besorgt euch kurzfristig einen ‚Leihwagen‘ und Kid stellt euch am Parkplatz Ellerbrook den Opel hin.“

„Och, nee“, sagte Randy, „können wir nicht meinen Taunus nehmen?“

„Der ist auf dich zugelassen, oder?“

„Ja.“

„Deshalb nicht. Wenn der auf dem Parkplatz steht und die Bullen kontrollieren rein zufällig ...“

Zufall? dachte Gisela. Und schaute ihre Komplizen an: Ein älterer Herr mit weißem Haar namens Schneider, der ihnen das Diebesgut in seinem Landhaus gegen bares

Geld eintauschen wollte; ein altgedienter Einbrecher, der offenbar ein Liebesverhältnis zu seinem Auto unterhielt; und ein Zwitterwesen in Lederkluft, dessen Rolle unklar definiert war. Wenn ich wieder mit Frieder zusammen bin, müssen wir diese Kerle rasch loswerden. In meiner Welt ist dann kein Platz mehr für sie.

4

Über dem schwimmenden Weihnachtsbaum auf der Binnenalster hing eine dumpfe brodelnde Masse. Sogar jetzt, nach Einbruch der Dunkelheit, konnte sie sehen, ja spüren, wie sich über der Stadt schwarze Wolken zusammenballten, immer fülliger wurden, träge herabsanken, als wollten sie drohend Druck ausüben auf das geschäftige Treiben: Geht nach Hause! Hört auf, euch diesen Nichtigkeiten hinzugeben! Habt ihr keine Angst?

Angst? Wie komme ich denn darauf, wunderte sich Gisela. Kein Anlass zur Unruhe. Wir sind mitten in der Adventszeit. Die ganze Innenstadt ist dekoriert. Leuchtende Girlanden, Lichterbäume, Sterne. Die Straßenlaternen haben zusätzliche Kugelköpfe bekommen.

Aber an diesem Abend wirkten die Lampen und Lämpchen, die grünen Kränze und roten Bänder, das goldene Lametta stumpf, dumpf und bleiern. Als wäre die Welt ein Silberlöffel, der ganz plötzlich schwarz angelaufen ist. Daran konnten nur die Wolken schuld sein. Von einem Tiefdruckgebiet war die Rede gewesen. Tiefdruck! Was für ein schreckliches Wort. Aber dieses Wort und die Wolkenmassen drückten auf die Stimmung vor dem großen Fest.

Nur die Schaufenster des Juweliergeschäfts Weiler am Ballindamm stellten in Giselas Augen eine Ausnahme dar. Hell, klar und gleißend funkelten die Schmuckstücke auf den schneeweißen Auslagen, eiskalt und souverän. Als hätten die kostbaren Elemente, aus denen sie gefertigt waren, sich entschlossen, der drückenden Atmosphäre Einhalt zu gebieten: Aurum, Argentum, Platinum, Palladium und vor allem Carbonium, geschliffen, geformt und blank poliert fühlten sich sicher hinter dem Panzerglas. Sie wollten wertgeschätzt sein. Und wie bei den Menschen bedeutete das: Ordentlich bezahlt. „Tja, ihr Lieben, wünschen kann man sich viel“, hatte Gisela geflüstert, als sie kurz vor dem Laden innehielt. „Aber erstens kommt es anders und zweitens als man denkt.“

Einfließende Kaltluft. Sie merkte es schon. Ein gewisses Frösteln hing in der Luft. Gisela schaute auf die Uhr: Schon halb sieben. Hatten sie sich nicht zum Geschäftsschluss verabredet? Sollte ihre Verbündete doch unzuverlässig sein? Sie stellte den Kragen ihres weißen Mantels hoch. Den hatte sie im Alsterhaus erstanden im letzten Winter-Schlussverkauf. War auch in dieser Saison noch todschick. Mit einem Gürtel ohne Schnallen lässig verknotet. „Na schön, heute bin ich wieder mondän“, hatte sie zu Hause beim abschließenden Blick in den Garderobenspiegel gedacht. Der weite, wadenlange Rock war neu. Den würde sie jetzt immer tragen, wenn Randy in der Nähe war.

Da ist sie ja! Simona näherte sich aus Richtung Gänsemarkt. Mit weit ausholenden Schritten, sie beeilte sich, wirkte gehetzt.

„Puh“, sagte sie zur Begrüßung, „ich musste einen Riesenumweg gehen, sonst hätte die Chefin gesehen, wo ich hingehe. Sie stand die ganze Zeit im Eingang und redete mit dem Angestellten vom Wachdienst.“

„Der kleine Dicke in der blauen Uniform mit dem Halfter am Gurt, in dem sich angeblich eine Waffe befindet? Gerd Niemeyer heißt er, richtig?"

Simona machte große Augen. „Sie wissen wohl schon alles? Aber die Pistole ist echt!"

„Ach was ..."

Simona lachte. „Wir passen gut zusammen. Schwarz und weiß." Sie deutete auf ihren eigenen Mantel.

„Zwei Damen auf dem Schachbrett. Ausnahmsweise verbündet", meinte Gisela augenzwinkernd.

Simona deutete auf die abweisende dunkle Tür am Ende des kurzen Korridors zwischen den Geschäften. „Schümann's Austernkeller" stand dort auf einer goldenen Tafel.

„Das passt doch." Gisela klingelte, die Tür ging auf, und sie stiegen die Marmorstufen hinab.

Eine Dame in grau-schwarzem Hahnentritt-Kostüm empfing sie an einem Pult, ein Kellner nahm ihnen die Mäntel ab. Die Dame führte sie ins „Diana-Zimmer". Jagdmotive auf kleinen Gemälden, entsprechende Skulpturen in antiker Anmutung, ein paar Geweihe an den Wänden. Na, zum Glück glotzt uns kein toter Wildschweinkopf an, dachte Gisela.

„Huch", sagte Simona und ließ sich aufs Kanapee fallen. „Das ist ja exklusiv." Der Kellner schob Gisela den Stuhl zurecht und verschwand.

„Oh ..." Simona hielt sich eine Hand vors Gesicht. „Ich hab einfach das Sofa okkupiert."

„Bitte, gern."

Simona blickte zweifelnd um sich: „Aber das ist ein Séparée."

„Hier gibt es nur Séparées. In Hamburg bleibt man gern unter sich, vor allem, wenn's um Geschäftliches geht."

„Aha."

„Oder wenn man eine Dame einlädt."

Simona kicherte in ihre Faust. „Aber das ist ja ..."

„Keine Angst", sagte Gisela. „Wir sind geschäftlich hier."

Simona lachte herzlich, und schon stand der Kellner wieder in der Tür.

„Champagner", sagte Gisela.

Als er serviert wurde, bestaunte Simona die Schale. „So habe ich noch nie Sekt getrunken – aus einem Obstteller!"

Sie stießen an. „Auf unser Projekt!"

„Ja", sagte Simona aufgeregt. „Und da habe ich noch etwas ..."

„Sch-sch."

Erst die Bestellung. Gisela brauchte die großformatige Karte gar nicht, die der Kellner ihr präsentierte. Sie bestellte Austernschnitzel auf Champagnerkraut, Chateaubriand ... „und die Flasche können Sie gerne hierlassen."

„Was könnte sonst zur Vorspeise passen", sagte sie augenzwinkernd zu ihrem Gast.

„Sie sind ja richtig weltgewandt ..." Simona warf ihr einen bewundernden Blick zu.

Auch Gisela staunte über sich: Scheinbar bin ich ein Chamäleon. Sie war hier nur einmal gewesen, mit Frieder. Und sie hatten mal zwei Nächte in einem Hotel in Sankt Peter-Ording verbracht.

„Wir sollten uns duzen", schlug Gisela vor.

„Oh, oh“, sagte Simona verlegen. „Also ich ...“

Gisela schenkte nach, sie stießen an. Beim dritten Glas war Simona mit der Situation vertraut. Bei der Vorspeise sprachen sie von Urlauben. Simona war offensichtlich schon im Ausland gewesen, Frankreich, Italien, Rom, Paris, die Rivera, ach. Gisela verteilte ihre Erlebnisse in St. Peter auf diverse andere Orte, um nicht armselig zu wirken, und flunkerte einen Aufenthalt in Stockholm hinzu, denn mit Schweden kannte sie sich zumindest theoretisch sehr gut aus, es war ihr Traumland.

Nachdem der Kellner ihnen das Chateaubriand vorgelegt hatte und der Bordeaux rubinrot im Kerzenlicht schimmerte, kamen sie auf das Geschäftliche zu sprechen.

„Der Termin steht fest“, sagte Gisela. „Donnerstag, der 28. Dezember.“

Simona schaute zur Decke und rechnete im Kopf etwas durch. Sie nickte. „Das passt.“

„Fein“, Gisela gab sich betont geschäftig. „Ich brauche nur den Plan für die Alarmanlage. Den Schlüssel für den Hintereingang ...“

„Nicht den Hintereingang“, sagte Simona. „Das dauert zu lange. Da geht's durch verwinkelte Gänge. Man kann sich verlaufen. Wenn das Licht aus ist, geht es vorne durch die Ladentür viel schneller. Gerader Weg ... ich zeig's dir auf dem Plan, du wirst sehen.“

„Darüber reden wir noch“, sagte Gisela unwirsch. Sie war verärgert über diese vorwitzige Einmischung. „Dann eben die Schlüssel für vorne und hinten. Die besorgst du mir und ich lasse sie über die Feiertage nachmachen.“ Zwei Tage müsse man einkalkulieren, hatte Randy gesagt.

Gisela senkte die Stimme: „Und dann den Code für den Safe.“

Simona beugte sich vor und flüsterte: „Den habe ich schon. Ich kann ihn auswendig." Sie hauchte ihn ihrer Komplizin ins Ohr. Für Zahlen hatte Gisela ein gutes Gedächtnis.

„Deinen Lohn bekommst du postlagernd, Postamt 36, Stephansplatz." Vielleicht auch nicht, dachte Gisela, mal sehen.

„Und wir sehen uns nie mehr wieder?"

„Keinesfalls."

„Eigentlich schade."

„Wir behalten uns in guter Erinnerung", sagte Gisela versöhnlich. Sie soll ihr Geld bekommen, dachte sie jetzt, sofern es möglich ist.

„Auch schön." Simona hob mit wehmütigem Gesichtsausdruck ihr Glas. Sie stießen an.

Die ist mir eine Spur zu theatralisch, dachte Gisela, als ihr Gegenüber sich eine vermeintliche Träne aus dem Augenwinkel wischte.

Schritte, der Kellner erschien, die Desserts wurden bestellt. Und dann, als Simona ihren Löffel in der Mousse au chocolat versenkte, sagte sie, ohne aufzuschauen: „Es würde beinahe schon reichen, nur diese eine Sache mitzunehmen."

„Bitte?"

„Ein Collier soll versteigert werden, gleich Anfang Januar. Im Auktionshaus Saemeling in Harvestehude. Saemeling mit a-e."

„Und?"

„Es wird am 27. Dezember in Hamburg eintreffen. Aus Übersee."

„Das Auktionshaus interessiert mich nicht."

„Nein ... doch ... das Collier ist eine Legende und ..."

„Trotzdem, das hat nichts mit uns zu tun."

„Aber ja ... es muss doch aufbewahrt werden! Einige Tage. Und der sicherste Tresor für Schmuck in der Stadt ist der vom Juwelier Weiler!"

„So?"

„Ja. Das darfst du nicht übersehen. Allein dieses Collier, es handelt sich um ein berühmtes Art-Deco-Stück von 1925 und ..."

„Wertvoll?"

„Sehr!"

„Na schön, dann nehmen wir es mit."

„Es ist legendär!", ereiferte sich Simona. Blickte kurz finster drein, als wäre sie beleidigt. Und Gisela dachte nur, die ist ja total betrunken, wie reizend. Sie legte warnend den Zeigefinger an die Lippen.

Simona senkte den Kopf, als würde sie in Deckung gehen. „Es war lange Zeit verschollen", sagte sie leiser und lallte ein wenig dabei. „In Südamerika. Tatsächlich ist es unbezahlbar!"

„Und wird trotzdem versteigert?"

„Die Menschen sind so gierig", nuschelte Simona.

„Wir packen es mit ein."

„Das Schmückstück allein würde schon genügen ... es ist unermesslich ..."

„Ich werde mal unseren Experten danach fragen."

„Ja! Tu das! Unbedingt. Er weiß bestimmt ... sag ihm, es ist der Blitz-, Blitz-, der Blizzard. So heißt es. Blitz-Bliss-"

„Schon gut. Aber ich denke, es wird Zeit, dass wir nach Hause gehen."

Simona nickte erschöpft. Viel verträgt sie nicht gerade, dachte Gisela. Sie drückte auf die Klingel, der Kellner brachte die Rechnung, sie zahlte mit kleinen Scheinen. Simona in den Mantel zu helfen, gestaltete sich als schwierig. Als sie die Marmortreppe hinaufstiegen, musste Gisela ihre Komplizin stützen.

Oben angekommen, machte Simona sich los und sagte störrisch: „Ich kann schon allein."

Konnte sie nicht. Gisela auch nicht. Als sie aus dem Eingang traten und ihre Füße auf den Gehsteig setzten, verloren sie jeden Halt. Mit den Armen rudernd schlitterten sie über das Trottoir wie zwei betrunkene Eiskunstläuferinnen. Ausgerechnet der Champagner, der ihnen eine gewisse Lockerheit verlieh, verdankten sie es, dass sie nicht fielen, sondern nach kurzen hilflosen Pirouetten einander in die Arme sanken.

Ein kurzer Moment des Erschreckens, ein Blick nach rechts, einer nach links. Alles war spiegelblank. Eingeflossene Kälte. Bodenfrost. Eisregen. Hoppla. Die Lichterketten hatten zusätzlichen Kristallschmuck bekommen. Simona ruderte mit den Armen, dann glitt sie elegant über den Gehweg, drehte sich um die eigene Achse. Gisela rutschte linkisch auf sie zu, beinahe ging sie zu Boden.

Simona fing sie auf. Gisela hakte sich bei ihr unter. Arm in Arm, sich gegenseitig stützend, liefen sie ganz dicht an den Hauswänden entlang.

Kein Taxi in Sicht.

Vorsichtig stiegen sie in den Untergrund. Dort trennten sich ihre Wege.

5

Die Klingel im zweiten Stock der „Pension Schmidt“ in der Seilerstraße musste mit der Hand betätigt werden. Es klang, als würde man mit einem Blechlöffel über ein Waschbrett kratzen. Unten links im Fenster, das mit einer blickdichten Gardine verhängt war, klebte ein Schild mit der Aufschrift „Damenbesuch nicht erwünscht“.

Eine rundliche Frau mit Dutt und Hornbrille in einem Kostüm, dem nur noch das Abzeichen der Heilsarmee fehlte, öffnete und verschränkte die Arme vor der ausladenden Brust.

„Guten Tag, gnädige Frau, ich möchte gerne zu Herrn Hinrichs.“

Statt einer Antwort, deutete die Zimmerwirtin auf das Schild im Türfenster.

„Entschuldigen Sie bitte, aber so eine Dame bin ich nicht.“

„Sagen Sie. Aber wenn ich eine Dame mit einer großen Handtasche sehe ... mir macht man nichts vor.“ Sie verzog das Gesicht.

„Das ist eine griechische Hirtentasche“, erklärte Gisela geduldig. „Das ist jetzt in Mode.“

Die Wirtin deutete auf Giselas Beine. „Hosen! Und dann auch noch viel zu weit.“

„Würde eine, für die Sie mich halten, nicht enge Hosen tragen? Oder einen Minirock?“

„Frau Schmidt", war die Stimme von Randy hinten im sehr karg ausgeleuchteten Flur zu hören. „Lassen Sie doch. Das ist eine Geschäftspartnerin."

„Das meine ich doch." Wie man so sagt, die Frau war eine Ecke blöd.

„Friseurartikel und Kosmetika", sagte Gisela geduldig. „Ich kann Ihnen meine Karte geben." Sie tat so, als würde sie in ihrer Hirtentasche danach suchen.

„Na ja ..." Die Wirtin starrte auf Giselas Hände.

„... Fräulein ..."

„Lohmann."

„Hm-hm. Dann kommen Sie mal herein. Aber wie gesagt ..."

„Vielen Dank", sagte Gisela, „sehr gerne." Und schob sich an ihr vorbei.

Als sie in Randys Zimmer trat, stand der vor dem Spiegel und kämmte sich die Haare nach vorn. Hatte sich rasiert. Trug ein frisch gewaschenes und gebügeltes Hemd. Jetzt griff er nach einer Krawatte.

„Lass doch", sagte Gisela, „nur wegen der Wirtin ..."

„Oh, ich dachte, für dich wäre ... es auch ..."

Gisela machte eine geringschätzige Handbewegung. Randy zog sich hastig das Sakko über. Im Zimmer roch es nach Kölnisch Wasser. Und nach Zigarettenrauch. Eine schaurige Mischung. Zum Glück war das Fenster gekippt.

Abgesehen vom ordentlich gemachten Bett, einem Kleiderschrank, einem wacklig aussehenden Schreibtisch mit Hocker und einem Bücherbrett mit einem grauen Lexikon „Alles von A-Z", gab es einen altmodischen Nierentisch und zwei sehr klein wirkende Sessel ohne Armlehne. Randy nahm Gisela den Mantel ab und hängte ihn an den Kleiderhaken an der Tür. Er kam ihr unangenehm nahe dabei.

Als sie Platz genommen hatten, musterte er sie mit einem verkniffenen Lächeln und sagte: „Schicker Anzug."

„Danke."

„Bisschen viel da." Er deutete auf die Rüschen der Bluse, die aus dem Jackenaufschlag quollen. „Ich meine, so wie du gebaut bist ..." Er wurde rot.

Gisela hob eine Augenbraue. „Lass mal."

„Ich meine ... so schön ... so, äh, souverän ... das mit der Dame war ja nicht falsch ..."

„Wie bitte?"

Er griff mit zitternder Hand nach der Zigarettenpackung. Roth-Händle.

„Entschuldige ..." Entgleistes Lächeln. „Gigi ..."

Sie stand kurz vor einem Wutausbruch. So nannte Frieder sie manchmal, in seltenen innigen Momenten.

„Bist du nicht auch manchmal ... einsam?"

Sie biss die Zähne zusammen. „Ich bin zu einer Besprechung gekommen, Randy."

„Ja, klar. Möchtest du was trinken?" Sein Blick ging zum Waschbecken, wo zwei gläserne Zahnputzbecher standen.

„Nein."

Er beugte sich vor. Lächelnd und lauernd. Sie schlug ein Bein übers andere. Die Stiefelspitze ragte auf wie eine Palisade, der Absatz konnte als Lanze dienen.

„Ich habe mit Schneider telefoniert", sagte sie.

„Ja, klar." Randy klang verärgert.

„Es klang wirklich aufregend, was er mir erzählt hat."

„Sicher." Randy schüttelte eine Zigarette aus der

Packung und zündet sie an, lehnte sich zurück, bemühte sich um Souveränität.

„War auch noch in der Bibliothek, habe nachgelesen."

„So?"

„Wegen dieses Colliers, das ‚Blizzard' genannt wird."

„Hat die Kleine also recht gehabt?"

„Die Kleine ist größer als du, Randy."

Eine Ader an seiner Stirn fing an zu pochen. Verdammt, dachte Gisela, den können wir nicht mehr gebrauchen. Aber jetzt ist es zu spät, ihn auszutauschen.

„Red kein Scheiß, Gigi."

„Wenn du mich noch einmal so nennst, kassierst du eine Ohrfeige!"

Er zuckte zurück. „Jetzt erzähl schon", sagt er unwirsch.

„Es ist interessant", sagte sie, „dass in bestimmten Kreisen Gerüchte zirkulieren über Dinge, von denen an anderer Stelle umfassende konkrete Informationen vorliegen." Gisela wunderte sich über ihre gewundene Ausdrucksweise. Wollte sie Randy damit in seine Schranken verweisen? Wäre schön, wenn es so einfach wäre.

„Ich verstehe kein Wort."

„Schneider sagte, er hätte von diesem ‚Blizzard' gehört wie von einer Legende. Ein Collier von angeblich unschätzbarem Wert. Aber nicht nur wegen des Platins und der Diamanten, aus denen es besteht ..."

„Das ist doch die Hauptsache."

„... sondern weil es ein außergewöhnliches Kunstwerk darstellt. Art-Deco, Zwanziger Jahre. Zuletzt befand es sich im Besitz eines Händlers in Antwerpen, der am 18. Mai 1940 verschwand."

„Warum das?"

„An diesem Tag marschierte die Wehrmacht in der Stadt ein."

„Verstehe."

„Der Juwelier war Jude."

Randy sah sie fragend an.

„Er und seine Familie verschwanden. Vielleicht sind sie untergetaucht, vielleicht geflüchtet ..."

„Vielleicht auch nicht."

„Darüber weiß ich nichts."

„Man kann nicht alles wissen, nicht?" Er lachte sarkastisch.

Sie schaute ihn stirnrunzelnd an und fuhr dann fort: „Vor einigen Jahren wurde das Collier angeblich in Argentinien gesehen. Jetzt ist es hier aufgetaucht."

„Und Schneider wird hellhörig", sagte Randy abfällig.

„Er interessiert sich nur für den Geldwert. Aber in der Bibliothek habe ich ein Buch über die Geschichte berühmter Schmuckstücke gefunden. Darin wird auch das Blizzard-Collier erwähnt, allerdings nur am Rande. Da steht der Name des Künstlers, der es für den Juwelier in Antwerpen entworfen hat: Aaron Mosh."

„Auch ein Jude. Ein berühmter sogar."

Gisela schaute ihn überrascht an. „Stimmt. Ein renommierter Künstler. Seine Skulpturen stehen auf Plätzen oder in Parks von Großstädten der ganzen Welt. In Tel Aviv ist ein Museum für bildende Kunst nach ihm benannt. Seine Werke, 'deren geniale Abstraktheit ihnen eine vierte Dimension verleiht' – so stand es in einem Bildband zur ‚Skulptur im 20. Jahrhundert', werden international zu Höchstpreisen gehandelt. Nur ein einziges Mal hat er ein Schmuckstück entworfen – dieses Collier."

„Was du alles weißt“, sagte Randy stirnrunzelnd. Dann schüttelte er den Kopf: „Mensch, Schneider ...“ Es klang gleichermaßen verblüfft wie verärgert. Als würde er es dem Hehler nicht gönnen.

Gisela wehrte ab. „Schneider ist das alles egal. Er interessiert sich nur fürs Geld. Er sagte, es würde schon reichen, wenn wir nur dieses eine Teil in die Finger kriegen. Er hat einen Abnehmer. Sagt, das bringt Millionen.“

„Ist mir recht, wenn wir uns nicht abschleppen müssen.“

„Na ja“, sagte Gisela gedankenverloren, „ich hatte eigentlich gehofft, es würde mir vielleicht was Hübsches in die Hände fallen, das ich behalten kann.“

Randy sprang auf. „Was Hübsches für die Hübsche!“, deklamierte er und breitete die Arme aus. Stand vor ihr, überragte sie, schaute sie mit einer Mischung aus Verlangen und bemühter Frechheit an.

Gleich lässt der Idiot sich auf mich fallen, dachte Gisela und richtete sich blitzschnell auf. Leider stand der Sessel hinter ihr, der Couchtisch neben ihr und den restlichen Platz nahm Randy ein.

„Sag mal“, sagte er heiser. „Was ist mit Weihnachten? Machen wir was zusammen?“ Er beugte sich vor und raunte: „Mit Bäumchen und so? Lassen die Korken knallen.“

„Frieder ist dein Freund, Randy! Lass das!“

„Das ist der Fehler, ich hab einen Freund, aber du keine Freundin.“

„Hör auf.“

Er packte sie an den Hüften. Es fühlte sich an, als würden sie in einen Schraubstock geklemmt.

„Hör auf!“

Er versuche ihren Hals zu küssen. Für solche und ähnliche Fälle hatte Frieder ihr mal einen Trick beigebracht, den er im Knast gelernt hatte. Beinarbeit. Das Knie ist ein empfindliches Körperteil.

Randy ging jaulend zu Boden, krachte mit vollem Gewicht auf den Nierentisch, der zusammenbrach. Aber es gelang ihm, ihre Beine zu umschlingen.

„Komm jetzt endlich!", rief er.

„Hör auf!"

„Komm jetzt!"

Sie griff nach einem Tischbein und holte aus.

Die Tür ging auf. Die Wirtin starrte Gisela an, als wäre sie eine leibhaftige Teufelin. „Das ist mir ja ein feines Schäferstündchen!", rief sie. „Sofort raus hier, Fräulein, aber ganz schnell!"

Randy ließ sie los. Das Tischbein polterte zu Boden. Gisela stieg über ihn hinweg. „Wir sprechen nur noch über Schneider miteinander", zischte sie und schnappte sich Mantel und Umhängetasche.

Als sie das Treppenhaus hinuntereilte, empörte sie sich innerlich über die Wirtin, die ihr die Schuld gegeben hatte. Draußen auf der Straße fluchte sie: Scheiße, Scheiße, Scheiße, wie konnte ich nur so blöd sein! Frieder hat mich doch vor ihm gewarnt.

Und: Ach, du liebe Güte, mein Leben ist ein Schmierentheater geworden.

6

Sie saßen wieder in der Kirche. Zweiter Weihnachtsfeiertag. Entsprechend viele Besucher. Alle Tische waren besetzt. Keine Kinder, wie Gisela erleichtert feststellte, und sich ganz beiläufig selbst fragte: Wieso beunruhigen mich Kinder?

Frieder sah gut aus, hatte Farbe bekommen. Seine kantigen Wangen waren leicht rosig. Er hatte sich sorgfältig rasiert und das Rasierwasser benutzt, das sie ihm geschenkt hatte. Tabac Original. Sie assoziierte Fahrten in Frieders taubenblauem Opel Kapitän damit, den er nach ihrem erfolgreichsten Coup gekauft hatte. „Du bist mein Kapitän", hatte sie auf der ersten Spritztour zu ihm gesagt und den Kopf an seine Schulter gelegt, während er mit geübter Hand die Lenkradschaltung betätigte. Zu spüren, wie seine Muskeln und Gelenke diese souveräne Geste ausführten, während der Rauch seiner Zigarette aufstieg, die er lässig zwischen Mittel- und Zeigefinger der linken Hand hielt, während er steuerte, war ein Glückserlebnis gewesen, an das sie sich bis heute in allen Details erinnerte. „Warte, bis wir uns einen Admiral leisten können", hatte Frieder lachend entgegnet. „Oder ich nehme mir einen Diplomat dazu", hatte Gisela gescherzt. „Untersteh dich!" Frieder mit erhobenem Zeigefinger. Die folgenden Überfälle, eine Postfiliale und eine Sparkasse in zwei Kleinstädten, hatten leider nicht genügend

Kapital eingebracht, um ihre hochfliegenden Pläne – im Admiral nach Marbella – zu verwirklichen. Stattdessen waren die Fahnder auf dem Plan getreten, und dann hatte die Justiz ihnen den Opel weggenommen, und den Kapitän und seine Erste Offizierin eingesperrt. Zum Glück nicht für übermäßig lange, denn man hatte ihnen nur einen relativ glimpflich verlaufenen Überfall zweifelsfrei nachweisen können. Unter der Trennung hatte Gisela mehr gelitten als unter den zwei Jahren Haft, die sie absitzen musste. Mit Frieder, den sie zu dreieinhalb Jahren verknackt hatten, schrieb sie sich in dieser Zeit viele Briefe – die von missgünstigen Anstaltsbeamtinnen ausgiebig geschwärzt wurden, vor allem die Stellen mit Gefühl.

„Wie hast du den gestrigen Tag verbracht?“, fragte Gisela.

Er deutete mit dem Kopf zum Weihnachtsbaum. „Gesungen.“

Sie lachte. Kurz fürchtete sie, er könnte es doppeldeutig meinen.

„Doch, wirklich. Es kam ein Pastor. Und sie haben die Kirche als Kirche benutzt. Die Predigt war schaurig. Jesus natürlich. Dann kam er aufs Schenken und war schnell beim Thema Eigentum angelangt. Alle wurden immer unruhiger. Und da hat er uns schnell zum Singen aufgefordert. Wir haben uns alle mächtig ins Zeug gelegt, vor allem bei Macht hoch die Tür, die Tor macht weit.“ Er grinste kühn.

Sie lächelte ihn an, und er ließ zu, dass ihre strahlenden Augen ausgiebig über sein Gesicht glitten und alle Nuancen ausleuchteten.

Dann fragte er: „Geht’s dir gut. Wie läuft’s so?“

„Alles bestens.“

„Was ist mit Randy? Benimmt er sich anständig?“

„Ja, sicher.“

„Ihr kommt zurecht?“ Kniff er da leicht die Augen zusammen? Bitte, bitte, lieber Frieder, denk nicht schlecht von mir, denn es gibt keinen Grund.

„Klar. Ich habe Karl gebeten, dass er ihm alles zwei- oder dreimal erklärt, und das tut er auch. So geht’s. Aber ich sag’s dir ehrlich: Ein Duett wäre mir lieber ... jetzt wo ich weiß, dass du gerne singst. Oder heißt es Duo?“

„Duett wie Terzett. Du kennst doch diese Sänger vom Medium Terzett? So kannst du dir den Unterschied merken.“

„Und ich dachte immer, es wäre andersherum.“

„Spielt das eine Rolle?“

„Ein Loch ist im Eimer ...“, stimmte sie an.

Er hob eine Hand. „Hör auf. Man soll so was nicht beschwören.“

„Wieso? Ist doch lustig.“

„Wenn erst mal ein Loch drin ist, kriegst du’s nicht mehr weg.“ Ein Schatten huschte über sein Gesicht. „Ich hab das Lied nie gemocht.“

„Es ist albern.“

„Eben.“ Er dachte kurz nach, und sie fürchtete schon, ihn verärgert zu haben, da sagte er: „Pack uns warme Sachen ein. Lieber einen Pullover mehr und Socken. Lange Unterhosen.“

„Für mich?“ Sie warf ihm einen koketten Blick zu.

„Dummchen“, sagte er mit einem warmen Lächeln.

„Wintersachen haben wir nicht viele, glaube ich.“

„Besorg was. Es heißt, es kommt eine Kaltfront.“

„Kaum zu glauben. Draußen ist es warm wie im Frühling.“

„Hörst du kein Radio?"

„Doch, aber ..."

„Die Kaltfront kommt von Skandinavien. Und da wollen wir doch hin."

„Ach so." Sie dachte nach. „Aber ich habe unseren Koffer schon gepackt."

„Dann kauf noch was dazu. Ich will nicht Karls olle Bumpeln tragen müssen."

Sie lachte. „Ist wohl besser, ich geh gleich noch mal ins Kaufhaus."

Er wehrt ab. „Ach, lass."

„Übrigens haben wir vielleicht das große Los gezogen."

„Wieso?"

Sie winkte ihn zu sich, sie beugten sich zueinander, sie flüsterte: „Blizzard."

„Kein Tuscheln! Kein Flüstern!", tönte ein Aufseher.

Sie prallten zurück. Beinahe hätte sie es geschafft, ihm einen Kuss zu geben. Sie warf dem Aufseher einen bösen Blick zu, den dieser erwiderte.

„Was ist das?"

„Eine Besonderheit, die sich unter den Dingen befindet."

„Und weiß Karl davon?"

„Er hat sich kundig gemacht. Sagt, zehnmal mehr Lametta für diesen Weihnachtsbaum, weil er so groß ist."

„Na, wie schön."

„Das heißt, bald bist du Admiral." Sie warf ihm einen feurigen Blick zu.

„An Fasching vielleicht. Und als was gehst du?"

„Pipi Langstrumpf mag ich nicht mehr sein. Ich gehe als Flamenco-Tänzerin. Und mache dich gefügig mit meinen Kastagnetten." Sie summte die bekannte Melodie aus „Carmen". Er lachte.

„Bitte Ruhe!“

„Mit der Ruhe ist es bald vorbei!“, flüsterte sie und bildete sich ein, Frieder wäre kurz ein bisschen rot geworden.

„Nicht flüstern!“

Sofort bemühte sie sich um einen sachlichen Ton: „Nur der Türöffner macht mir Sorgen.“

Frieder runzelte die Stirn. „Klemmt? Quietscht? Muss noch mehr geölt werden?“

„Klebrig“, sagte sie.

„Im schlimmsten Fall musst du mit Terpentin ran. Blankpolieren. Wenn's sein muss ordentlich zulangen. Wenn's dringend nötig ist, den Fachmann fragen.“

Sie schaute ihn erschrocken an. Sie hatten erlebt, wie er mit einer Pistole auf Bankangestellte und Kunden zielte. Wie er mit einer Maschinenpistole im Anschlag in eine Sparkassenfiliale stürmte, während sie, getarnt mit blonder Perücke und Sonnenbrille, draußen im Fluchtauto mit laufendem Motor auf ihn wartete. Sie hatte fasziniert zugesehen, wie er mit einer Salve die Fensterscheibe einer Raiffeisenbank zerschoss, um die Leute, die drinnen auf dem Boden lagen, abzuschrecken. Aber direkte körperliche Gewalt gegen eine Person? Das hatte es nie gegeben! Alles war immer abstrakt abgelaufen. Gesten, Kommandos, Schüsse ins Blaue, niemals hatten sie einen Menschen verletzt. Das war das Tolle daran gewesen. Eigentlich waren es kühne Streiche. Der Schaden hatte sich in Grenzen gehalten. „Edle Räuber, das sind wir“, hatte sie einmal zu ihm gesagt.

Frieder hob beschwichtigend die Hände. „Aber zuvor zähle ich auf deine weibliche Intuition“, sagte er und nickte, um diese Aussage zu bestärken.

Sie schaute ihn fragend an.

„Die Besuchszeit ist um“, rief der Aufseher.

Ihre Hand glitt über seine. Als sie den kalten Stahl der Handschellen spürte, verging ihr schlagartig aller Mut. Ihr Blick irrte durch sein Gesicht, das ihr mit einem Mal wie eine Maske erschien.

Er bemerkte ihre Verzweiflung und versuchte es mit einem schlechten Scherz. „Der Herr ist mein Hirte, die Dame mein Lotse.“

„Ach so“, sagte sie. „Noch was. Übermorgen: Karl holt dich ab. Du sollst einfach warten.“

„Weiß ich doch.“

Woher denn, fragte sie sich, und spürte den Griff des Aufsehers am Arm.

„Du hättest gar nicht noch mal kommen brauchen.“

Wie bitte, dachte sie bestürzt. Aber ich musste dich sehen!

„Gehen Sie jetzt, bitte.“ Der Griff wurde fester.

Frieder wandte sich ab. Sie spürte einen Stich in der Brust. Warum hatte er das gesagt? Und wer hatte hier wen hinter ihrem Rücken angesprochen? Oder doch nicht? Hatte sie es ihm längst mitgeteilt?

Draußen im Regen fragte sie sich: Wieso bin ich so nervös? Angespannt? Fahrig? Unkonzentriert? Sehe überall Löcher in meinem Plan? Nicht nur der Türöffner klemmt. Auch meine Gedanken sind verklebt. Sie schüttelte den Kopf: Himmelherrgott, das kann doch nicht sein! Nur weil der Kapitän, der Admiral noch nicht im Boot sitzt. Du willst ihm doch alle Ehre machen! Dann tu's auch!

Leise sang sie vor sich hin: Macht hoch dir Tür, die Tor macht weit, es kommt der Herr der Herrlichkeit ... Ganz bestimmt kommt er, du musst nur daran glauben, dann nimmt er dich in seine Arme und lässt dich nie mehr los.

So fest, da hilft nicht mal mehr Terpentin und schon gar keine Gewalt. Lass mal das mit Randy. Weibliche Intuition ist gefragt. Erstmal einen Kaffee trinken, dann geht's wieder.

7

Letzte Vorbereitungen. Zunächst musste Schneider die Missstimmung zwischen Gisela und Randy aus dem Weg räumen. Dazu kam er extra aus Wentorf nach St. Pauli. Und das bei diesem Sauwetter. Ließ sich von Kid K. in einem beigefarbenen Mercedes 450 SEL 6.9 chauffieren, laut Experten „das beste Auto der Welt", nicht zuletzt wegen der hydropneumatischen Federung. Eine Ansicht, die auch Schneider teilte, was man ihm ansah, als er mit stolzgeschwellter Brust ausstieg, nachdem Kid, einen großen Regenschirm in der Hand, die hintere Tür aufgezogen hatte.

Seit dem Morgen regnete es Bindfäden. Jetzt war es früher Nachmittag und es wollte nicht aufhören. Gisela hatte am Fenster gestanden und beobachtet, wie das Monstrum zwischen zwei mickrigen Bäumchen eingeparkt wurde. Jetzt sah sie, wie Randy, nur durch Hut und aufgestelltem Mantelkragen vor dem Regen geschützt, hastig die Straße überquerte, auf Schneider zuging und unter dem Schirm verschwand. Kein Kopf mehr zu sehen, aber alles unterhalb der Brustpartie. Sie schüttelten sich die Hände. Schneider hielt Randys Hand länger fest als nötig, umfasste seinen Unterarm mit der anderen Hand und redete auf ihn ein. Randy senkte den Kopf.

Kid K. stand wie ein Butler daneben und hielt den Schirm. Es wirkte aberwitzig, wie er in seiner absichtlich zerrissenen Punker-Kluft den Diener mimte. Aber dann neigte er den Kopf und schaute die Fassade hoch, bemerkte sie und hob grüßend die freie Hand. Seltsamer Gruß: Daumen, Zeigefinger und kleiner Finger abgespreizt, Mittel- und Ringfinger nach innen gerichtet. Was wollte er ihr damit sagen? Oder sie. Noch immer rätselte sie über sein Geschlecht.

Schneider redete und gestikulierte noch eine Weile, Randy zog den Kopf zwischen die Schultern wie eine Schildkröte. Kid trat zur Seite, zündete zwei Zigaretten an und reichte eine davon Schneider, der hektisch zu paffen begann.

Was habe ich mir da bloß eingehandelt, dachte Gisela. Im Moment kam es ihr vor, als hätte sie einen riesengroßen Fehler begangen. „Warte bis ich draußen bin", hatte Frieder gesagt. „Wir müssen nichts überstürzen." Aber sie hatte ihm unbedingt beweisen wollen, dass sie eine echte Musterschülerin war. Das fiel ihr jetzt ein, ausgerechnet in diesem Moment. Genau wie damals in der Schule, als sie ihrem Klassenlehrer unbedingt beweisen wollte, dass sie als Einzige seine undurchsichtigen Gedankengänge in Bezug auf Schillers „Räuber" verstanden hatte, nämlich dass es in dem Drama keineswegs um Freiheitsdrang und Infragestellung der herrschenden Ordnung ging, sondern um die Darstellung von Verhältnissen, die sich niemals ändern werden, egal ob der Mensch aus guten oder schlechten Motiven dagegen aufbegehrt. „Es kann keine Veränderung geben, niemals", hatte sie erklärt und damit die Kritik aller vom Freiheitsgeist der Sechziger Jahre durchdrungenen Mitschüler auf sich gezogen. „Sie ist rebellischer als ihr", hatte der Lehrer gesagt. Das hatte sie selbst allerdings auch nicht verstanden. Erst später, als sie Frieder begegnete, in der Sparkassen-Filiale in Norderstedt, wo sie damals wohnte, hatte sie es kapiert: Freiheit und Gesellschaft vertragen sich nicht. Das war ihr aufgegangen, als die Polizei das Gebäude umstellt hatte. Die Bankräuber waren ratlos gewesen, denn dass es so kommen könnte, hatten sie nicht eingeplant. Gisela hatte Frieders Augen hinter der Maske bemerkt. Er hatte sie ruhig angeschaut, während sein Komplize hektisch hin und her gelaufen war und völlig aufgebracht unsinniges Zeug vor sich hinredete und dabei Kunden und Angestellte bedrohte.

„Du kommst mit", hatte Frieder zu ihr gesagt, und sie hatte genickt.

Sein Komplize hatte ihn erschrocken angesehen: „Eine Geisel?"

Seine Pistole am Kopf war sie mit ihm nach draußen getreten. Ein Schuss war gefallen, ein einziger. Aber der hatte genügt, um den Komplizen für immer aus dem Verkehr zu ziehen. Und so kam es, dass Gisela fahren musste. Bis heute wunderte sie sich darüber, wie es ihr gelungen war, die drei Streifenwagen abzuhängen. Schließlich hatten sie in einem Waldstück in der Nähe von Itzehoe angehalten. Sie hatte ihm die Maske vom Kopf gezogen, und dann war es passiert. Ganz natürlich. In diesem Moment hatte sie verstanden: Freiheit und Gesellschaft vertragen sich nicht. Es geht nur um dich und mich, alles andere zählt nicht. Weil alles andere sich einen Dreck um dein Glück schert. Um es mal rabiat auszudrücken.

Gemeinsam waren sie nach Hamburg zurückgekehrt. Am nächsten Tag war sie zur Polizei gegangen und hatte erklärt, er hätte sie an einer S-Bahn-Station abgesetzt. Nein, er hätte die ganze Zeit die Maske aufbehalten.

Nein, er hätte kein Wort gesagt. Nein, sie könne ihn nicht im Detail beschreiben, sie hätte die ganze Zeit nach vorn schauen müssen. Sie hätte um ihr Leben gefürchtet und ihn kein einziges Mal angesehen. In Wahrheit hatte sie sich noch nie sicherer gefühlt als in seiner Gewalt. Es war so einfach und so schön gewesen, für ihn zu lügen.

Eines Abends hatte er sie besucht und ihr einen Umzug nahegelegt. So war sie nach St. Pauli gekommen, in eine Welt, in der keine Fragen gestellt wurden. Hier konnte man an einem Tag einen zerschlissenen Parka und am nächsten einen Pelzmantel tragen, ohne dass jemand neugierig nachfragte.

Nicht mal, wenn man Besuch von zwei Männern bekam wie jetzt, als Schneider und Randy hereinstiefelten.

Man setzte sich in die Küche. Gisela hatte Kaffee aufgebrüht und servierte Waffeln mit Puderzucker. Schneider lobte sie überschwänglich, Randy aß sie auf. Er zitterte vor Nervosität.

Schneider fühlte sich dazu aufgerufen, ihnen die Leviten zu lesen. Er faselte von „professionellem Geist", von „verschworener Gemeinschaft", von „Einsatztruppe" und „Soldaten im Kampf". Ganz egal ob jemand ein Mann oder eine Frau sei, das dürfe auf gar keinen Fall eine Rolle spielen. Es ging um ein höheres Ziel, dem alles unterzuordnen sei und so weiter. Wahrscheinlich glaubte er den Blödsinn, den er da faselte.

Gisela dachte sich ihren Teil: Ich weiß nun, welchen Fehler ich begangen habe. Drei sind einer zu viel. Vier sind viel zu viele. Wenn wir damit durch sind, dann wird es nur noch Frieder und mich geben, niemanden sonst. Dieser Gedankengang und die plötzliche Erinnerung an die „Räuber“ von Schiller, die alles falsch gemacht hatten, öffneten ihr neue Perspektiven. Und deshalb sagte sie, als Schneider seinen Vortrag beendet hatte und sie erwartungsvoll anschaute, auf Versöhnung hoffend: „Nein, ich sehe das anders.“

Randy sog hörbar die Luft ein.

Gisela fuhr fort: „Wir haben einen Vertrag, das ist richtig. Er dient dem gegenseitigen Nutzen. Wir werden ihn erfüllen. Du, ich und er auch.“ Schneider verzog das Gesicht, als sie ihn auf diese Weise einbezog, ohne auf seine besondere Stellung zu achten. „Alles ist vorbereitet, alles wird stattfinden wie geplant.“

„Genau“, wurde sie von Schneider unterbrochen. „Und dann werden wir ...“

Sie hob die Hand. „Ich bin noch nicht fertig. Eine Sache noch, Randy.“ Sie schaute ihn an. „Ich hatte schon das Tischbein in der Hand. Ich hätte es dir über den Schädel gezogen, wenn deine Wirtin nicht reingestürmt wäre.“ Das stimmte zwar nicht, aber er glaubte es und senkte den Kopf.

„Ab morgen werde ich eine Pistole bei mir tragen. Die ganze Zeit. Griffbereit.“

Die beiden Männer starrten sie an. Randys Gesicht drückte Ratlosigkeit und Verwirrung aus. Schneider wechselte von Verärgerung zu Jovialität.

„Gut, gut. Das sagte ich doch. Sie ist keine Frau, du bist kein Mann, ihr seid Soldaten. Und was die Zeit danach betrifft, meine Liebe, wird dann ja Frieder auf dich aufpassen.“

Er griff in die Tasche seines Sakkos und holte den Grundriss des Gebäudes mit dem Juweliergeschäft heraus. Sie gingen ins Wohnzimmer und breiteten ihn auf dem Sofatisch aus, setzten sich nebeneinander auf die Couch und beugten sich darüber. Gisela erklärte die Räumlichkeiten und Wege. Der Laden war verwinkelt. Vom Verkaufsraum führte ein Gang nach rechts und links, wo sich ein Hinterzimmer für besondere Präsentationen und ein Büroraum befanden. Dazwischen ein kurzer Flur, durch den man zum Tresorraum gelangte. Auf halben Weg führte eine Treppe in den Keller zu einem Lagerraum und den Toiletten.

„Der Tresor ist groß wie ein Schrank“, sagte Gisela, „Unbeweglich. Hält jeder Gewalt stand. Aber ich habe die Kombination.“ Sie ärgerte sich, als sie merkte, wie unbeabsichtigt ein wenig Stolz in ihrer Stimme mitschwang.

„Das Blizzard-Collier ist am wichtigsten. Alles andere zweitrangig“, entschied Schneider.

„Echt jetzt? Aber je mehr wir zusammenraffen, desto besser, ist doch klar“, sagte Randy.

„Nein“, widersprach Schneider. „Das Collier bringt ein Vielfaches. Bringt es mir. Unbedingt. Ihr werdet fürstlich entlohnt. Ich habe einen Interessenten.“ Das sagte er mit einer solchen Inbrunst, dass Gisela ihn misstrauisch ansah. „Einen, der schon weiß, was morgen geschieht?“

„Ja. Aber keine Sorge. Der ist weit weg.“

„Weit weg heißt auch, dass es dauert mit der Bezahlung“, sagte Gisela.

„Unserer Bezahlung“, fügte Randy hinzu.

„Eine Million“, sagte Schneider und blickte triumphierend drein. „Sofort. Auf die Hand. Fünfzig Prozent für mich, der Rest ist für euch.“

„Und die fünfzig Prozent hast du in bar?“, fragte Gisela.

„In bar.“

Randy bewegte die Lippen. Er rechnete vor sich hin, schaute kurz auf und fragte naiv: „Die Hälfte von der Hälfte für mich?“ Er kniff angestrengt die Augen zusammen.

„So ist es“, sagte Schneider.

„Das ist viel mehr als wir für den Rest bekommen hätten“, stellte Gisela fest.

Schneider breitete die Arme aus: „Warum einen Fahrradladen eröffnen, wenn man mit Mercedes handeln kann.“

„Da ist was dran“, sagte Randy.

„Du hast dich festgelegt“, sagte Gisela, „das weißt du jetzt.“

Sie beugten sich wieder über den Plan.

„Und die Alarmanlage?“, fragte Randy.

„Wird ausgeschaltet.“

„Wie?“

„Der Strom im ganzen Block wird ausfallen.“

„Wie das?“

„Das ist mein Geheimnis“, sagte Gisela und erwähnte nicht, dass sie damit Simona zitierte.

8

Im Foyer des Hotel Reichshof hingen die Kristalllüster in der Marmorlounge so tief, dass Gisela den Eindruck hatte, sie wollten ihr zum Willkommensgruß sanft über den Kopf streicheln. Vielleicht kam dieses Gefühl aber auch davon, dass draußen der Regen unermüdlich herabprasselte. Dieser Dezember war eigenartig.

Sie hatte die glitzernde Eingangshalle des ehrwürdigen Hauses an der Kirchenallee gegenüber vom Hauptbahnhof ausgesucht, um Simonas Ideal vom „guten Leben" entgegenzukommen. Die hatte nämlich im Laufe ihres genussreichen Abends in Schümanns Austernkeller die Idee vertreten, schon die „alten Griechen" hätten stichhaltig begründet, dass jeder Mensch das Recht hätte, nach Lust und Laune im Leben zu schwelgen. „Wenn der Luxus da ist, warum ihn nicht genießen?", hatte Simona erklärt. Und Gisela hatte geantwortet: „Wenn der Luxus da ist, muss man ihn sich nehmen." Darauf hatten sie mit Champagner angestoßen.

Gisela hatte nicht verraten, dass sie viel bescheidenere Glücksvorstellungen hegte. Die Zweisamkeit mit Frieder war der größte Hoffnungsposten in ihrem Leben. Eine hübsche Wohnung sollte noch dazu kommen: Schlafzimmer, Wohnzimmer mit großzügiger Schrankwand aus Eiche oder so, Sitzgarnitur, in die man tief einsinkt, ein Couchtisch, auf dem man gut Karten spielen kann, ein

Teewagen mit den einschlägigen Spirituosen – Frieder brauchte hin und wieder seinen Steinhäger –, ein Esstisch und ein möglichst großer Farbfernseher, weil so ein Gerät mit der Welt verbindet. Die Welt wollte sie nach dem Aufenthalt im Knast nicht mehr missen. Daher auch der Drang ins Ausland zu gehen. Aber nicht für immer. Sie würden aus Bullerbü oder Marbella, oder wohin sie sich eine Weile zurückziehen wollten, wieder zurückkehren und in Deutschland leben, vielleicht in Frieders Geburtsstadt Recklinghausen. Gelegentlich malte sie sich aus, wie sie dort mit ihm einen Schaufensterbummel machen und er von seinen Streichen als kleiner Junge erzählen würde.

„Ach“, sagte Simona jetzt und streckte sich wohlig in ihrem Lederfauteuil. „So liebe ich mein Leben!“ Sie deutete auf die kleine Tasse aus zierlichem Porzellan, die vor ihr stand: „Ein Mokka! Ich habe noch nie einen Mokka getrunken. Ich finde, ‚Mokka‘, das klingt so sehr nach weiter Welt.“

Die „weite Welt“ schien für sie beide ein Thema zu sein.

„Griechisch oder türkisch, nicht?“

„Eher arabisch. Der Orient. Mit seinen Geheimnissen. Weißt du, Eduscho ist ja schön und gut, aber so einen Mokka haben die nicht.“ Simona lachte übermütig und schlug ein Bein übers andere.

Sie trug ein schickes zweiteiliges Kostüm mit schwarzweißen Karos und hohe Stiefel. Gisela hatte ein dunkelgrünes Wollkleid gewählt und ein gelbes Halstuch, dazu Stiefelletten, die sie in einem Second-Hand-Laden auf St. Pauli gekauft hatte. Dort auf dem Kiez hätte man sie für Bordsteinschwalben gehalten, hier im Reichshof waren sie Geschäftsfrauen.

Gisela hatte eine Aktenmappe aus Kunstleder mitgebracht, die sie jetzt auf den Tisch legte, um die neugierigen Blicke der Männer, die vor dem Eingang zur Bar herumlungerten, ins Leere laufen zu lassen. Sie klappte die Mappe auf und holte ein paar Kataloge heraus. Strickmode der letzten Saison, Haushaltswaren der vorletzten, Einbauschränke für wohlhabende Familien. Sie stellte die Tasche wieder auf den Boden und schlug einen Prospekt auf. Die Blicke wandten sich anderen Dingen zu: Zigaretten wurden angezündet, Vitrinen mit Buddelschiffen angestarrt, der holzvertäfelte Speisesaal im Stil der Dampfschifffahrtszeit bewundert. Dann endlich schloss ein Kellner die Tür zur Bar auf, und die Herren wurden von ihrem Fegefeuer-Zustand erlöst.

Männer müssen immer irgendwas in der Hand haben oder im Auge behalten, ein Glas mit Alkohol, eine Zigarette ...

„Oder eine Frau!“, sagte Simona vergnügt. „Ich kann deine Gedanken lesen.“

Gisela schaute sie erschrocken an.

„Du sehnst dich nach einem treuen Begleiter, hast du gedacht, als du die Männer dort beobachtet hast. Nach einem, der für dich da ist, auch wenn es mal brenzlig wird.“

„Nein, nein ...“ Sie hatte ihr das über sich erzählt, was in den Zeitungen gestanden hatte: Dass sie eine Anführerin sei, die Chefin einer Bande, das Gehirn und Planungsgenie, die skrupellose, eiskalte Bankräuberin, die nun, nach mehrjähriger Pause nicht mehr mit brachialer Gewalt zuschlagen wollte, sondern klammheimlich und gut geplant. Warum Menschenleben aufs Spiel setzen und eine lebenslängliche Haft riskieren, wenn man auch mit Köpfchen arbeiten konnte? So hatte sie es auch Randy vermittelt, der das „ganz vernünftig“ fand. Und Frieder, der trocken kommentierte: „Wenn du unbedingt flügge werden und es schlau anfangen willst, soll es mir dieses Mal recht sein.“ Besser für immer, hatte sie dabei gedacht.

„Eine Partnerin“, sagte Simona, „das wäre das Richtige für dich. Eine die dir treu und aufrichtig den Rücken freihält.“ Sie beugte sich nach vorn. „Ich kann schießen! Nicht geflunkert!“

Um Himmels Willen, dachte Gisela, was will die denn von mir? Ist es ein Fehler gewesen, ihr zu verschweigen, dass Frieder übermorgen entlassen wird? Soll ich es ihr jetzt sagen? Aber wird sie dann noch auf meiner Seite sein? Vielleicht fühlt sie sich hintergangen. So enthusiastisch wie sie manchmal ist, kann man nie wissen.

Simona stellte nun ihrerseits ein Köfferchen auf den Tisch, ließ die Verschlüsse aufschnappen. Gisela bekam einen Riesenschreck. Wenn die eine Waffe da drin hat!

Aber Simona nahm nur einen gepolsterten Umschlag heraus. „Hier, bitte schön, wie vereinbart. Du sollst nicht schlecht von mir denken.“

Gisela befühlte den Umschlag. Die Schlüssel, gut.

„Was du sonst noch brauchst, klebt zwischen Polster und Bezug.“ Simona strich über ihre Sessellehne. Sie meinte die Kombination. Im Umschlag. Gut.

Simonas Gesichtsausdruck wechselte von verschmitzt zu betroffen. „Sie hat mir gekündigt.“

„Oh, das tut mir leid.“

„Es ist ja nicht deine Schuld. Wegen des Schmucks, den ich mir ausgeliehen hatte. Aber es wird nicht an die große Glocke gehängt. Ich bekomme eine ordentliche Kündigung zum Jahresende.“

„Ich verstehe schon“, sagte Gisela und zog einen braunen DIN A5-Umschlag aus dem Katalog mit den Einbauschränken.

Simona schüttelte den Kopf. „So war es nicht gemeint.“

„Fair ist fair“, sagte Gisela. Im Umschlag steckten zehntausend Deutsche Mark, die Schneider ihr nur unter großem Wehklagen anvertraut hatte.

„Ich danke dir.“ Simonas Augen leuchteten. „Aber weißt du ...“

„Wenn du vernünftig bist, hast du damit eine ganze Weile ausgesorgt.“

Simona lachte. „Das Wort vernünftig aus deinem Mund!“

Diese spöttische Bemerkung verstimmte Gisela, denn wenn sie sich etwas zugutehielt, dann ihre Vernunft. Sie plante, organisierte, trug die Verantwortung und dachte an die Zukunft – was war das anderes als total vernünftig? Was glaubte diese naive junge Frau eigentlich, wie das Leben einer Räuberin sich gestaltet – Karl Moors Zeiten waren vorbei, Vernunft war angesagt! Hatte nicht der berühmte Dramatiker Brecht einmal gesagt, im Vergleich zur Gründung einer Bank, sei ein Überfall ein minderes Verbrechen? Frieder wies gerne darauf hin, dabei hatte er keine Ahnung von Literatur und Theater. Gisela waren die Gedankengänge, die hinter dieser Aussage steckten, nicht sonderlich wichtig, aber sie verstand, dass damit angedeutet wurde, dass Gesetz und Moral zweischneidige Angelegenheiten waren, genau wie Begriffe wie Eigentum und Besitz. Hier könnte man einmal fragen, was die „alten Griechen“ dazu gesagt hatten oder sonstige schlauen Geister. Aber wenn sie jetzt dieses Thema anschnitt, wurde sie Simona womöglich nie mehr los.

Das Loswerden war ohnehin schon zum Problem geworden.

„Weißt du“, sagte Simona mit gewinnendem Lächeln, „durch dich ist mir erst klar geworden, wozu ich in Wahrheit geboren bin.“

Gisela schüttelte den Kopf. „Lass das lieber. Das führt zu nichts. Wirklich.“

„Sieh mal, was mir aufgefallen ist: Deinen Plan hast du eigentlich von mir.“

Gisela funkelte sie zornig an. „Was soll das heißen?“

„Ganz einfach ...“

„Mehr ist nicht drin!“ Gisela deutete unwirsch auf das Köfferchen, in dem ihre Komplizin den Umschlag hatte verschwinden lassen.

Simona legte theatralisch die Hände an die Wangen. „Oh weh, du hast mich missverstanden.“

„Hoffentlich.“

„Jetzt bist du böse, aber es gibt keinen Grund dazu.“

Gisela schüttelte unwirsch den Kopf und dachte: Das kommt davon, wenn du einer Frau vertraust. Frauen sind noch schlimmer als Männer. Überhaupt, wenn Geld im Spiel ist ... Das ist doch alles Scheiße! Entschuldige ... Aber da sieht man es: Mit Geld geht es nur gut, wenn auch Liebe dabei ist. Diese Erkenntnis wurde gefolgt von der blitzartigen Erkenntnis: Ich werde Frieder heiraten, gleich wenn wir in Schweden angekommen sind, denn Liebe plus Geld, das ist die Ehe, nicht wahr?

Wegen diesem eigenartigen Gedanken hatte sie Simona nicht mehr folgen können, die jetzt sagte: „ ... ist doch ganz klar, dass Mut und Tatkraft sich mit Logik und

Analyse verbinden müssen, um zum Erfolg zu kommen. Stell dir nur vor, welche wunderbaren Zeiten uns bevorstehen, wenn wir gemeinsam das gute Leben verwirklichen …“

„Jetzt komm mir nicht wieder mit deinen antiken Griechen“, protestierte Gisela ungelenk, „rede Klartext.“

Simona schmollte wie ein gemaßregeltes Kind. Dann sagte sie: „Na schön, also ganz einfach: Ich will dabei sein übermorgen.“

„Ausgeschlossen.“

„Sieh doch nur die Vorteile: Ich kenne mich bestens aus. Wenige Handgriffe sind nötig … die ich beherrsche. Es würde viel schneller gehen.“

„Wir kommen schon zurecht.“

„Dein Komplize könnte im Auto warten, das wäre sowieso schlauer.“

„Nein. Und denk doch mal nach: Du hast genug damit zu tun, dich um den Strom zu kümmern.“

„Ist doch längst getan. Hat mich zehn Prozent von dem gekostet.“ Simona deutete auf ihr Köfferchen.

„Wenn es darum geht: Mehr ist nicht drin.“

„Oh“, sagte Simona, „ich glaube, der Mokka meldet sich. Bin gleich wieder da.“ Sie sprang auf und eilte auf die Toilettentür in der Garderobennische zu.

Gisela fand das eigenartig. Sie klemmte sich beide Köfferchen unter den Arm und folgte. Im WC fand sie ihre Komplizin vor dem Waschbecken, wo sie in den Spiegel starrte, mit finsterem Blick, und sich offenbar selbst beschimpfte: „Daffke … faules Stück …“

„Was ist denn los?“, fragte sie.

Simona zuckte zusammen.

„Ach nichts“, sagte sie und wischte sich eine Träne aus

dem Augenwinkel. „Ich bin nur traurig. Werden wir uns denn nie mehr wiedersehen?"

„Na, wer weiß", lenkte Gisela ein. „Ich schicke dir einen Brief. Postlagernd Postamt 36. Wenn ich in Sicherheit bin."

Simona lächelte. Noch eine Träne musste beseitigt werden. „Das würde mich sehr freuen."

„Aber jetzt trennen sich unsere Wege." Gisela stellte ihr das Köfferchen vor die Füße und streckte versöhnlich die Hand aus. „Vielen Dank. Und auf bald ... vielleicht."

„Auf bald!"

Als sie ihren Mantel an der Garderobe entgegennahm, bemerkte Gisela eine feuchte Stelle auf ihrem Handrücken. Dort war offenbar eine von Simonas Tränen gelandet. Oder ein Regentropfen, der sich in einer Falte des imprägnierten Mantelstoffs verborgen hatte, war herausgekullert.

9

Die Männer vom Gebrauchtmöbelladen in der Antonistraße kamen um acht Uhr morgens mit einem Pritschenwagen, um alles abzuholen. Übrig blieben nur die Einbauschränke in der Küche und die Waschmaschine. Ansonsten wurde alles weggetragen, was ihr Leben in diesen vier Wänden ausgemacht hatte: das braune Sofa, Sessel, Tische, Stühle, Hocker, Bett, Kleiderschrank, Bücherregal, Wäschekorb, das kleine Buffet, auf dem immer ein Blumenstrauß gestanden hatte, der Schuhschrank, das Telefunken-Transistorradio mit Stereo-Empfang. Die Männer fragten nicht, warum sie alles loswerden wollte. Nachdem sie gesagt hatte: „Alles, bis auf das, was in der Küche steht“, hatten sie nur genickt und sich an die Arbeit gemacht. Dort standen die zwei Koffer, die sie gepackt hatte. Einen kleinen für Frieder, einen großen für sich, jeweils nur Winterklamotten – alles andere hing schon im Second-Hand-Laden unten an der Ecke. Und die Bilderrahmen mit den Drucken waren in der Mülltonne gelandet.

Während die Männer sich abrackerten, saß sie in der Küche und las die „Morgenpost“, dann blätterte sie in der „Petra“. Irgendwann ertappte sie sich dabei, wie sie durchs Fenster in den Hinterhof starrte. Es regnete monoton. Hört das denn nie mehr auf? An was habe ich eben gedacht, fragte sie sich. An Nichts? Wie kann das sein? Warum mache ich keine Pläne, male mir die Zukunft aus?

Feuchtkalte Luft wehte durch die offene Wohnungstür. Sie fröstelte. Und da stieg eine eigenartige Angst in ihr auf. Sie konnte sich Frieder nicht mehr vorstellen, nicht mehr sein Aussehen in Erinnerung rufen, sein Gesicht, sein Körper, seine Stimme, Gesten – alles schien sich aufgelöst zu haben, wie bei einem alten Foto, das jahrelang in der Sonne gehangen hatte, bis alle Farben und Konturen verblichen waren und nur vage Flecken übrigblieben.

Könnte es sein, dass alles, was sie bis hierher erlebt hatte, nur ein Traum gewesen war, den sie gerade vergaß? Das Bett war bereits fortgetragen worden – darin hatte sie geträumt. Jetzt packten die schweigenden kräftigen Männer das Sofa und schleppten es ins Treppenhaus. Darauf hatte sie viele Nachmittage gelegen und Radio gehört, nachdem sie ihre Anstellung als Verkäuferin bei „1000 Töpfe" am Schulterblatt im Schanzenviertel aufgegeben hatte. Und geträumt. Aber von was eigentlich? Von einer gemeinsamen Zukunft mit Frieder natürlich. Sie hatte sich alles in den schönsten Agfa-Color-Farben ausgemalt. Aber diese farbstrotzenden Idyllen waren ihr entglitten. Ihre Erinnerung war ein Fotoalbum, aus dem die Bilder herausgefallen waren. Kann man sich denn an etwas erinnern, das man sich für die Zukunft gewünscht hat? Ist doch logisch, dass so etwas nicht geht. Nur, warum betraf das auch ihre Vorstellungen von ihm? Nicht mal seine Stimme konnte sie mehr wachrufen. Gab es ihn wirklich noch? Hatte es ihn je gegeben? Oder war das nur ein Traum von Glück gewesen, den sie, eine kleine unbedeutende Verkäuferin in einem Haushaltswarengeschäft, geträumt hatte? Der Traum vom starken Mann, der sich ihrer annahm?

Das Blatt der Zeitschrift, dass sie zwischen Daumen und Zeigefinger hielt, zitterte. Wenn ich ihn nur geträumt habe, wenn ich mich nur geträumt habe, wenn ich alles nur geträumt habe, dann träumt niemand von mir ... und mein Traum ist aus. Dann kommen diese Kerle gleich herein, nehmen mich und tragen mich hinaus, laden mich auf den Pritschenwagen, lassen die Plane zufallen und schnallen sie fest. Ich liege dann regungslos und starr wie eine Statue zwischen den Möbeln und werde hin und her geruckelt, während der Laster losfährt. Vielleicht stellen sie mich ins Schaufenster, bieten mich zum Verkauf an wie eine Kuriosität aus der Südsee in „Harrys Hafenbasar".

Sie schrak zusammen, als es nebenan laut krachte. Die Männer fluchten. Der Kleiderschrank war umgekippt.

„Runter auf den Boden und stillhalten!"

Da war sie wieder, die Erinnerung. Masken, Handschuhe, Pistolen, harsche Kommandos, Angstschreie, panische Blicke, fügsames Buckeln, betretenes Schweigen, hier und da ein aufmüpfiges Starren, das schnell verschwand, wenn die Mündung ihrer Waffe das bleiche Gesicht ins Visier nahm. „Würden Sie bitte diese Säcke mit allem verfügbaren Bargeld befüllen? Vielen Dank. Und Beeilung bitte! Sonst ..." Sein entschiedener Ton. Er duldete keine Widerrede. Sein ruhiger Atem. Die wenigen effektiven Bewegungen. Draußen tuckerte der Motor ihres Fluchtfahrzeugs. „Her mit den Säcken!" Und als triumphierender Salut die knatternde Salve aus seiner Maschinenpistole. Herabrieselnder Putz, zersplitterndes Glas.

Leicht beschleunigter Herzschlag, tiefes regelmäßiges Atmen, Anspannung, keine Angst mehr. Warum solltest du Angst haben, wenn vor dir Menschen auf dem Boden liegen und sich schützend die Hände über den Kopf halten?

Nie hatte sie sich wirklicher gefühlt als in diesen Momenten.

Hör auf dein Herz, es schlägt jetzt genau diesen Rhythmus. Dein Herz schlägt, du bist real. Im Moment ist Frieder noch ein Traum, aber er wird wieder wirklich sein.

„Das war's. Tschüs." Die Männer trampelten die Treppe hinunter und verschwanden. Sie hörte, wie die Reifen des Lasters durch Pfützen platschten.

Und schon stapfte der Vermieter herein, ein geschäftiger kleiner Mann im zerschlissenen braunen Anzug, gefolgt von einer Horde möglicher Nachmieter. Junge Leute, mal mit zu langen, mal mit zu kurzen Haaren, Pärchen, die behaupteten, sie seien eine Wohngemeinschaft, ein paar in Giselas Augen ausländisch aussehende Männer, eine ältere Frau, die in der Bratwurstbude an der Reeperbahn arbeitete, und ein geschniegelter Kerl mit Nadelstreifenanzug und Dreitagebart, den sie in der Gegend schon mal gesehen hatte, der dem Vermieter ins Ohr flüsterte: „Ich will nicht die Wohnung, ich will das Haus", und ihm eine Visitenkarte in die Hand drückte.

Sie nahm ihre Koffer und ging.

Es war ein mühsamer Weg mit den Koffern bis zur S-Bahn-Station Reeperbahn. Der Regen prasselte auf ihre Strickmütze, die Hirtentasche rutschte ständig von der Schulter, und sie hatte die ganze Zeit Angst, Randy könnte aufkreuzen und ihr anbieten, sie in seinem Auto mitzunehmen. Denn er wurde ja auch in Wentorf erwartet.

Lieber fuhr sie mit der Bahn nach Bergedorf und weiter mit dem Bus. War das ein Zeichen von Schwäche?

Das mit dem Bus ließ sie bleiben, weil es immer noch regnete und der nächste erst in fünfunddreißig Minuten fuhr. Sie nahm eine Taxe, ließ sich aber zwei Straßenecken entfernt von Schneiders Haus absetzen. Tat so, als würde sie dort in einem Hauseingang verschwinden, ging dann den restlichen Weg zu Fuß.

Kid K. öffnete ihr wortlos die Tür und starrte sie süffisant an. So musste man es wohl nennen. Genießerisch. Blöder Kerl. Oder was auch immer dieses Individuum darstellte. Waren da leichte Rundungen unter dem schwarzen Hemd zu erkennen, verdeckt von schweren Ketten? Aber schmale Hüften. Ohrgehänge mit Sicherheitsnadeln, ganz schön albern. Jetzt glotze ich den so an wie sie mich, dachte Gisela und amüsierte sich über ihre Formulierung.

Randy tauchte neben Kid auf.

„Ist Karl da?"

„Bald."

„Wo komme ich unter?"

„Oben. Neben meinem Zimmer."

Auch das noch. „Hilf mir mal mit den Koffern."

Kid machte keine Anstalten. Also schleppte Randy die Dinger nach oben. Als sie ihm folgte, hatte Gisela das blöde Gefühl, Kids Augen würden sie von hinten durchbohren.

Kid folgte ihnen leisetreterisch trotz schwerer Stiefel. Im Zimmer angekommen, wo es aussah wie in einer Ferienpension, sagte Gisela zu beiden: „Bis später dann." Kid schaute Randy auffordernd an, beide verschwanden. Gisela schloss erleichtert die Tür, ließ sich aufs Bett fallen und dämmerte kurz weg.

Irgendwann rumpelte es vor dem Haus und Schneider traf ein, im Schlepptau den Lieferwagen eines Schlachters. Zutaten für ein Büffet wurden hereingeschleppt.

Später aßen sie Brötchen mit Aufschnitt und tranken Bier dazu. Dann gingen sie den Plan noch mal akribisch durch. Anschließend wurde am gleichen Tisch im Esszimmer Rommee gespielt. Gisela gewann souverän.

Zwischendurch schlenderte Schneider betont lässig ins Wohnzimmer und schaltete den Fernseher ein. „Es soll kälter werden“, sagte er, als er zurückkam.

„Ich mag keinen Schnee“, sagte Randy.

Ich schon, dachte Gisela.

Kid K. hatte den ganzen Abend kein Wort gesagt. War diese Person etwa stumm? Wenn, dann ergriff Schneider für sie das Wort. Das wirkte besitzergreifend, aber Kid ließ es geschehen.

Ich habe mich mit eigenartigen Menschen eingelassen, dachte Gisela, das passiert mir nicht noch mal.

Kurz nach Mitternacht gingen sie ins Bett.

„Schlaft euch aus, morgen gilt's“, sagte Schneider.

10

Seit einer halben Stunde stand Gisela am Fenster und schaute über die Wiese. Es regnete immer noch. Waren da schon kleine weiße Flöckchen zwischen den Bindfäden zu sehen? Wo blieb der Schnee, den Schneider vorhergesagt hatte? Deutschland im Winter ohne Schnee war eine triste Angelegenheit, vor allem hier auf dem Land. Keine Lichterketten, keine Weihnachtsbäume, keine leuchtenden Girlanden wie in der Stadt, bloß eine dunkle graue Fläche und darüber eine etwas hellere graue Fläche. Grau bis in die Unendlichkeit. „Das Wetter spielt uns in die Hände", hatte Schneider mehrfach wiederholt und sich geschäftig-zuversichtlich die Hände gerieben.

Zum späten Frühstück – alle hatten sich nach dem Aufwachen so lange wie möglich in ihren Betten gewälzt, Gisela hatte das Quietschen der Federn im Nebenraum bemerkt – waren sie kurz hintereinander erschienen. Schneider hatte Kaffee ausgeschenkt, sich zu ihnen gesetzt und vom Wetter geredet. Als dieses Thema erschöpft war, begann er von Kid zu schwärmen, der oder die oder das einen „super Wagen organisiert" hatte.

Gisela warf Randy einen fragenden Blick zu. War er nicht mit der Durchführung des Autodiebstahls beauftragt gewesen? Ihr Komplize zuckte müde mit den Schultern. Aus der Garage neben dem Haus drang das laute, aggressive Aufheulen eines PS-starken Motors. Randy tat so, als würde er es nicht hören, aber Gisela merkte ihm an, dass er gerne selbst Hand angelegt und den Motor frisiert hätte.

„Kid hatte eine geniale Idee", sagte Schneider.

„Ist ja ein Pfundskerl, Der-die-das", sagte Gisela, um für Randy Partei zu ergreifen und seine Moral zu stärken, schließlich kam es später auf ihn an.

Randy rührte in seiner Kaffeetasse herum. Der Zucker musste längst aufgelöst sein.

„Du solltest nicht so abfällig über Kid reden." Schneider klang leicht weinerlich.

„Es war nicht abgesprochen, dass Der-die-das Aufgaben von uns übernimmt. Das ist nicht korrekt, mein Lieber."

Randy lachte hämisch wegen „Der-die-das".

„Kid hatte die Idee, den Wagen beim ASB in Lübeck zu holen. Audi 100. Sie sind schön grün. Praktisch Tarnfarbe. Nachts nicht zu erkennen. Und es liegt ein Blaulicht unterm Sitz für den Bedarfsfall." Schneider lachte gezwungen.

„Unterm Sitz leuchtet es ja gut", brummte Randy.

„Mit Magnet. Kann aufs Dach gesetzt werden", verbesserte Schneider genervt.

„Bescheuert, das Ding hat auf der Tür das Emblem von diesen Samaritern. Damit fallen wir bloß auf, zumal das Ding doch längst als geklaut gemeldet ist."

„Merken die erst Montag, sagt Kid. Weil die übers Wochenende keine Krankenfahrten machen."

„So, so. Trotzdem, Tarnfarbe mit Emblem ist bescheuert."

„Da hat Randy recht", sagte Gisela.

„Wir haben Farbe zum Übermalen", sagte Schneider.

„Machst du später, Randy. Wenn Kid den Motor aufgemotzt hat."

„Ich mach die Drecksarbeit?" Randy warf den Kaffeelöffel auf die Tischdecke und verursachte einen braunen Fleck.

Schneider zuckte leicht zusammen und sagte: „Den Motor zu bearbeiten macht auch schmutzige Hände."

„Also hat dieser Kid eine Ausbildung zum Kfz-Mechaniker? Hätte ich ihm gar nicht zugetraut so viel Strebsamkeit", sagte Gisela.

Schneider lächelte schmallippig. „Kid ist vielseitig begabt."

„Und also ein Typ", stellte Gisela fest. Sie merkte, wie Randy unruhig wurde. Er starrte Schneider an und ein Hauch von Abneigung, ja Ekel huschte über Randys Gesicht. Schneider und Kid teilten sich ein Zimmer, das war nicht zu übersehen gewesen.

„Ehrlich gesagt, weiß ich das nicht."

„Ihr schlaft im gleichen Zimmer." Giselas Neugier war angestachelt.

„Im gleichen Bett sogar. Dennoch. Ich gönne mir dieses kleine Geheimnis." Schneiders Gesichtsausdruck changierte zwischen Stolz und Verlegenheit. „Ich bin ein Kind der Libertinage der Sechziger Jahre", erklärte er dann. „Damals meinten wir, alles sei möglich. Die wahre Revolution fand auf den Matratzen der Kommunen statt. Ergo, ich bemühe mich."

Bei „Revolution" und „Kommune" musste Gisela an die bewaffneten Banden denken, die ständig Leute entführten und umbrachten, und im Land eine allgemeine Stimmung der Hysterie erzeugt hatten. Diese Leute hatten den echten Bankräubern und Einbrechern das Leben schwer gemacht. Seit dem Herbst letzten Jahres geriet man ständig in Polizeikontrollen und Rasterfahndungen. Man konnte mit denen verwechselt werden und im Kugelhagel wild gewordener Spezialeinheiten untergehen. Früher, als die Langhaarigen bloß Aufmärsche veranstaltet und große Reden geschwungen hatten, war alles einfacher gewesen. Eigentlich sind wir das leuchtende Beispiel für den richtigen Umgang mit dem, was diese Studenten „Kapitalismus" nennen, dachte Gisela. Wir gehen rein und holen uns, was wir brauchen. Große Freiheit. Davon wissen diese Terroristen nichts. Wofür der ganze Aufwand? Das war ihr völlig schleierhaft. Doch zurück zum Thema.

„Also bleibt's bei Der-die-das", stellte sie fest. „Wieso, weshalb, warum?"

Schneider schaute sie fragend an.

„War nur ein Scherz." Offenbar kannte Schneider diese Kindersendung mit den lustigen Kuscheltieren nicht.

„Ein Zwitter soll das sein?", sagte Randy empört. „Bist du bescheuert? Verarschen kann ich mich selbst." Er stand abrupt auf. Der Tisch wackelte, das Porzellan schepperte.

„Randy", rief Schneider ihm im scharfen Befehlston hinterher, als er zur Tür stapfte, „du kannst in einer halben Stunde in der Garage anfangen. Und um 18 Uhr ist Lagebesprechung hier." Er schlug mit der Faust auf den Tisch. Gisela stand auf, um das Porzellan einzusammeln und zur Spüle zu tragen. Zum Glück war alles heil geblieben. Gangsterbräute erledigten immer den Abwasch, ob der Bräutigam nun anwesend war oder nicht. Während sie die Teller und Tassen und auch die Töpfe und Pfannen der vergangenen Tage in das schaumige Wasser tauchte, summte sie das Lied von der Sesamstraße vor sich hin: „Der, die, das, wer, wie, was, wieso, weshalb, warum …“ Ist doch klar und eindeutig, dachte sie, Kid kann nur ein Mann sein, sonst wäre er nicht in der Garage, sondern hätte sich um den Abwasch gekümmert. Klar wie Abwaschwasser, oder?

Aber dann, als sie in ihrem Zimmer am Fenster stand und glaubte, sie könnte zwischen den Bindfäden die ersten weißen Flöckchen erkennen – Aber ja! Da! Und dort auch! –, sah sie, wie Kid aus der Garage kam, die Zufahrt hinunterging und am Zaun vor der Wiese anhielt. Stand dort eine ganze Weile herum und blickte starr geradeaus. Eine Frau steht anders da als ein Mann, oder? (Die Frage nach dem Warum klammern wir hier mal aus.) Die Arme vor der Brust verschränkt – das ist ein Mann. Aber den einen Fuß schräg abgewinkelt auf den Boden stellen, die Hüften in leicht schiefer Stellung – das ist eine Frau. Und eine Zigarette hastig und nervös paffen und dabei den Ellbogen auf die linke Hand gestützt – Frau? Aber die Zigarette mit Daumen und Zeigefinger in der halb geschlossenen Faust haltend – Mann?

Kid drehte sich um und schaute zu ihr hoch. Wieder diese Fenster-Situation. Sie oben, Kid unten. Kid schnippte die Kippe weg und hob die Hand. Wieder dieser komische Gruß. Daumen, Zeigefinger und kleiner Finger abgespreizt, Mittel- und Ringfinger nach innen gerichtet.

Weiterhin rätselhaft, fand Gisela. Aber warum nicht mal etwas ausprobieren? Sie hob ihrerseits die Hand und ahmte die Geste nach. Der Effekt war, dass Kid die Hand vor die Brust legte und eine Verbeugung andeutete. Wie ein Ritter, der seiner Dame Zuneigung bekundet. Aber mit dem schmachtenden Blick eines schwärmenden Backfischs.

Gisela trat hastig vom Fenster weg. Das war ihr zu kompliziert. Oder gar ein gefährliches Spiel. Ja, es machte sie nervös.

Sie lag unruhig auf ihrem Bett. Irgendwann kam Schneider und holte die Koffer, um sie in seinem Wagen zu verstauen, mit dem Frieder abgeholt werden sollte. Gisela war froh, dass Schneider ihr mitteilte, er würde das zusammen mit Kid übernehmen. Sie hatte schon befürchtet, Der-die-das könnte sich auch in die bevorstehende nächtliche Aktion einmischen.

Also war alles in Ordnung, oder? Ja, als sie um 18 Uhr nach unten ins Wohnzimmer kam, dachte sie: Alles perfekt. Denn da lagen die Waffen auf dem Tisch – gut geölt und blank poliert. Die gefüllten Magazine daneben. Eine nagelneue SIG P220 für Randy.

„Ein Geschenk, als Zeichen meiner Wertschätzung, alter Junge!“, sagte Schneider jovial. Und tatsächlich war Randy leicht gerührt, als er nach der wuchtig wirkenden Pistole griff. Und alle Misshelligkeiten waren vergessen. Zumindest für den Moment.

Daneben lag für Gisela eine ebenso neue Beretta 82.

„Mit einreihigem Magazin, also etwas leichter für die Dame“, kommentierte Schneider. Und Gisela fragte unwillkürlich: „Und was für eine Waffe hast du Kid geschenkt?“ Woraufhin Schneider antwortete: „Kid trägt keine Waffe. Das ist erstens nicht nötig. Und zweitens ist Kid Kriegsdienstverweigerer. Kann keiner Fliege was zuleide tun.“

Aha, dachte Gisela, und wozu dann die Rasierklingen? Sie schaute sich um. Kid war nicht da. Den Geräuschen nach zu urteilen machte Der-die-das sich gerade in der Küche zu schaffen.

Nachdem die beiden Beschenkten sich an ihren Waffen ergötzt hatten, klatschte Schneider in die Hände und bat zum Buffet. Dieses Mal hatte Kid jede Menge Kanapees auf diversen Servierplatten angeordnet. Sogar mit Lachs und Kaviar. Donnerwetter.

Aber am überraschendsten war, dass Der-die-das über der Ledermontur eine weiße Schürze trug. Also doch so? fragte sich Gisela. Und merkte, dass das langsam zur Obsession wurde. War das geplant? Ach Gott, wie leicht man sich verunsichern lässt!

Kid verschwand in der Küche und kam ohne Schürze zurück. Sie griffen zu. Als Getränk gab es nur Sprudel.

Nach der abschließenden Lagebesprechung flätzten sie in den Sesseln und warteten.

Draußen fielen die Schneeflocken immer dichter. Dicke, fette, feuchte Flocken.

Dreimal schaute Schneider prüfend nach draußen, dreimal sagte er: „Das Wetter spielt uns in die Hände.“ Beim vierten Mal dann: „Das Wetter spielt euch in die Hände.“

Es wurde Zeit, sich umzuziehen. Schwarz war die Farbe des Abends. Jeans, wegen der leicht zugänglichen Taschen, Pullover weil die Wolle nicht quietschte oder knarzte wie Gummi, Kunststoff oder Leder. Schwarze Turnschuhe als Leisetreter. Schwarze, enganliegende Handschuhe aus Wildleder. Schwarze Sturmhaube. Die perfekte Ausstattung in dieser schwarzen Nacht.

Nur die fetten Flocken störten, die ihnen draußen ins Gesicht wirbelten und auf ihren Klamotten kleben blieben, bis sie zerschmolzen. Je kälter es wurde, umso mehr weiße Flecken.

Das stellte Gisela fest, als sie auf den Audi 100 zugingen, den Kid vorgefahren hatte. Leere schwarze Stoffsäcke auf dem Rücksitz. Die rascheln nicht.

Randy setzte sich hinters Lenkrad und justierte umständlich Sitz und Spiegel. Gisela rückte das Pistolenhalfter unter dem Pullover zurecht. Eine Rundung mehr, dachte sie amüsiert. Wieso bin ich so gut gelaunt, fragte sie sich. Was für eine Frage! Frieder wartet!

„Nur für den Notfall, Leute, nur für den Notfall!“, hatte Schneider in Bezug auf die Waffen mehrfach wiederholt. Er konnte einem auf die Nerven gehen.

„Also dann, bis später“, stieß Randy zwischen den Zähnen hervor und streckte die Hand nach dem Türgriff aus.

Auf der Beifahrerseite schloss Kid behutsam die Tür für Gisela. Fürsorglich, aber mit ausdruckslosem Gesicht. Ein Rätsel, diese Person.

„Und kommt mir nicht ohne den Blizzard zurück“, mahnte Schneider zum Abschied.

Randy fuhr los. Nach einigen Metern schaute er in den Rückspiegel und knurrte: „Sie winken. Total bescheuert die beiden. Und was meinst du nun zu Kid – Männlein oder Weiblein?“

„Ja“, sagte Gisela.

Randy gab Gas. Die Reifen drehten durch. Gisela schaute ihn irritiert an.

11

Betonschluchten, leises Rauschen, glitzernde Wassertropfen im Rhythmus der vorbeihuschenden Bogenlampen. Der Scheibenwischer bewegt träge halb geschmolzene Schneereste. Hin und wieder klatscht eine fette Flocke gegen die Windschutzscheibe. Flink surren die Reifen über den nassen Asphalt. Von irgendwo biegt hoch oben eine Fahrbahn um die Wand eines Büroturms, als hätte jemand für diese Nacht die Schwerkraft ausgesetzt. Werden wir gleich fliegen?

Ja, der Audi hebt ab, gleitet zur Seite, das Heck schwingt, wie von Zauberhand bewegt, nach links. Für eine kurzen Moment schiebt sich der Wagen quer gestellt über die schimmernde Fahrbahn, so leicht und geräuschlos wie in einem Traum. Rotiert dann entfesselt um die eigene Achse wie die Calypso-Gondel auf dem Rummelplatz ihrer Kindheit.

Randy stößt einen heiseren Schrei aus, der in ein lautes Knurren mündet. Er trampelte auf den Pedalen herum, zerrt hilflos am Gangschalthebel, dreht wild am Lenkrad, das genauso Karussell spielt wie der ganze Wagen. Die Räder haben jeden Halt verloren, die Fahrbahn ist eine spiegelnde Eisfläche, auf der die weißen Lichtreflexe der Lampen um das gelbe Blinken der Ampeln tanzen, im Schatten umgekehrter nassgrauer Bürofassaden.

Eben noch rasend schnell, wird das Geschehen von unsichtbaren Kräften abgebremst, zu einer Zeitlupe verlangsamt, und Gisela sieht die Welt vorbeiziehen wie in einem Kinofilm, nur dass dieses Drama ohne Musik abläuft. Das Karussell wird langsamer, die Fahrt ist vorbei.

Keine Musik? Von wegen. Lautes Knirschen und Schaben von Metall auf Metall, Metall auf Beton ist zu hören, als der Audi an mehreren geparkten Autos vorbeischrammt, an einer Wand entlangkratzt und vor einem großen Werbeplakat verkehrt herum zum Stehen kommt. Hoffentlich Allianz versichert, denn Picon ist mild und schmeckt! Tatsächlich sind es zwei Plakatwände, angestrahlt von eiskalten Scheinwerfern, die nun mitleidlos ins Innere des Autos leuchten, in dem Randys Kopf gegen das Lenkrad geschleudert wurde, während Gisela sich nur mit Mühe am Armaturenbrett festhalten konnte. Seltsamerweise ist die Beifahrertür aufgegangen. Fast wäre sie hinausgeschleudert worden.

Randy stöhnt, vielleicht schluchzt er auch. Gisela holt tief Luft. Ihr Nacken schmerzt. Sie will ihrem Komplizen tröstend die Hand auf die Schulter legen, lässt es aber lieber bleiben und fragt leise: „Geht es? Alles in Ordnung?"

Regentropfen prasseln, dicke Schneeflocken landen auf der Windschutzscheibe. Randy atmet schwer.

„Was ist mit dir?"

Er hebt den Kopf. Platzwunde über dem linken Auge. „Was mit mir ist?" Er verzieht das Gesicht. „Sehr witzig. Die Fahrbahn ist spiegelblank."

„Ist mir auch aufgefallen", sagt Gisela trocken.

„So eine verrückte Scheiße!"

„Fahr weiter, wir haben keine Zeit."

„Was?" Er hebt die Hände, sie zittern. Seine Arme zittern. Seine Stimme auch. „Nee ..." Er schüttelt den Kopf.

„Rutsch rüber, ich fahr weiter." Sie steigt aus und geht um den Wagen herum.

Randy scheint froh zu sein, dass sie eine Entscheidung getroffen hat.

Gisela wundert sich kurz über ihre Zuversicht, aber das Steuer fühlt sich gut an, der Motor reagiert sensibel auf ihren Fuß am Gaspedal, der Hebel der Lenkradschaltung ist noch intakt. Sie macht eine Kehre.

Kurz drehen die Reifen durch, dann kein Eis mehr bis in die Innenstadt.

An der Ecke Ferdinandstraße und Gertrudenstraße halten sie an. Von hier sind es nur wenige Schritte um zwei Ecken bis zu dem massigen klassizistischen Gebäude mit den gläsernen Rundbögen im Hochparterre und den breiten Panorama-Schaufenstern im Souterrain, die tagsüber den teuren Schmuck zeigen, den Frau Weiler-Gehling abends vorsorglich durch Attrappen ersetzen lässt.

Gisela geht allein. Randy zittert wie Espenlaub, ist zu nichts zu gebrauchen.

Bevor sie aussteigt, schaut sie auf die Armbanduhr, die sie über den Pullover gebunden hat. „In zehn Minuten fährst du direkt vor. Lass den Motor laufen. Ich steige ein, du gibst Gas, dann zweite rechts und rein in den Tunnel."

„Okay." Randy nickt vage. Dann lässt sie ihn allein.

Du musst, denkt sie.

Sie wartet direkt an der Straßenecke, bis die Lichter ausgehen. Punkt drei Uhr wird es stockdunkel. Nur der Weihnachtsbaum auf der Binnenalster leuchtet weiter. Irgendwas muss immer querschießen.

Trotzdem, es ist doch alles ganz einfach. Sie hatte es

nicht anders erwartet. Auf Simona war Verlass, das hatte sie von Anfang an gewusst.

Gisela zieht sich die Sturmhaube übers Gesicht, geht den Bürgersteig entlang, den Schlüsselbund in der Hand, zielstrebig bis zur Tür über der das Schild „Juwelier Weiler – wertvolle Uhren – exklusiver Schmuck" jetzt im Dunkeln hängt, beklebt von nassem Schnee.

Der erste Schlüssel passt fürs Gitter, der zweite für die Tür, die sich lautlos öffnet. Gisela hat sich bei drei Besuchen die Räumlichkeiten eingeprägt. Sie tastet sich durch bis zur Tür hinter dem Verkaufstresen, weiß, wie viele Schritte sie gehen muss. Der Lichtkegel einer Taschenlampe wäre zu riskant. Die Tür zum Flur ist nicht verschlossen. Sie schiebt sie behutsam hinter sich zu. Die Lampe leuchtet auf. Links geht die Treppe nach unten in den Keller. Dritter Schlüssel für die Kellertür, vierter für den Tresorraum.

„Hallo, mein Freund, ich bin so frei", flüstert sie.

Die Kombination stimmt, das Zahlenrad surrt willig, der Hebel bewegt sich, die schwere Tür gleitet lautlos auf. Im Lichtkegel der Taschenlampe glitzern tausende Juwelen, Diamanten, schimmert Gold und Platin, liegen Ringe, Ketten, Colliers, Ohrgehänge, Armbänder und Uhren ordentlich in Reih und Glied in ihren Kassetten.

Man ist versucht, einfach alles einzusacken. Aber die Säcke liegen noch auf dem Rücksitz im Audi. Vergessen. Und wieso überhaupt? Wer hat denn da nicht nachgedacht? Es geht doch nur um den „Blizzard"! Und der liegt in einem mit rotem Samt ausgeschlagenen Kästchen aus schwarzem Ebenholz mit Glasdeckel und schimmert makellos weiß. Kalte Kristalle, eisige Zapfen, filigrane Flocken, scharfe Krusten, gezackte Flächen, zuckriger

Raureif, glänzende Flächen, loderndes Feuer, ein schockgefrorener Wirbelsturm aus Platin und Diamanten, den wertvollsten Stoffen, die dieser Planet zu bieten hat. Gisela fröstelt es, als sie sich vorstellt, wie es sich anfühlen muss, dieses Collier auf der nackten Haut zu tragen.

Darf ich?

Und es scheint zu flüstern: Nicht zögern. Nimm mich. Ich gehöre jetzt dir. Jedenfalls für eine Nacht.

Und lass den übrigen Tand links liegen. Ich bin tausendmal schöner als die anderen.

Sie greift danach. Klemmt sich das Kästchen unter den Arm.

Möchte die Dame vielleicht noch etwas mehr?

Nein.

Nur ein kleines bisschen?

Nein.

Eine Uhr? Jeder braucht doch eine Uhr. Oder eine Perlenkette? Was ist eine Frau ohne Perlenkette? Ein Platinarmband mit Rubinen? Ein Diamantring?

„Viel zu protzig“, flüstert sie abfällig.

Genau, denn das Beste ist für sie gerade gut genug.

Die Schachtel mit dem „Blizzard“ in der Hand verlässt sie den Raum, steigt die Kellertreppe hinauf, tritt in den Verkaufsraum, tastet sich um den Tresen herum. Das blasse Licht des Weihnachtsbaums dringt durch die Schaufenster herein, erhellt aber nur den vorderen Bereich. Draußen auf dem Ballindamm schiebt sich gerade die dunkle Silhouette des Audi ins Breitwandbild des Panoramafensters. Na bitte, Randy hat sich wieder gefangen. Alles läuft nach Plan.

„Liebling …“, murmelt eine tiefe Stimme.

Gisela schreit leise auf. Hält sich eine Hand vor den

Mund. Beinahe wäre ihr das Kästchen aus der Hand gefallen.

„W-was, was ...“ stottert sie. Schiebt die rechte Hand unter den Pullover, tastet nach der Pistole.

„Du hast es geschafft“, sagt die tiefe Stimme. „Wir haben es geschafft.“

Die Stimme gehört zu einem Schatten, der rechts neben ihr zwischen den Umrissen von zwei Vitrinen steht. Gisela knöpft das Holster auf.

„Ich bin hier. Ich bin dabei. Jetzt kann uns nichts mehr trennen.“

Sie zieht die Pistole aus dem Etui.

„Ich wusste von Anfang an, dass es mehr sein muss. Dass es für immer sein muss.“

Sie entsichert die Waffe.

„Wir sind füreinander bestimmt. Und jetzt ...“ Die tiefe Stimme stockt.

Hab ich das Ding durchgeladen?

„Wo hast du denn die Sachen?“, wundert sich die Stimme.

Ist durchgeladen.

„Welche Sachen?“, fragte sie flüsternd.

„Na, das Zeug aus dem Tresor, der Schmuck. Bist du noch nicht unten gewesen?“

Aber ich kann ihn doch nicht einfach abknallen, oder?

„Doch, doch“, sagt sie leichthin. „Ich geh dann.“ Sie hebt die Waffe und richtete sie auf den Schatten.

„He!“, sagt er. „Was tust du da?“

„Auf Wiedersehen.“ Etwas Besseres fällt ihr gerade nicht ein.

„Aber das geht doch nicht.“ Der Schatten gestikuliert hilflos.

Gisela tastet sich rückwärts zur Tür, die Pistole auf ihn gerichtet.

„Ich liebe dich!"

Der kapiert ja gar nichts.

„Liebling. Ich kann ohne dich nicht leben!"

Um Himmels Willen.

„Hören Sie, Freundchen", sagt Gisela kalt. „Ich bin eine andere. Und ich schieße, wenn's sein muss!"

„Mein Herz ...?"

Genau das, du Dummkopf.

Sie eilt zur Tür, reißt sie auf, taumelt nach draußen, rennt los, gleitet hilflos über den Gehweg, fällt und landet im Matsch. Ihr Hinterkopf knallt auf die Bordsteinkante. Dunkelheit.

„Gigi!"

Du sollst mich nicht so nennen ...

Wo ist meine Waffe?

Ein Schuss, gefolgt von ersticktem Stöhnen. Noch jemand fällt in den Dreck.

„Randy?" Gisela reißt die Augen auf. Sieht den Schatten, der vom Juweliergeschäft mit schweren Schritten auf sie zu tapst, in der Hand einen Revolver.

Ein Blitz.

Der Schatten wirft die Arme in die Luft und rotiert, bevor er zusammenbricht.

„Daffke ... faules Stück ..."

Simona? Was will die denn hier?

„Dummes Luder ... blöder Kerl ... Los rein da!"

Als Gisela wieder klar denken konnte, lag sie auf dem Beifahrersitz des Audi, und neben ihr am Steuer saß Simona, ganz in Schwarz, fast genauso ausstaffiert wie sie selbst, nur mit einer Trainingsjacke statt einem Pullover.

„Wo ist Randy?"

Der Wagen rauschte durch den leeren Tunnel.

Simona lachte. „Kaum aufgewacht, macht sie sich Sorgen. Das ist wahre Liebe." Sie deutete mit dem Kopf nach hinten.

„Red keinen Quatsch." Gisela rappelte sich auf und schaute über den Sitz. Randy lag da wie tot. Aber er schnaufte noch. Die Platzwunde am Kopf hatte er schon vorher gehabt. Sonst nur ein Riss im Pullover wie ein leidiges Missgeschick.

„Was ist mit ihm?"

„Peter, der Idiot, hat ihn angeschossen."

„Peter?"

„Der Typ vom Wachdienst. Was glaubst du denn, woher ich die Schlüssel habe und wer das Licht ausgeschaltet hat? Er war mal Elektriker."

„Und was machst du hier?"

„Wir haben ähnliche Interessen."

Gisela ließ sich matt auf den Sitz zurücksinken. „Das geht nicht."

„Schon passiert." Simona verzog schmerzlich das Gesicht. „Und jetzt erst recht. Auch wenn ich das so nicht gewollt habe." Ihre Augen glänzten.

„Fang bloß nicht an zu heulen, faules Stück." Gisela ahmte ihren Tonfall nach.

Simona kniff die Augen zusammen. An einer Wimper klebte eine Träne.

„Und wenn schon ... er war ein Wachmann ..."

Der Audi schoss aus dem Tunnel. Vorsicht Eisregen, dachte Gisela. Aber vielleicht wäre ein Unfall jetzt das Beste.

12

Leicht benommen starrte Gisela auf das grün leuchtende Armaturenbrett. Simona fuhr, die rechte Hand am Lenkrad, die linke angewinkelt auf dem Schoss, die Pistole schussbereit auf die Beifahrerin gerichtet. Randy auf dem Rücksitz schnaufte schwer, bewegte sich stöhnend. Sie hatten die Hauptverkehrsstraßen verlassen und fuhren durch eine Welt, die sich hinter einem schwarzen Tuch verbarg. Weiße Punkte strömten ihnen entgegen, klatschten aufs Glas, rutschten ab, wurden fortgewischt, sammelten sich klumpig am Rand. Sie schauten nach vorn durch einen weißen Rahmen. Die Straße war ein kurzer grauer Streifen, der hinter der Wand aus Schneeflocken abbrach. Es wirkte, als müssten sie nur eine ganz kurze Strecke bewältigen, aber nicht vorankommen. Alles war umhüllt von Schwärze. Hier und da tauchte eine Fahrbahnmarkierung auf. Manchmal war erst in letzter Sekunde eine Kurve zu erkennen. Das Heck geriet ins Schlingern. Simona nahm das Gas weg, fuhr langsamer.

„Wo geht's denn hin?“, fragte Gisela.

„Ins Nirgendwo“, sagte Simona. „Wenn wir da sind, lasse ich euch raus.“

Gisela warf einen Blick auf den Rücksitz. „Randy ist vielleicht ernsthaft verletzt.“

„Ja, er hat Pech gehabt.“

„Wir können doch kurz mal anhalten.“

„Nein, bestimmt nicht.“

„Er ist angeschossen worden. Er könnte verbluten.“

„Ja, das wäre möglich.“

„Ich kann ihn verbinden.“

„Später.“

„Dann ist es vielleicht zu spät.“

„Verwundete werden erst versorgt, wenn die Kampfsituation beendet ist.“

„Wie bitte?“

„Wir sind noch mitten im Gefecht. Die Frontlinie verläuft zwischen uns.“

Gisela schaute Simona prüfend an. Eine dunkle Silhouette im Schein der Armaturen und dem gelegentlichen Flackern der Lichtreflexe. Vielleicht war sie verrückt? So verschroben, wie sie sich ausdrückte. Sie hatte die blonden Haare zu einem kurzen Pferdeschwanz gebunden, ihre Wangenknochen traten hervor. Sie redete, als würde sie dabei die Zähne zusammenbeißen. Aber wie wunderschön die Silhouette ihres Gesichts war – ein griechisches Profil.

„Wer bist du eigentlich?“, fragte Gisela.

„Nur ein Soldat.“

Wenn sie verrückt ist, wäre sie dazu in der Lage uns zu erschießen, dachte Gisela. Aber hätte sie es dann nicht längst getan? Oder wären ihr die Leichen lästig? Wieso sitzen wir hier mit ihr im Wagen? Weil sie keine Spuren oder Zeugen hinterlassen will? Sie scheint zu wissen, was sie tut. Wieso redet sie dann so ein dummes Zeug? Natürlich kann sie trotzdem verrückt sein.

Gisela lachte leise vor sich hin.

„Wieso lachst du?“

„Wir sind beide verrückt, oder?“

„Ich nicht“, stieß Simona hervor.

„Alles nur wegen eines Colliers von fantastischem Wert, der vielleicht nur der Einbildung eines Spinners entsprungen ist.“

„Für mich hat es einen ganz realen Wert.“

Für Schneider auch, dachte Gisela. Und für mich?

„Wo ist es überhaupt?“ fragte sie.

„Das wüsstest du gern?“ War da der Hauch eines ironischen Lächelns, der das Profil noch hübscher machte?

„Ich würde es mir gern noch einmal anschauen.“

„Nein“, sagte Simona.

„Du nimmst es mir fort?“

„Ja.“

„Ohne mich hättest du es nie bekommen.“

„Natürlich. Einfacher sogar. Ihr seid doch nur meine Tarnung.“

„Was soll das denn heißen?“

„Ihr seid die Täter. Mich gibt es gar nicht.“

„Und du behältst den Blizzard?“

„So ist es.“

„Und wir sollen für ein Verbrechen einstehen, dass du begangen hast?“

„So ungefähr.“

„Und wir bekommen nicht mal eine Entschädigung?“

„Nein, das ist nicht vorgesehen. Warum auch?“

„Weil es fair wäre.“

„Von einem Ochsen kann man nicht zwei Felle abziehen.“

„Wie bitte?

„Fair“, sagte Simona abfällig. „In der Geschichte dieses Colliers hat Fairness bislang überhaupt keine Rolle gespielt. Warum jetzt?“

„Weil wir befreundet sind", sagte Gisela. Und es kam ihr augenblicklich lächerlich und mädchenhaft vor.

Simona lachte.

Ein mulmiges Gefühl breitete sich in Giselas Bauch aus.

Der Wagen schlingerte. Simona nahm den Fuß vom Gaspedal, beugte sich vor und spähte in das von hellen Flocken verwirbelte schwarze Nichts.

Ein Schatten erhob sich hinter ihnen, ein Arm ruckte in die Höhe, eine Faust schnellte nach vorn. Etwas Metallisches blitzte auf.

„Nicht!", schrie Gisela, als die Waffe Simonas Hinterkopf berührte. Meine Beretta, wunderte sie sich. Wo hat er die denn her?

„Nimm ihr die Waffe ab!"

Simona ließ sie fallen. Gisela musste sich bücken und blind herumtasten, bis sie sie endlich gefunden hatte.

„Anhalten", knurrte Randy heiser. „Gas wegnehmen. Schön langsam abbremsen. Hand auf dem Lenkrad lassen. Gigi, nimm den Schlüssel aus dem Zündschloss!"

„Nenn mich nicht so!"

Simona bremste abrupt, der Wagen drehte sich quer und blieb stehen. Das Licht der Scheinwerfer tastete die dünne Schneedecke ab.

„Das sind ja beschissene Reifen", sagte Simona bissig.

„Schnauze! Hände auf dem Lenkrad lassen! Gigi, du steigst aus und setzt dich ans Steuer."

Die Waffe in der Hand saß Gisela störrisch da und rührte sich nicht. Starrte nach draußen, wo weiße Linien schwarze Silhouetten umrahmten. Nadelbäume offenbar.

„Gigi!"

Auf dem Ohr bin ich taub.

„Gisela, verdammt! Mach die Tür hinter dir zu."

Sie schob die Tür auf und stieg aus. Schlug erbost die Tür wieder zu. Dieser Mistkerl glaubt immer noch, er kann Frieder beerben. So ein Idiot!

„Und du rutschst rüber auf den Beifahrersitz. Keine Sperenzien!"

Gisela glitt auf dem matschigen Schnee beinahe aus. Im Licht der Scheinwerfer war zu sehen, dass seit Beginn des Schneefalls kein Fahrzeug hier durchgekommen war. Wo genau sie sich befanden, wusste sie nicht. Irgendwo im Hamburger Umland, wahrscheinlich im Osten. Es kam ihr vor, als wäre es viel kälter als vorhin. Wie viel Zeit war seit dem Einbruch vergangen?

Sie schob sich hinter das Lenkrad und schaute auf die Uhr am Armaturenbrett. Erst 4 Uhr 21, doch was kürzlich geschehen war, kam ihr längst unwirklich vor. Randy hielt den Revolver auf Simona gerichtet, die sich gegen die Beifahrertür drückte. Hat sie Angst? Wenn ja, ist an ihrer eisigen Miene nichts abzulesen. Vielleicht ist sie blasser geworden. Sie zittert nicht. Ich zittere. Verdammte Kälte.

Gisela schlug die Tür zu, griff nach dem Lenkrad, drückte aufs Gaspedal. Sie hatte ganz vergessen, dass der Motor ausgeschaltet war. Sie hielt ja den Schlüssel in der Hand. Und wohin wollte sie überhaupt fahren?

„Was machen wir jetzt?", fragte sie.

Statt eine Antwort zu geben, blaffte Randy Simona an: „Wo ist der Blizzard?"

Sie blinzelte kurz. „Weit kann er nicht sein. Such ihn doch."

Randy spannte den Hahn. „Wo ist das verdammte Ding, du Schickse?" Seine Hand zitterte, genau wie seine Stimme. Aber vor Wut.

Sie kniff die Augen zusammen. „Eine Schickse bin ich sicherlich nicht“, sagte sie und betonte dabei das Schimpfwort. Sie zögerte kurz und lenkte dann ein: „Das ‚verdammte Ding‘ liegt unter dem Sitz hier.“

„Hochholen!“

Sie bückte sich.

„Pass auf!“, fuhr Randy Gisela an.

Simona kam wieder hoch, die Schatulle mit dem Collier in den Händen. Gisela streckte die Hände danach aus, aber Simona reichte es Randy. „Ich bin keine Schickse, okay?“

Meine Güte, ist die zickig, dachte Gisela.

Randy nahm den Schmuck entgegen und nickte zerstreut. „Ja, ja.“ Er stellte das Kästchen neben sich auf den Sitz.

„Und was nun?“, fragte Gisela. „Wohin?“

„Zum Treffpunkt. Also zurück“, sagte Randy.

„Wieso behaltet ihr die Beute nicht für euch?“, fragte Simona.

„Wir wollen keinen Schmuck, sondern Geld“, sagte Randy trocken.

„Kurzsichtig“, sagte Simona und schaute ihn eindringlich an.

Wenn die jetzt versucht, ihn auf ihre Seite zu ziehen, knall ich sie ab!, dachte Gisela.

„Halt die Klappe“, sagte Randy. Er hatte jetzt eine der Sturmhauben in der Hand, zerrte daran und riss sie entzwei. Dann noch einmal. Er stöhnte dabei, sein Gesicht verzerrte sich, Schweißperlen traten auf seine Stirn. Mit den entstandenen Streifen fesselte er Simona die Hände auf den Rücken.

„Faules Stück“, stieß sie zwischen den Zähnen hervor. Randy ließ sich nicht aus der Ruhe bringen.

Gisela wendete und fuhr zurück. Die Fahrspur, die sie selbst verursacht hatten, war noch zu sehen, obwohl der dichte Schneefall sich bemühte, sie auszulöschen.

Irgendwann fing Randy an, sie zu dirigieren. Dabei schnaufte er laut und stöhnte ab und zu.

Gisela beugte sich angestrengt übers Lenkrad, weil sie durch die nasse Windschutzscheibe und den Flockenwirbel kaum etwas erkennen konnte.

Sie sah ein Schild, das nach Ahrensburg wies, und eins, das Richtung Bad Oldesloe zeigte. Dann ein blaues, das zur Autobahn führte. Die A1 wurde auch „Vogelfluglinie" genannt. Und genau so hatten sie und Frieder sich das auch gedacht: Über die Vogelfluglinie in die Freiheit fliegen. „Mit schrillem Schrei nach Norden." Wie recht dieses Lied doch hatte: „Die Welt ist voller Morden." Aber lass du dich mal nicht ins Bockshorn jagen. Wenn Frieder wieder bei dir ist, wird alles seine rechte Wendung bekommen. Das hat er versprochen, oder? Na ja, vielleicht nicht ausdrücklich. Aber es liegt immer in seinem Blick.

„Wir sind gleich da. Was für eine Schnapsidee, den Treffpunkt an die Autobahn zu legen", brummte Randy. „Da fahren die Bullen doch am liebsten rum." Diese Kritik hatte er schon während der Planung angebracht.

„Es gibt auch noch zwei Bundesstraßen und mehrere kleine Landstraßen und Feldwege, über die man sich verdünnisieren kann", zitierte Gisela den Kommentar von Schneider dazu.

„Geschwätz von gestern."

Randy dirigierte sie so sicher durch die Dunkelheit und das Schneetreiben, als wäre er schon mehr als einmal hier gewesen. Einziges Problem war, dass die Räder des

Audi immer wieder wegen der Eisfläche unter dem Schnee ins Rutschen kamen. Einmal wären sie beinahe im Graben gelandet, und Randy schimpfte so laut und ausdauernd, dass Gisela versucht war, sich umzudrehen und ihm eine Ohrfeige zu geben. Aber das hätte Simona ausnutzen können. Also riss sie sich zusammen.

Sie fuhren in ein Wäldchen und blieben neben einem Holzschuppen stehen.

Werden wir sie da einsperren und sich selbst überlassen, fragte sich Gisela. Dürfen wir das tun? Und was dann? Wäre es schade um sie? Hat sie nicht geschossen? Getötet?

Sie sah zu, wie Randy mit vorgehaltener Waffe Simona in den Schuppen dirigierte und einen schweren eisernen Riegel vorschob. Er bewegte sich schwerfällig, als hätte er Schmerzen dabei.

„Eigenartig“, sagte sie.

„Was ist denn?“, fuhr er sie an.

„Der Riegel ist außen angebracht. Für eine Schutzhütte ist das sehr unpassend.“

„Es ist ja auch keine Schutzhütte ...“

„Was denn sonst?“

„... jedenfalls nicht mehr.“ Randy stöhnte auf.

„Du bist schon mal hier gewesen“, stellte sie fest.

„Natürlich, was glaubst du denn? Woher sollte ich sonst wissen, dass es diese Hütte gibt?“

Es wurde also im Vorfeld mehr ausgekundschaftet und festgelegt, als ich wusste, stellte Gisela beunruhigt fest. Die Flocken fielen immer dichter, vermehrten sich rapide, bedeckten alles mit einer scheinheilig weißen Decke, die nur sauber erschien, in Wahrheit aber schmierigen Morast und tückisches Eis überdeckte. Zu allem Überfluss wurde auch der Wind immer schärfer und schleuderte ihnen die nassen Flocken ins Gesicht. Die Temperatur war deutlich unter null gesunken.

Sie zitterte also nicht vor Aufregung oder Wut oder Furcht, sondern bloß vor Kälte. Bestimmt.

„Sollten wir nicht auch da reingehen?"

„Die Frau ist vielleicht gefährlicher als wir denken", sagte Randy.

„Wieso denn?"

Er zögerte kurz, dann sagte er: „Sie hat schon jemanden umgebracht, wir nicht." Er ging zum Auto und zog die Fahrertür auf, dabei taumelte er leicht. „Außerdem ist es hier drin wärmer. Wir lassen den Motor laufen und schalten die Heizung ein."

Als sie neben ihm saß, fragte sie: „Was ist mit deiner Verletzung?"

Er zog sich den Pullover hoch und begutachtete die Stelle, wo die Kugel eingedrungen war. Die Wunde sah aus, als hätte jemand an der rechten Seite, knapp unterhalb des Brustkorbs ein sauberes Loch in seinen Körper gebohrt. Anscheinend war gar nicht viel Blut herausgelaufen.

„Ich kann ein Pflaster draufkleben", sagte Gisela. „Wenn es einen Erste-Hilfe-Koffer gibt."

Sie fand einen Notfall-Arztkoffer im Kofferraum. Als sie wieder zu Randy einstieg, lag der über dem Lenkrad und schnarchte laut. Sie klebte das Pflaster auf die Wunde. Er zuckte zusammen, wachte aber nicht auf.

Der Motor tuckerte vor sich hin. Gisela stellte die Heizung so ein, dass auch ihre Füße gewärmt wurden.

Dumpfes Poltern. Die Tür des Schuppens wackelte.

Erneutes Krachen. Immer wieder. Wütende Schreie. Als wollte ein wildes Tier sich befreien.

Der Riegel hielt stand.

Gisela schaltete die Scheinwerfer aus.

13

Das Poltern hörte auf. Nur das leise Tuckern des Motors, das Säuseln des Ventilators und das Pfeifen des Winds waren noch zu hören. Die Scheiben beschlugen von innen, draußen legte sich eine Schneeschicht über den Audi. Die letzten dunklen Umrisse der Bäume und der Hütte verschwanden. Randy atmete schwer und unregelmäßig. Gelegentlich wurde der Wagen von einer Böe erfasst und schaukelte hin und her. Gisela nickte ein.

Sie wurde jäh aus dem Schlaf gerissen, als draußen hinter dem weißen Vorhang aus Schnee ein grelles Licht aufflammte. Instinktiv griff sie nach der Beretta. Scheiße, ich sitze wie auf dem Präsentierteller. Wenn das jetzt die Falschen sind ...

Das Licht wurde immer gleißender. Das Aufheulen eines Motors war zu hören. Sie packte Randy an der Schulter und rüttelte ihn. Er seufzte nur und gab Schnarchlaute von sich. Er kam ihr sehr heiß vor. Fieber?

Jetzt nur nicht aussteigen. Wenn's doch die Falschen sind ... Sie lud die Beretta durch. Knirschende Reifen. Der fremde Motor brummte jetzt dicht vor ihnen. Klang wie ein Mercedes. Eine Tür schnappte auf.

„He! Ho!" Die Stimme von Schneider. Gisela seufzte erleichtert, sicherte die Waffe und steckte sie zurück ins Holster unter dem Pullover. Sie schob die Beifahrertür auf und stieg aus ins scharfe Licht der Scheinwerferpaare des 450 SEL.

„Gisela! Liebe!“, hörte sie die enthusiastische Stimme von Schneider. „Es hat geklappt?“

Sie hob den rechten Arm, um die Augen abzuschirmen.

„Wo ist Randy?“

Bevor sie antworten konnte, begann das Rumoren in der Hütte erneut.

„Was ist das?“, fragte Schneider irritiert.

„Licht aus!“, rief Gisela.

Die Scheinwerfer erloschen. Der Motor des Mercedes wurde abgestellt, nur noch das Tuckern des Audi war zu hören. Jetzt war es stockdunkel. Nur der matte Schein der Innenbeleuchtung der beiden Autos erhellte die weiße Schneefläche. Ihre Augen gewöhnten sich an das diffuse Zwielicht. Vor ihr stand Schneider in einem Mantel mit Pelzkragen und einer Pudelmütze mit Bommel. Sah aus, als wäre er einer Filmkomödie mit Heinz Rühmann entstiegen. Hinter der geöffneten Fahrertür lauerte Kid. In schwarz glänzender Lederkluft. Hob kurz die Hand zu diesem bekannten mysteriösen Gruß.

Giselas Herz setzte kurz aus. „Wo ist Frieder?“, fragte sie scharf.

Das Rumoren in der Hütte setzte ein. Kid wirbelte alarmiert herum, Schneider schaute ebenfalls zur Hütte, wo die Tür unter schweren Schlägen erzitterte. „He! Hallo! Hilfe! Hier! Hallo!“

„Was hat das zu bedeuten?“, fragte Schneider.

„Wo ist Frieder?“, schrie Gisela ihn an.

„Ruhig, ruhig ... da ist er doch.“ Schneider deutete auf den Mercedes. Die rechte hintere Tür ging auf und

Frieder stieg aus. Er blickte gleichzeitig misstrauisch und traurig drein. Aber das lag vielleicht bloß an dem Schatten, der über sein Gesicht fiel.

Ein schriller Schrei und lautes anhaltendes Klopfen in der Hütte.

„Was ist das ... was ist mit Randy?“, fragte Schneider irritiert.

Gisela deutete auf den Audi. „Er ist da drin. Aber ... einiges ist ... anders verlaufen.“

Schneiders Gesichtszüge erstarrten, wirkten grau und maskenhaft. Mit drei großen Schritten war er bei ihr, packte sie am Arm und fragte mit ruhiger, aber durchdringender Stimme: „Sag mir erst nur eins: Habt ihr das Collier?“ Seine linke Hand umklammerte ihre Schulter, rüttelte sie. Sie sah, wie Kids Hand unter der Lederjacke verschwand. Frieder sagte etwas, das sie nicht verstand.

„Ja, doch! Es ist da. Aber ...“

„Wo? Zeig her! Los! Jetzt!“ Schneiders Hände krallten sich in ihre Schultern.

Frieder machte ein paar Schritte nach vorn, rutschte aus und musste sich am Kotflügel des Mercedes festhalten. Kid starrte ihn wachsam an.

Gisela riss sich los, drehte sich um und ging zum Audi. Sie holte das Kästchen unter dem Beifahrersitz hervor und reichte es Schneider, der es gierig entgegennahm und aufklappte. Er hielt es in den Lichtschein der Innenbeleuchtung und rief aus: „Ja! Ja, ja, ja, ja, ja!“ Fast wirkte es, als würde er tänzeln.

„Randy ist verletzt“, sagte Gisela trotzig.

Schneider schien es nicht zu hören, gezackte Lichtreflexe huschten über sein Gesicht. Endlich bemerkte er seinen schnarchenden Komplizen, der immer noch über dem Lenkrad lag.

„Was ist mit ihm?“

„Der Wachmann hat ihn angeschossen.“

„Oh, wie unangenehm. Schlimm?“

„Weiß ich nicht.“

„So ...“

Schneider hielt die Schatulle in beiden Händen und drehte sich um wie ein Pfarrer, der gerade den Messkelch aus dem Tabernakel geholt hat. Und da kam auch schon der Messdiener in seiner schwarzen Lederkluft, um ihm das kostbare Kultobjekt abzunehmen. Kid wirkte dabei ganz sachlich und beflissen, während auf Schneiders Gesicht ein verzückter Ausdruck erschien und ein Anflug von Rot, Ausdruck einer glühenden Freude wie bei einem Teufel, dem es nach langem Schachern endlich gelungen ist, dem lieben Gott ein heiliges Kleinod zu entwenden.

Kid trug die Schachtel zum Heck des Mercedes, öffnete den Kofferraum mit einer lässigen Handbewegung und verstaute die Beute darin. Klappe zu.

Schneider ließ ihn dabei nicht aus den Augen.

Lautes Rumpeln in der Hütte, erstickte Schreie.

Gisela schaute zu Frieder. Er wirkte erschöpft und hilflos wie eine Figur in einer Modelleisenbahn-Landschaft, die von der Hand des zerstreuten Bastlers an eine falsche Stelle gesetzt worden war. Als er ihren Blick auffing verdüsterten sich seine Gesichtszüge. Frieder war wütend, das konnte sie auch in diesem Zwielicht deutlich erkennen. Ihr Herz fiel ins Bodenlose.

Aber da brüllte Schneider sie auch schon an: „Was ist hier los! Erkläre mir das hier.“ Er machte eine weit ausholende Armbewegung.

Gisela warf ihm einen trotzigen Blick zu. Was willst du denn? Hast du den Überfall gemacht? Hast du einen Wachmann auf dem Gewissen?

Im Augenwinkel bemerkte sie Frieder, der näher kam. Er wird mich verteidigen.

„Simona ist da drin“, sagte Gisela so sachlich wie möglich. „Die Angestellte. Sie tauchte plötzlich auf. Sie hat den Wachmann erschossen. Und uns ... gekidnappt. Randy hat sie ... überwältigt.“

„Randy ...“ Schneider drehte sich um die eigene Achse und starrte in den Audi. Erst jetzt schien ihm die Situation klar zu werden. „Aber er lebt noch?“

„Ja, ja.“

Mit einem Mal war Schneider alarmiert. Wurde nervös, misstrauisch. Schaute sich um. „Wir müssen hier schleunigst weg“, sagte er.

Wieder Klopfen und Rumpeln und Schreie in der Hütte.

Frieder stand jetzt neben ihr. Ganz dicht. Es fühlte sich gut an. Wenn er bei mir ist, kann nichts mehr passieren.

„Wer ist da drin und was ist hier los?“

Kid trat zu ihnen, ganz dicht neben Schneider und starrte Gisela frech an. Sie ließ sich nicht irritieren und berichtete, was vorgefallen war.

„Wir müssen hier schleunigst weg“, sagte jetzt auch Frieder.

„Die Frau da drinnen ...“, sagte Schneider unschlüssig.

„Sie muss mit“, sagte Gisela.

„Eher nicht“, meinte Schneider.

„Doch. Ich will jedenfalls nicht für den Mord an dem Wachmann geradestehen müssen.“

„Sie hat recht", sagte Frieder. „Was ist, wenn sie sich befreien kann oder gefunden wird? Sie ist Zeugin, sie kann uns beschreiben."

„Sie ist mehr als das", fügte Gisela hinzu. „Sie weiß mehr, als uns lieb sein kann. Und sie weiß eine Menge über das Collier."

„So?", sagte Schneider zweifelnd. „Woher denn? Das kann ich mir nicht vorstellen." Als wäre er eifersüchtig auf ihr Wissen.

„Mir kommt die Rolle dieser Person ohnehin merkwürdig vor", wunderte sich Frieder. „Die Angestellte eines Juweliers, die sich als Komplizin anbietet und dann den Wachmann erschießt? Was soll ich davon halten?"

„Ist doch jetzt egal ..." Schneiders Blick ging zum Kofferraum. Er hatte seinen Schatz, mehr schien ihn nicht zu interessieren.

„Eben nicht", widersprach Gisela. „Alles, was wir nicht wissen, kann uns gefährlich werden."

Schneider wirkte ratlos.

„Ganz genau", sagte Frieder. „Sie hat recht."

Also holten sie Simona aus der Hütte. Sie hatte ihre Fesseln zerrissen. Vereinte Kräfte waren nötig, um die Frau, die wild um sich schlug, zu bändigen und erneut zu fesseln. Diesmal mit einer Schnur, die Kid aus dem Mercedes geholt hatte. Gisela wunderte sich über Simonas Verhalten. Aber hatte sie damals, als die Polizisten sie packten und zum Streifenwagen zerrten, nicht auch hysterisch geschrien, gespuckt, geflucht und um sich getreten? Später war es ihr peinlich gewesen. Aber nur vor Frieder, der ganz beherrscht geblieben war.

Kid trieb Simona vor sich her zum Mercedes und

versetzte ihr einen Stoß. Sie fiel kopfüber auf den Rücksitz. Kid half ihr sich hinzusetzen, schlug die Tür zu und blieb neben ihr stehen.

Schneider schaute von einem zum andern und rieb sich das Kinn. Frieder sprach aus, was ihm anscheinend eben aufgefallen war: „Wir sind eine Person zu viel."

Schneider nickte.

„Im Audi kann man auch zu sechst sitzen", sagte Gisela. „Drei auf der Vorderbank, drei auf der Rückbank. Im Mercedes geht das nicht."

„Unbequem, wegen der Mittelkonsole ..." Schneider verzog das Gesicht.

„Mit einer Gefangenen und einem Verletzten wird das so oder so zu eng", sagte Frieder. „Und riskant."

„Den Mercedes hier stehen lassen? Ausgeschlossen", sagte Schneider.

„Also nehmen wir beide", entschied Frieder.

„Du mit Kid und Simona", sagte Gisela. „Dann könnt ihr beide euch zur Abwechslung mit ihr herumschlagen. Wir kümmern uns um Randy."

Schneider schaute die beiden irritiert an. Lieber hätte er kommandiert, das sah man ihm an. „Meinetwegen", sagte er widerstrebend.

Auf dem Dach des Audi hatte sich mittlerweile eine mehr als zehn Zentimeter dicke weiße Schicht angesammelt. Der Wind schleuderte ihnen nasse Flocken ins Gesicht. Vor dem Einsteigen musste Gisela sich den klebrigen Schnee von den Kleidern klopfen.

Sie schoben Randy auf die Beifahrerseite. Frieder setzte sich hinters Steuer. Gisela nahm auf dem Rücksitz Platz.

Kid hupte und gab Gas. Sie folgten. Die Hecks beider Autos schlingerten über den Feldweg. Um sie herum alles undefinierbar grau in grau, bis auf die roten Rücklichter des Mercedes.

Frieder fluchte, wenn der Audi ausbrach oder die Räder durchdrehten.

14

Falls ein neuer Tag begonnen haben sollte, sah man es der Welt jedenfalls nicht an. Der Wind peitschte den Schnee von Nordosten über das Land. Das Unwetter kam genau von da, wo sie jetzt hinfuhren. Ein wogender Vorhang aus dicken Flocken drängte ihnen entgegen und flog über sie hinweg. Das Grau war heller geworden, aber die Welt hatte ihre drei Dimensionen verloren, es gab nur noch eine, die des Schnees. Die Straße war nur anhand der Fahrbahnmarkierungen zu erkennen, und manchmal waren die schwarz-weißen Pfosten so arg mit Schnee verklebt, dass sie fast verschwanden.

Kid schien das nicht weiter zu beunruhigen. Er lenkte den Mercedes in verhaltenem Tempo durch die Brandung aus Schnee. Es fühlte sich an, als würden sie durch einen endlosen weißen Tunnel fahren, dessen unklare Umrisse von geheimnisvollen Lichtquellen ausgeleuchtet wurden. Sie glitten stetig voran. Kid war bemüht, möglichst wenig zu beschleunigen oder zu verlangsamen, lenkte sicher mit minimalen Handbewegungen und schaute immer wieder in den Rückspiegel, um zu prüfen, ob der Audi auch nachkam.

Das neugierige Grinsen auf Schneiders Gesicht ging Simona auf die Nerven. Er saß neben ihr auf dem Rücksitz. Sie konnte nicht erkennen, ob er eine Waffe bei sich trug.

„Und wie passen Sie in unsere Geschichte, junge Frau?“, fragte er, als ihm das Schweigen unerträglich wurde.

„Gar nicht“, sagte Simona. „In Ihre Geschichte gehöre ich nicht hinein. So wäre es Ihnen jedenfalls lieber gewesen. Aber ich bin da. Immer noch.“

Schneider runzelte die Stirn.

„Ihr Plan ist also gewesen, uns die Beute abzujagen.“

„Das denken Sie“, entgegnete Simona.

„Und was geht in Ihrem Kopf so vor?“

„Das werde ich Ihnen nicht sagen, es geht sie nichts an.“

„Oho!“ Schneider wandte sich an Kid. „Sie redet ja, als hätte ich ihr ein unsittliches Angebot gemacht.“

Kid verzog keine Miene.

„Simona Steinfest ... so heißen Sie doch?“, sagte Schneider. So wie er den Namen aussprach, klang es, als wollte er Besitz von ihr ergreifen. Die billige Strategie eines notorischen Schürzenjägers, entschied sie.

„Ich gebe keine Auskunft zu meiner Person.“

Schneider lachte. „Ich will Sie doch nicht verhören, nur kennenlernen. So wie ich es sehe, werden wir eine Weile miteinander auskommen müssen. Und mir scheint, Sie wissen bedeutend mehr von uns als wir von Ihnen. Ihre Anstellung beim Juwelier Weiler war doch nur ein Mittel zum Zweck, nicht wahr?“

„Sie beantworten Ihre Fragen selbst. Das ist albern.“

„Aber zu welchem Zweck?“ Er deutete vage Richtung Kofferraum. „Natürlich geht es um das Collier. Aber Sie werden sich kaum die ganze Mühe gemacht haben, bloß um ein hübsches Schmuckstück zu ergattern. Sie könnten es niemals in der Öffentlichkeit tragen.“

Simona schwieg.

„Was ich damit sagen will, Gnädigste: Ich kann mir kaum vorstellen, dass Sie auf eigene Rechnung handeln."

Die Rechnung, die hier beglichen wird, ist sehr wohl meine eigene, dachte Simona, sprach es aber nicht aus.

„Und darum", fuhr Schneider fort, „würde es mich sehr interessieren, wer Ihr Auftraggeber ist. Ich bin neugierig, das gebe ich zu. Ja, ich würde gerne wissen, wem ich die fette Beute weggeschnappt habe. Ich, nein wir, könnten Ihrem Auftraggeber eine Karte schicken, was halten Sie davon? Das sage ich in der Hoffnung, dass er es sportlich nimmt."

Gut, dachte Simona, es ist immer das Beste, wenn der Gegner sich selbst auf den Holzweg führt. Also gönne ihm seinen Spaß. Das kommt dir nur zugute.

„Ich glaube nicht, dass Sie ihm eine Einladungskarte schicken müssen. Er ist nicht blind, er wird Sie schon finden."

Schneider starrte nach draußen. „Bei diesem Wetter ist jeder blind. Und glauben Sie ja nicht, dass ich das Kaninchen spiele, das vor Angst erstarrt auf den Schuss des Jägers wartet."

Das Kaninchen bin ich, dachte Simona, und Fuchs und Wolf zugleich.

„So wie Sie reden", sagte sie, „könnte man meinen, dass Sie sich fürchten."

„Sollte ich das denn?", fragte Schneider eifrig. „Wer ist denn so clever, dass ich mich vor ihm fürchten müsste?"

„Wenn ich es Ihnen verraten würde, bekämen Sie es wirklich mit der Angst zu tun", sagte Simona eisig.

Schneider lachte ungläubig. Kid warf ihr im Rückspiegel einen irritierten Blick zu.

Sie formte mit den Lippen die Worte: „Kein Ausweg."

Der kurze Moment der Ablenkung und eine heftige Windböe genügten. Eine grellweiße Schneewoge erfasste den Wagen. Kid hielt dagegen, aber der verwirbelte Windstoß war unberechenbar und so stark, dass er den Mercedes in ein träges Trudeln brachte. Die Räder reagierten nicht, der Wagen legte sich quer und glitt schräg nach rechts. Alles Lenken blieb wirkungslos. Sie schrammten knapp an einem Alleebaum vorbei, nahmen einen Seitenpfosten mit und landeten im Straßengraben. Kid gab zischende Geräusche von sich. Schneiders Kopf knallte gegen das Seitenfenster. Er fluchte.

Simona reckte sich und versuchte mit ihren hinter dem Rücken gefesselten Händen den Türgriff zu fassen.

„Halt!“ Schneider lachte schnarrend und richtete die Pistole auf sie.

Die Tür ging auf, und sie fiel rücklings in den Schnee.

Sie war auf einen Schuss gefasst, aber es kam keiner.

Gisela schrie laut auf, als sie sah, wie Simona aus dem Mercedes herausfiel.

Frieder kurbelte wie wild am Lenkrad des Audi herum und brachte ihn mühsam auf der unsichtbaren Fahrbahn zum Stehen.

Gisela sprang aus dem Wagen und blieb stehen, als sie sah, wie Schneider mit der Pistole in der Hand mühsam aus dem schief stehenden Mercedes kraxelte und vor Simona stehen blieb, die sich im Schnee wälzte und vergeblich aufzustehen versuchte.

Gisela lief so schnell es ging über den rutschigen Untergrund, um Simona aufzuhelfen.

„Was soll das? Was ist hier los!“, fuhr sie Schneider an, als Simona schwer atmend neben ihr das Gleichgewicht wiedergewonnen hatte.

Schneider steckte die Waffe weg und lachte nervös: „Das ist mir ein Herzchen. Da haben wir uns was eingehandelt."

„Wie meinst du das?"

„Sie hat Kid so einen Schrecken eingejagt, dass er den Wagen in den Graben gesetzt hat. Na, Prost Mahlzeit!"

Gisela sah, wie Kid um den Mercedes herumging. Dann warf sie Simona einen fragenden Blick zu.

„So ein Unsinn", schnaubte die.

Nach einigem ziellosen hin und her, begannen Schneider, Frieder und Kid damit, den Mercedes aus dem Graben zu schieben. Es dauerte eine Weile und sie gerieten ins Schwitzen. Als sie es geschafft hatten, standen sie kurz schnaufend da, dann stolperte Schneider zum Heck des Wagens. Er wirkte wie ein Clown dabei, und kurz ertappte Gisela sich bei der Vorstellung, er könnte jetzt einfach umkippen und tot liegen bleiben.

Sie spürte Kids Blick und starrte zurück. Der-die-das schnaufte anzüglich und grinste. Gisela spürte ein Ziehen im Unterleib und schaute hastig zu Frieder, der erschöpft dastand und seine Fußspitzen anstarrte.

„Jetzt ist eine Erfrischung fällig!", rief Schneider mit brüchiger Stimme und holte eine Flasche Champagner aus dem Kofferraum. Sogar Gläser waren vorhanden. Kid musste einschenken. Alle sollten trinken. Und tatsächlich sträubte sich niemand. Schneider leerte sein Glas in einem Zug und setzte dann der gefesselten Simona das Glas an die Lippen. Sie spuckte ihm die Flüssigkeit vor die Füße. Er lachte und trank ihr Glas aus. Ließ sich erneut nachschenken.

„Ist das nicht der perfekte Ort, um unseren Erfolg zu feiern?", rief er. „Wir haben das wertvollste Schmuckstück der Welt erbeutet!"

Er trank noch mehr.

„Es macht uns reich, frei und unabhängig." Er schaute Simona triumphierend an. „Daran kann uns niemand hindern." Er deutete auf den Schnee, drehte sich einmal um die eigene Achse, fiel beinahe hin. „Wir hinterlassen keine Spuren! Wir sind unsichtbar!" Sein Blick fiel auf Gisela. Er betrachtete sie lüstern, aber vielleicht war sie auch bloß irritiert, weil Kid sie die ganze Zeit nicht aus den Augen ließ.

Auch Frieder schien beunruhigt. „Was soll denn der Unsinn? Wir müssen weiter."

„Ja", sagte Schneider genüsslich. Dann holte er aus und warf sein Glas in die eingeschneiten Büsche. Es verschwand lautlos. „Passt auf", sagte er dann und tapste zum offenstehenden Kofferraum, wo er sich zu schaffen machte.

Die Schatulle in der Hand, halb stolpernd, halb rutschend kam er zurück. Kid trat zu ihm und stützte ihn am Ellbogen. Schneider schüttelte seine Hand ab und drückte ihm die Schachtel in die Hand. „Mach mal auf."

Kid klappte den Deckel auf.

„Seht mal her", sagte Schneider und seine Stimme überschlug sich. „Ein Meisterwerk! Vollendete Schönheit. Schöner und kälter und eisiger als der ganze verdammte Schnee um uns herum. Es schmerzt mich zutiefst, es anzusehen. So vollkommen wie unnahbar." Wieder starrte er Gisela an. Die spürte gleichzeitig Kids bohrenden Blick.

„Es gehört an den Hals einer schönen Frau." Er nahm das Collier aus der Schatulle. Es sah aus, als würde er ein Gewirr aus bizarr gefrorenen Zapfen, Schneekristallen und Eisblumen hochnehmen.

„Vorsicht!“, mahnte Simona beschwörend.

„Was soll denn das“, stieß Frieder verärgert hervor.

„Nein“, sagte Gisela, aber da lag das Collier in seiner ganzen frostigen Schönheit schon schwer auf ihrer Brust und eine polare Kälte stach durch den dicken schwarzen Pullover hindurch bis in ihr Herz.

„Übrigens“, sagte Schneider mit schwerer Zunge, „hat der Künstler vielerlei Muster in diesem Wunderwerk versteckt. Man kann sogar fein eingearbeitete Davidsterne erkennen, wenn man dazu in der Lage ist. Ich habe allerdings nur einen entdeckt. Da.“ Er deutete auf eine Stelle.

„Ich sehe drei“, sagte Simona.

„Bravo.“

„Wenn wir jetzt nicht sofort weiterfahren“, sagte Frieder zornig, „kommen wir hier nie mehr weg.“ Als wollte sie seine Worte bekräftigen, fiel eine Sturmböe mit tobenden Schneeflocken über sie her.

„Gemach, gemach“, sagte Schneider. Er wandte sich an Kid: „Du fährst bei Frieder mit und behältst das Fräulein im Auge. Gisela steigt bei mir ein. Ich behalte den Blizzard im Auge.“

„Das ist doch ...“, setzte Frieder an zu protestieren.

„Lass es“, sagte Gisela. Sie wollte auf keinen Fall durch eine weitere Rochade in die unangenehme Lage kommen, neben Kid sitzen zu müssen.

Als sie die Fahrertür des Mercedes aufzog, sah sie, wie Simona von Kid in den Audi geschoben wurde. Kid drückte ihren Kopf nach unten, und ganz kurz spürte Gisela ihren hasserfüllten Blick.

Um Himmels Willen, wir sind uns ja alle plötzlich

spinnefeind. Aber Frieder? Ihn liebe ich doch, oder? Sie suchte seinen Blick, aber er war schon hinter der schneebedeckten Windschutzscheibe des Audi verschwunden.

15

Im Schneckentempo ging es voran. Die Sicht war minimal. Eine wirbelnde Brandung dichter Schneeflocken rollte unablässig über sie hinweg. Jähe Sturmböen erfassten den Wagen mal von vorn, mal seitlich. Sogar der schwere Mercedes geriet ins Wackeln, Schaukeln, Schlingern. Gisela wechselte ständig zwischen dem zweiten und dritten Gang. Im dritten griffen die Reifen besser, aber sie lief Gefahr, den Motor abzuwürgen. Im zweiten rutschten die Räder weg, machte das Heck sich selbstständig wie bei einem Schiff in schwerer See. Ständig musste sie den Wagen wieder in die Spur zwingen. Hätte es Gegenverkehr gegeben, wäre es mehr als einmal heikel geworden. Aber die Straßen waren leer. Selbst der Audi hinter ihnen verschwand des Öfteren in der wogenden weißen Wand.

Leise Popmusik plätscherte aus dem Radio. Schneider wies ihr den Weg. Er schien sich gut auszukennen. Die vom Schnee verklebten Wegweiser waren jedenfalls keine große Hilfe, nur manchmal waren Bruchstücke oder einzelne Buchstaben von Ortsnamen zu erkennen. Landschaftlich gab es drei Varianten: leere Flächen, verschneite Waldstücke oder kurz auch mal eine Allee.

Eine Verkehrsdurchsage meldete die Sperrung der Vogelfluglinie wegen liegengebliebener Lastwagen, Auffahrunfällen und eingeschneiter Pkw.

„Mist,“, sagte Schneider. „Die Landstraßen kosten uns Zeit. Zu viele Kurven. Zu riskant. Auf der A1 hätten wir zwar einen Bogen um Oldenburg herum machen müssen, aber wahrscheinlich wäre es trotzdem schneller gegangen. Aber Stau heißt immer auch Polente.“

Randy, der die ganze Zeit schnaufend auf dem Rücksitz gelegen hatte, richtete sich kurz auf und sagte: „Scheiße, ich blute!“ Dann kippte er um und schnaufte weiter.

„Wenn wir Zeit haben, werden wir dich verarzten“, sagte Schneider und spähte weiter beunruhigt nach draußen.

Sie wurden noch langsamer. Die Sichtweite verkürzte sich auf knapp zwei Meter. Gisela beugte sich vor und kniff die Augen zusammen. Seltsam, wenn es hell ist und man trotzdem nichts sieht.

„Wir würden gut zusammenpassen, weißt du“, sagte Schneider unvermittelt.

„Bitte?“

„Wir drei. Kid, du und ich. Kid mag dich, das hab ich bemerkt. Verschlingt dich geradezu mit Blicken.“ Er lachte. „Und ich mag dich auch. Das solltest du längst bemerkt haben.“

„Wie bitte?“

Schneider hüstelte verlegen. „Weißt du, in der Nähe meines Landhauses liegt meine Yacht. Ein hübscher Kabinenkreuzer.“

Will er mir etwa imponieren?

„Wir könnten alles hinter uns lassen, für eine Weile. Zu dritt hätten wir viel Spaß und ... Abenteuer. Du glaubst gar nicht, wie aufregend es sein kann mit einer Person wie Kid.“

„Mich interessieren keine derartigen Personen.“

„Du weißt es nur noch nicht.“

„So ein Quatsch ...“

„Du fährst sehr gut“, sagte Schneider anzüglich. „Wie du schaltest, mit festem Griff. Dein Gefühl fürs Bremsen und Beschleunigen. Deine flüssigen Bewegungen beim Lenken, die ...“

„Halt den Mund, Schneider! Das reicht.“

Gisela schaute in den Rückspiegel. Wo war der Audi? Wo war Frieder? Wo war die Rettung vor diesem aufdringlichen, eingebildeten Mistkerl?

Schneider lachte leise. Jetzt bloß nicht zu ihm hinschauen.

„Frieder ist alt geworden“, sagte Schneider. „Er sollte sich zur Ruhe setzen. Man sieht es ihm an. Die Luft ist raus. Aber du ... blühst gerade auf. Für dich gibt es neue Möglichkeiten.“

Gisela schüttelte den Kopf. „Nein, niemals.“

„Wir würden die nordischen Gewässer verlassen und den Süden ansteuern. Du würdest Kids letzte Geheimnisse kennenlernen. Reizt dich das nicht? Ich habe Freunde in Marbella und Monaco ...“

„Imponiert mir nicht.“

„Kid wird dir imponieren, warte nur ab. Du ahnst nicht ...“

„Ich gehe nach Schweden, mit Frieder, sonst nichts. Ich habe andere Ideale als du!“

„Man muss nur auf den Geschmack kommen.“

„Was für eine kranke Scheiße“, ächzte Randy auf der Rückbank.

Schneider drehte sich erschrocken um, als hätte er ganz vergessen, dass noch jemand im Wagen war.

Kurz lichtete sich die Wand aus Schnee und gab den Blick auf eine Kreuzung frei.

„Mist, der blutet ja", sagte Schneider.

„Verdammt." Gisela ging unwillkürlich zu hart in die Bremsen. Der Mercedes rutschte nach rechts. Sie lenkte dagegen. Es nützte nichts mehr. Halb quer liegend glitten sie über die Fahrbahn auf das einsam blinkende Blaulicht zu. Zwei Gestalten zeichneten sich daneben ab. Eine hielt eine Polizeikelle hoch. Es sah aus, als wollten sie sich einen Scherz mit ihnen erlauben.

Schneider zerrte nervös an seinem Schal.

Durchs Seitenfenster bemerkte Gisela, wie die Fahrertür des hinter ihnen fahrenden Audi kurz auf und zu schwenkte. Dann kamen sie vor den Polizeibeamten zum Stehen. Kurz darauf hielt der Audi hinter ihnen an. Sie drehte sich um und sah, dass Frieder jetzt am Steuer saß. Kurz trafen sich ihre Augen. Es tat ihr gut. Wie schön, dass du da bist, dachte sie. Sie spürte ein warmes Gefühl in ihrer Brust und war wieder gefestigt.

Schneider hielt den Schal mit beiden Händen fest, als wollte er sie strangulieren.

„Die Vogelfluglinie und dann übers Meer", flüsterte sie. „Dazu brauche ich keine Yacht. Wir nehmen die Fähre, Kabine für zwei, erster Klasse."

„Sch-sch", machte Schneider und schlang ihr mit einer plötzlichen Bewegung den Schal um den Hals. „Das dürfen sie nicht sehen!"

Ach so, das Collier. Das hatte sie ganz vergessen.

Einer der Polizisten klopfte ans Seitenfenster. Sie ließ das Fenster herunter.

„Wo wollen Sie denn hin?", fragte der Beamte und spähte ins Innere. Schneider drehte hektisch den Kopf und schaute nach hinten zum Audi.

„Puttgarden, zur Fähre."

„Das schaffen Sie nicht mehr. Die Straßen sind dicht."

„Wie bitte?"

„Schneesturm, keiner kommt mehr durch."

„Wo kommen Sie denn her?", fragte Gisela und zupfte an dem Schal, der nach Schneiders widerlichem Herrenparfüm roch.

„Lensahn. Wieso?"

„Das ist doch auch ein ganz ordentliches Stück ..." Gisela folgte Schneiders Blick nach hinten. Der zweite Beamte stapfte auf den Audi zu.

„Hören Sie ..."

„... und Sie haben es bis hierhergeschafft."

„Sie können nicht weiter. Es ist verboten."

„Aber zurück geht's doch auch nicht."

„Sie müssen nach Oldenburg. Dort sind Sie in Sicherheit. Sonst bleiben Sie stecken und erfrieren womöglich."

„Wir haben es nicht mehr weit", mischte sich Schneider unvorsichtigerweise ein. Denn nun beugte sich der Beamte ein Stück weit herein und bemerkte Randy auf dem Rücksitz.

„Da ist ja noch einer. Was ist mit ihm?"

„Meinem Bruder wird immer schlecht beim Fahren", sagte Gisela.

„Aber der blutet ja", sagte der Polizist, richtete sich auf und drehte sich zu seinem Kollegen um.

„Scheiße", zischte Schneider.

Dem Beamten flog die Mütze vom Kopf. Zwei Hände warfen eine Kette über ihn. Sie legte sich um seinen Hals und riss ihn nach hinten. Er stieß einen erstickten Schrei aus, taumelte, seine Arme zuckten in die Höhe, dann ging er zu Boden. Kid lag unter ihm, das Gesicht zu einer hässlichen, unmenschlichen Fratze verzerrt. Er zog mit aller Kraft an der Kette. Der Polizist schlug wild um sich, seine Hände krallten sich an der Kette fest, vergeblich, er würgte, zappelte, strampelte – und wurde still.

Der zweite Polizist hatte sich erstaunt umgedreht. Stand unschlüssig da, tastete nach seiner Pistole, ging einen Schritt vor, abgelenkt und gebremst durch seine Bemühung, die Waffe zu ziehen, auch die Kelle war ihm im Weg. Hinter ihm ging die Fahrertür auf. Ein Arm legte sich in einer geschmeidigen Bewegung um seinen Hals. Ein zweiter drückte auf den Hinterkopf und zwang den Uniformierten in die Knie und hielt ihn fest, bis er erschlaffte. Dann fiel der Mann in den Schnee.

Frieder stand auf und schaute auf ihn herab, kopfschüttelnd.

Kids Kette rasselte leise, als er aufstand. Das modische Accessoire war zur Mordwaffe geworden. Auch der zweite Polizist regte sich nicht mehr.

Gisela merkte, wie sie ihren Hals und das Collier unter dem Schal betastete.

„Na also“, hörte sie Schneider leise sagen. „Gut so.“

Randy fragte stöhnend: „Was ... ist ... los?“

Alle stiegen aus, starrten auf die toten Polizisten, schauten sich um. Kid war sofort wieder neben Simona und behielt sie im Auge. Der Schneesturm tobte, zerrte an ihren Kleidern, warf ihnen ständig nasse Flocken ins Gesicht. Trotzdem wirkte es, als wäre die Zeit stehen geblieben und alles Geschehen erstarrt.

Kid rollte seine Kette auf. Frieder warf Gisela einen verzweifelten Blick zu. Er war schuld am Tod eines Menschen, er litt darunter, das konnte sie sehen. Sie trat auf ihn zu.

Schneider klatschte geschäftig in die Hände „Los! Los! Weg mit denen. Weg!" Er kommandierte, Frieder und Kid schleppten die Leichen zum Streifenwagen und legte sie hinein. Schneider ließ seine Pistole sehen und starrte Simona wachsam an, die neben Gisela getreten war und in den Mercedes schaute. Randy lag regungslos da.

„Er blutet", sagte Gisela. Was sollte sie sonst sagen?

Wortlos ging Simona zum Kofferraum des Audi, holte den Arztkoffer heraus, stellte ihn in den Schnee und klappte ihn auf. „Hilf mir mal", forderte sie Gisela auf. Gemeinsam legten sie Randy einen richtigen Verband an. Aus der Wunde unter dem Pflaster, die vorher so harmlos gewirkt hatte, quoll schwarzes Blut. Der ganze Rücksitz war rot verschmiert.

„Kann sein, dass er mehr nach innen als nach außen blutet", sagte Simona. „Dann hält er nicht mehr lange durch."

Kid fuhr den Streifenwagen über einen kaum sichtbaren Pfad ins schneeverkrustete Dickicht. Von der Straße aus war er nicht mehr zu sehen. Mit Zweigen verwischten sie die Spuren.

Als Frieder plötzlich mit einer riesigen Kette vor ihr stand, zuckte Gisela erschrocken zusammen. Dann sah sie, wie Kid neben dem Hinterrad des Audi kniete. Im Kofferraum des Streifenwagens hatten sie Schneeketten gefunden.

Nachdem sie sie aufgezogen hatten, gingen sie eilig zu den Autos, um dem tobenden, immer eisiger werdenden Wind zu entgehen. Die Schneeflocken, so schien es Gisela, waren kleiner geworden und schärfer. Wenn sie ihr ins Gesicht prasselten, fühlte es sich an, als würde jemand mit winzigen Rasierklingen ihre Haut ritzen.

Schneider, immer noch die Waffe in der Hand, kommandierte: „Los, los, einsteigen. Weiter! Gleiche Sitzordnung. Auf geht's!"

Kid richtete seine Pistole auf Simona und bedeutete ihr, sich hinters Steuer zu setzen.

Kurz stand Frieder direkt vor Gisela, mit hängenden Schultern, schwer atmend. Aber es war nicht Erschöpfung, was sie in seinem Gesicht entdeckte. Es war nackte Verzweiflung.

Wir haben uns schuldig gemacht, dachte sie.

Sie hätte ihn gern umarmt, aber das ging nicht. Der Sturm lähmte sie, machte alles zunichte.

16

Der Wind wurde immer stärker. Die Schneeflocken prasselten wie ein Trommelfeuer gegen die Windschutzscheibe. Als hätte das Tiefdruckgebiet, das die Herrschaft über den Nordosten Deutschlands übernommen hatte, Millionen winziger Schneekanonen in Stellung gebracht. Artilleriebatterien, die Krieg gegen alles führten, was sich bewegen wollte, was vorankommen wollte, was einem Ziel zustrebte.

Simona saß hinterm Lenkrad und bemühte sich, so dicht wie möglich hinter dem Mercedes zu bleiben, was nicht ganz einfach war. Bloß das nicht, dachte sie. Ich habe mein Ziel fast erreicht. Ich darf es nicht mehr aus den Augen verlieren.

Zum ersten Mal in ihrem Leben fuhr sie mit Schneeketten. Schwerfällig und langsam kamen sie voran. Immerhin lag der Audi jetzt stabil auf der Fahrbahn, auch wenn diese die Tendenz hatte sich zu verflüchtigen.

Da vorn sitzt Gisela hinterm Steuer, das Collier um den Hals, was ich ihr übelnehmen würde, wenn ich nicht wüsste, dass sie es nur widerstrebend angelegt hat. Dieser Schneider ist ein Trottel, aber es gelingt ihm, Macht über die anderen auszuüben. Woraus speist sich diese Macht? Aus dem Geld, mit denen er sie ausbezahlen will? Oder liegt es in seiner Natur zu befehlen und in der Natur der anderen zu gehorchen?

Sie schaute in den Rückspiegel. Kid starrte zurück. Saß stocksteif da, die Hand mit der Pistole unter der Lederjacke, das hatte sie sehr wohl bemerkt. Mir kommt es so vor, als wäre nicht nur ich gefangen, sondern die anderen auch. Aber wer hat dann das Sagen? Giselas Freund jedenfalls nicht. Der ist ausgebrannt, das sieht man.

Frieder saß neben ihr und starrte ausdruckslos nach vorn. Simona hatte sehr genau hingeschaut, als er den Polizisten überwältigte. Sie kannte den Würgegriff, den er angewendet hatte, hatte ihn in ihrer Ausbildung gelernt. Daher hatte sie auch erkennen können, dass er ihn nicht bis zur letzten Konsequenz durchgehalten hatte. Der Polizist war bewusstlos gewesen, als er von ihm abließ, aber er hatte ihn nicht umgebracht.

Was hätte ich an seiner Stelle getan?

Ganz einfach. An seiner Stelle hätte ich mich niemals mit dieser Truppe verkrachter Existenzen eingelassen.

Aber ich bin trotzdem hier. Sitze mit ihnen im gleichen Boot, mitten in einem Schneesturm, mit dem sie nicht gerechnet haben und der ihnen ihre Fluchtpläne verhagelt. Meine nicht, macht euch darauf gefasst!

„Wie weit ist es noch?“, fragte sie und schaute Kid im Rückspiegel an.

Kid hob eine Hand und spreizte alle fünf Finger.

„Fünf Kilometer?“

Kid nickte.

Die Bremsleuchten des Mercedes leuchteten auf. Zwei stumpfe rote Punkte hinter dem weißen Schleier. Simona trat auf die Bremse. Der Audi kam beinahe ruckartig zum Stehen, dank der Schneeketten, deren Wirkung sie nicht mit einberechnet hatte. Sie musste erneut Gas geben. Vor dem Mercedes sah sie nun den Grund für die Bremsung. Eckige Umrisse zeichneten sich ab. War die Straße blockiert?

„Achtung", sagte sie. Kid reckte sich, Frieder beugte sich nach vorn.

„Was ist da?"

„Ein Hindernis."

Etwas stand quer auf der Fahrbahn. Wie eine Wand oder eine Sperre. Von einer Seite zur anderen. Rechts und links der Straße reihten sich Bäume. Selbst wenn da kein Graben gewesen wäre, hätten sie die Blockade kaum umfahren können, und zwischen den Bäumen war der Schnee an manchen Stellen hoch aufgeweht worden.

Simona hielt den Audi dicht hinter dem Mercedes an. Sie warteten ab. Die da vorn konnten besser erkennen, um was es sich handelte. Links schien so etwas wie eine Bretterwand zu stehen, rechts waren grüne rundliche Umrisse zu erkennen, teilweise erhob sich etwas Schemenhaftes darüber, eher eckig. Als die Schneeböen kurz stockten, sahen sie, dass die Bretterwand bunt bemalt war.

„Ein Zirkuswagen", stellte Frieder erstaunt fest.

Simona lachte auf. Was für ein absurder Gedanke. Ein Zirkus versperrte ihnen den Weg?

„Mit einem Trecker davor", ergänzte Frieder und deutete auf die grünen Umrisse. Die großen hinteren Räder waren jetzt zu sehen. Das schemenhafte Eckige war die Fahrerkabine. Traktor und Anhänger standen verquer auf der Straße, waren ganz offensichtlich außer Kontrolle geraten und weggerutscht. Die Schnauze des Treckers steckte in einer Schneewehe, die wie eine Düne über einem Drittel der Straße lag.

Auf dem Wagen waren allerlei Sterne und Symbole zu erkennen. Mystische Zeichen: Horus-Auge, Ankh-Schleife, der Skarabäus-Käfer ... Simona stutzte. Auf der Tür prangte der Sefirotbaum der Kabbala. Aber daneben hing ein fünfzackiger Stern als hässlicher schwarzer Kontrapunkt. Halbmonde und Sonnen, aber auch eine Fratze mit Ziegenhörnern und eine Schlange, die sich in den Schwanz beißt, eine geflügelte Echse und ein Einhorn.

„Eine Jahrmarktsbude", sagte Frieder. „Die hängen fest."

Zwei Personen standen vor dem Wagen und schauten zu ihnen hin. Die eine hatte die Hand zum Gruß erhoben, die andere die Arme verschränkt. Sie trugen lange Mäntel, der eine war aus Wildleder und hatte Fransen, der andere bunt und reichte bis zum Boden. Die Person im bunten Mantel trug eine Fellmütze, die aus Tibet stammen konnte, die andere eine schlichte Pudelmütze. Darunter quollen lange Haarlocken hervor.

„Das sind Hippies", stellte Simona fest, erleichtert und belustigt zugleich.

„Was machen die denn hier?"

„Die gibt's doch überall."

Hinter Simona gab Kid ein zischendes Fauchen von sich. Wie eine Katze, die sich bedroht fühlt.

Vor ihnen stieg Schneider aus dem Mercedes.

„Ich schau mal nach", sagte Frieder und schob die Beifahrertür auf.

Simona sah zu, wie Schneider und Frieder zu den Hippies gingen. Die Person im bunten Mantel sprach mit ihnen. Offenbar ein Mann, wenn man nach Körperhaltung und Gestik urteilte. Die Person im Wildledermantel trat von einem Fuß auf den anderen, sie fror. Sie sagte jetzt auch etwas und machte schwungvolle Armbewegungen, als sie auf Trecker und Wagen deutete. Eine Frau. Beide erklärten, was passiert war.

Schneider ging die Unfallstelle ab und vergewisserte sich, dass sie da nicht vorbeikamen. Er sagte etwas zu Frieder, dann zu den Hippies, und ging zum Kofferraum des Mercedes, wo er ein Abschleppseil hervorholte.

Simona bemerkte nun auch noch einige germanische Runen, einen Thor-Hammer und eine keltische Triskele. Ihr lief es kalt den Rücken herunter. Das war eine irrwitzige Mixtur aus Symbolen, die überhaupt nicht zusammenpassten. Und da, ja, in der Ecke oben links, entdeckte sie den Davidstern, und diagonal gegenüber unten rechts einen Schildknoten, der bei genauerer Betrachtung aus ineinander verflochtenen Swastikas bestand.

„Ist es auch Wahnsinn, so hat es doch Methode", flüsterte sie.

Hinter ihr gluckste Kid. Sie schaute in den Rückspiegel. Kid hatte die Hand erhoben, Zeigefinger und kleiner Finger waren abgespreizt, der Daumen lag über Mittel- und Ringfinger.

„Teufel?", sagte Simona. „Wären die wohl gern. Das sind doch bloß niedliche Possenreißer."

Kid zischte abfällig.

Schneider ging zur Fahrertür des Mercedes und sprach mit Gisela. Machte eine Geste, um anzudeuten, dass der Wagen gewendet werden musste.

Gisela stieg aus und kam zu ihnen. Simona ließ das Fenster herunter.

„Zurücksetzen", sagte sie. „Wir ziehen den Trecker von diesen Blumenkindern aus dem Schnee. Dann geht's weiter."

Als Gisela sich herunterbeugte, sah Simona, dass sie unter dem Schal noch immer das Collier trug. Miststück.

Gisela zog die hintere Tür auf und wandte sich an Kid: „Du musst ihm helfen. Ich passe solange auf sie auf."

Kid stieg aus. Simona setzte den Wagen zurück. Schneider drehte den Mercedes um.

Gemeinsam mit Frieder und dem Hippie machte Kid sich daran das Abschleppseil an Mercedes und Traktor zu befestigen. Bunter Mantel und Lederkluft schienen sich abzustoßen wie gleiche Pole eines Magnets. „Die wollen sich nicht zu nahekommen. Wie Hund und Katze", sagte Gisela belustigt. Sie saß jetzt auf der Rückbank. Hatte sie eine Waffe bei sich? Keine Angst, Gigi, ich mache mich erst davon, wenn ich das Collier in der Hand halte, dachte Simona.

Das Geschehen direkt vor ihren Augen wurde immer wieder von neuen Schneeböen und dichtem Flockenschwall verdeckt.

Das Hippiemädchen löste die Kupplung des magischen Wagens vom Trecker. Schneider setzte sich ans Steuer des Mercedes. Eine Menge Motorgeheule war nötig, bis die Zugmaschine endlich aus der Schneeverwehung gezogen war. Vor, wieder zurück, wieder vor, erst zur einen, dann zur anderen Seite, hin und her und endlich raus.

Schneider zog den Traktor ein ganzes Stück weit vom Wohnwagen weg.

„Komm", sagte Gisela, „wir helfen Ihnen, den Wohnwagen wieder anzukoppeln."

„Denen helfe ich bestimmt nicht."

Gisela lachte. „Hast du was gegen Langhaarige?"

„Hast du die Symbole auf dem Wohnwagen gesehen? Ich finde das nicht witzig."

„Dieses bunte Durcheinander? Das ist doch Kinderkram. Komm schon."

Simona wollte nicht helfen, aber neugierig war sie doch.

Kid war auch interessiert. Das Abschleppseil in der Hand ging er langsam um den Wagen herum und studierte eingehend alle Symbole. Dabei grinste er abfällig vor sich hin. Simona blieb in einigem Abstand stehen.

Frieder und Schneider diskutierten jetzt mit dem Hippie im bunten Mantel.

„Ihr könnt uns doch abschleppen, wir haben es nicht mehr weit. Aber wir kommen nicht durch. Der kleine Trecker schafft das nicht."

„Keine Zeit", sagte Schneider.

„Ein paar Kilometer vielleicht", versuchte Frieder zu vermitteln.

„Nein, das ist zu riskant."

„Was ist denn daran riskant?", fragte der Hippie.

Sie stritten weiter.

Das Mädchen im Wildledermantel trat zu Gisela. Sie hatte die Pudelmütze abgezogen und der Wind ließ ihre langen blonden Haare flattern. Sie zog sich den Handschuh von der linken Hand und streckte sie aus.

„Hi, ich bin die Pink."

Simona kam es vor, als würde sie Gisela von oben bis unten eingehend mustern und dann ihr Gesicht neugierig studieren. Besonders die Augen.

Gisela schien das nicht weiter zu stören. Sie gab ihr die Hand, nannte aber keinen Namen. So schlau war sie dann doch.

„Hallo", sagte sie unbestimmt und undeutlich. Der Schal bedeckte einen Teil ihres Gesichts.

„Hallo, schöne Fremde“, sagte Pink. „Willst du mir nicht dein Gesicht zeigen?“

Und als hätte sie damit eine unsichtbare Macht beschworen, erhob sich eine schwere Windböe und riss Gisela den Schal vom Hals. Sie konnte ihn gerade noch festhalten.

„Oh, das ist aber schön!“ rief das Hippiemädchen. Ihre Hand zuckte zum Collier. Gisela trat erschrocken einen Schritt zurück, und Simona war kurz davor, dem Mädchen an die Gurgel zu gehen.

Die lachte und sagte zu Gisela: „Hast du etwa Angst vor mir? Musst du nicht. Ich bin heute auf der Sonnenseite. Alles positive Energie, durch und durch.“

Gisela wickelte sich hastig den Schal wieder um den Hals.

„Och“, schmollte Pink. „Zeig noch mal. Ich hätte es gern genauer gesehen. Das ist nicht nur ein Schmuckstück, stimmt's? Da steckt etwas dahinter, ich hab's gesehen. Die Muster. Aber vielleicht hast du ja recht, es gehört dir und es passt zu dir. Ich grüße deine Schönheit.“ Sie faltete die Hände und verbeugte sich vor Gisela. Dann wandte sie sich ab. Kurz streifte ihr Blick Simona und sie kniff die Augen zusammen. Misstrauisch, abfällig, ablehnend? So sehe ich wahrscheinlich auch aus, dachte Simona.

Pink winkte ihrem Freund. „He, Grey, ich hab hier etwas …“

Aber Grey war völlig eingenommen von dem Streitgespräch, das er mit Schneider führte.

„Ihr seid ja unglaublich egoistisch! Es wäre doch kein Problem, uns abzuschleppen. Ihr habt zwei Wagen. Das Seil können wir durchschneiden, es ist lang genug.“

„Nein“, sagte Schneider. „Dazu haben wir keine Zeit.“

Grey wurde zornig und beschimpfte ihn in einer Sprache, die keiner verstand. Pink trat neben ihn und legte ihm beschwichtigend die Hände auf die Schultern.

„Lass doch“, sagte sie. „Wir schaffen das Stückchen schon noch. Ich spüre genug positive Energie. Der Sturm ist nicht so stark, wie er zu sein glaubt. Er wird uns nicht besiegen. Und abgesehen davon ...“ Sie zog ihn zu sich und flüsterte ihm etwas ins Ohr. Er schaute sie erstaunt an, warf einen Blick auf Simona und Gisela und schien mit einem Mal beschwichtigt.

„Na schön, haut doch ab“, sagte er zu Schneider und Frieder. „Aber ihr seid trotzdem Egoisten.“

Das Mädchen stemmte eine Hand in die Hüfte und warf sich in eine herausfordernde Pose. „Und Ego-Energie ist total zerstörerisch. Daran werdet ihr alle zugrunde gehen, ihr Herren.“ Dann drehte sie sich um, hob die Hand und winkte Gisela fröhlich zu wie ein kleines Mädchen. „Bis bald. Lass dich nicht unterkriegen, Schöne!“

Gisela schüttelte lächelnd den Kopf.

Simonas Blick glitt noch einmal über den symbolbeladenen Zirkuswagen. „Los komm jetzt! Bloß weg hier. Die sind unerträglich.“ Eine Sekunde später wunderte sie sich über ihre heftige Abneigung. Also bitte, ich habe keine Angst, dachte sie, doch nicht vor solchen Witzfiguren.

Als sie wieder hinterm Steuer saß und dem Mercedes folgte, vorbei an den beiden Hippies, die regungslos dastanden und sie ausdruckslos anstarrten, bemerkte sie eine Bewegung hinter sich. Im Rückspiegel sah sie, wie Kid den Langhaarigen den Mittelfinger zeigte.

„Ich darf doch bitten“, sagte Frieder auf dem Beifahrersitz. „Was soll denn dieser Unsinn?“

Simona gab ruckartig Gas und wäre beinahe auf den Mercedes aufgefahren.

„Immer mit der Ruhe“, sagte Frieder beschwichtigend.

17

Es ging immer langsamer voran, trotz Schneeketten. Pulvrige Eiskristalle prasselten immer dichter, mal frontal gegen die Windschutzscheibe, mal gegen die Seitenfenster. Nie konnte man einschätzen, von wo der nächste Schwall kam. Der Wind wehte noch stärker und tückischer. Wuchtige Böen brachten den Audi ins Wanken. Manchmal musste Simona das Steuer mit aller Kraft festhalten, damit es sich nicht selbstständig machte. Dann wieder, in tiefen Verwehungen, wollte es sich gar nicht bewegen lassen. An manchen Stellen, vor allem in Kurven, war es extrem glatt, und der Wagen glitt eigenwillig und unbeherrschbar dahin, bis die Reifen wieder Grund fassten.

Simona schimpfte vor sich hin, so sehr, dass Frieder anbot, das Steuer zu übernehmen, aber sie lehnte ab. Sie wusste, es war eine Illusion, wenn sie glaubte, hinter dem Lenkrad hätte sie mehr Möglichkeiten in einem günstigen Moment die Initiative zu ergreifen. Aber wozu denn? An Flucht war nicht zu denken. Zumal diese Schickse im Mercedes immer noch das Collier um den Hals trug.

Ich muss die Kontrolle über die Situation erlangen, dachte sie. Aber wie? Und vor allem muss ich mir das Collier aneignen. Du hast einen Auftrag, Soldat, führe ihn aus!

Wurde es schon dunkel? Sie kniff die Augen zusammen. Der Mercedes vor ihr verschwand im weißen Wirbel, die Straße verschwand unter der weißen Decke, die Umgebung verschwand hinter der weißen Wand, nur gelegentlich zeichneten sich dunkle Umrisse von Bäumen ab.

Sie hatte das Gefühl, es würde immer kälter, obwohl die Heizung ganz aufgedreht war.

Und dann immer diese Fratze von Kid im Rückspiegel. Was für ein hässlicher Kerl! Und sie ertappte sich dabei, wie sie zwischen den Ketten, Reißverschlüssen und Sicherheitsnadeln seiner Punker-Kluft ein verstecktes Hakenkreuz suchte. Dabei wusste sie doch, dass es in diesem Zusammenhang nicht die Bedeutung hatte, die ihm sonst zugeschrieben wurde. Die wirren bunten Zeichen auf dem Zirkuswagen dieser Hippies waren viel gefährlicher – aber wieso eigentlich? Wieder wunderte sie sich über ihre Abneigung. Könnte genauso gut sein, dass es sich nur um dumme Kindsköpfe gehandelt hatte – Blumenkindsköpfe. Trotzdem ... schwarze Magie ... Ihr fiel ein, dass die Nazis einmal einen Forschungstrupp zum Nordpol schicken wollten, um die Hohlwelttheorie zu beweisen. Das was hier gerade stattfand, dieser ganze tückische Blizzard, der das Gefühl vermittelte, die Welt würde implodieren, hätte ihnen als Beweis vielleicht genügt, diesen trotteligen Scheißkerlen! Wie kann es sein, dass friedliebende langhaarige Blumenkinder deren Symbole verwenden? Waren die mit Blindheit geschlagen? Naiv? Dumm?

Dumm genug wahrscheinlich, dass sie jetzt bibbernd in ihrem lächerlichen Zirkuswagen saßen und sich die Hände an glimmenden Räucherstäbchen wärmten. He! Was habe ich denn eigentlich gegen die?

Wieder das grinsende Gesicht von Kid im Rückspiegel.

„Achtung!"

Frieder griff ins Lenkrad.

„He!" Sie drückte ihn mit dem Ellbogen weg.

Vor ihr tauchte jäh das Heck des Mercedes auf. Die Bremsleuchten und Rücklichter warfen blutroten Glanz ins dumpfe Weiß.

„Stopp!"

Sie trat auf die Bremse, Frieders Hand zuckte erneut zum Steuer.

„Lass das!"

Der Audi glitt zur Seite, drehte sich und rutschte weg, prallte schräg mit dem Heck gegen den Kofferraum des Mercedes. Bremsleuchten starrten sich an. Noch mehr Rot.

Die Umgebung bekam die Farbe von Himbeereis.

Eine Wand von Himbeereis. Eine Schneewand. Eine rosafarbene Schneedüne. Eine riesige Verwehung. Der Mercedes war direkt hineingefahren. Das Bremsmanöver im letzten Moment hatte keine Wirkung gehabt.

Nun kam zu allem Überfluss noch das orangefarbene Blinken der Warnanlage hinzu.

Simona und Frieder schoben gleichzeitig ihre Türen auf und stiegen aus. Beinahe wäre sie umgefallen, als ein kräftiger Windstoß sie von hinten packte. Die Beifahrertür krachte zu. Sie stemmte eine Hand auf die Motorhaube, um nicht erneut ins Taumeln zu geraten.

Im Mercedes tat sich nichts. Dann ging die Innenbeleuchtung an. Giselas Schatten beugte sich über die Silhouette von Schneider, löste sich wieder, drückte die Beifahrertür auf, die sofort zuknallte. Verdammter Wind.

Beim zweiten Versuch gelang es Gisela auszusteigen.

„Er hat eine Platzwunde am Auge“, sagte sie. „Ich muss wohl weiterfahren.“

Simona kniff die Augen zusammen und betrachtete die Wand aus Schnee. „Weiterfahren?“

Gisela wurde vom Wind gegen den Audi gedrückt. Ein Schwall körniger Schnee prasselte über sie. Es fühlte sich an, als würden sie in einem Sandsturm stehen. Nur viel kälter. Kurz blieb Simona der Atem weg, als eine Böe ihr so kräftig ins Gesicht schlug, dass es unmöglich war einzuatmen. Sie riss den Mund auf und spürte einen Schauer aus winzigen Eispartikel am Gaumen und auf der Zunge.

„Wir müssen da irgendwie herumfahren“, sagte Gisela.

Frieder ging die hohe Schneewehe ab. Nach wenigen Schritten verschwand er im nebulösen Weiß.

Als er wieder vor ihnen auftauchte, war er von oben bis unten mit pulvrigen Kristallen bestäubt. Er sagte knapp: „Wir müssen zurück.“

Wie bitte? Was?

Simona und Gisela deuteten simultan in den wogenden und wirbelnden Schneesturm hinter ihnen. Die Straße war nicht mehr zu sehen. Die Reifenspuren waren bereits verschwunden.

Der Wind schlug Simona ins Gesicht. Es fühlte sich an, als würde jemand mit einer stumpfen Messerklinge ihre Haut zerschneiden. Egal, dachte sie, selbst wenn Blut fließt, selbst wenn mein Blut fließen muss, wenn mir das Blut in den Adern gefriert, ich gebe nicht nach! Ich brauche nur einen Ansatzpunkt, und eine Lücke zur Flucht, und wer mir dann in den Weg tritt, hat seinen letzten Atemzug getan. Bis auf Randy, er darf mir nicht in die Quere kommen. Soll es nicht! Wird es nicht? Sie versuchte, ins Innere des Mercedes zu spähen, aber die Scheiben waren mit Schnee verklebt. Vielleicht sein Glück, dass er angeschossen wurde, mein Glück ...

„Wir stecken fest", sagte Frieder und gestikulierte in alle Richtungen. „Keine Möglichkeit vorbeizufahren."

„Die andere Seite!", schrie Gisela und deutete dorthin, wo Frieder die Düne noch nicht abgegangen war.

Ja, genau. Wie kann er sich so sicher sein? Will er uns reinlegen?, dachte Simona und schaute zu, wie Gisela in einem Schneewirbel verschwand.

Als sie taumelnd zurückgestapft kam, erklärte sie: „Ein Holzstapel. Wenn wir den wegräumen ... Allerdings ..." Sie deutete auf ihre Kleider. „... bin ich bis zum Bauch im Straßengraben eingesackt."

„Wir müssen zurück", wiederholte Frieder. „Bevor es zu spät ist."

„Es ist längst zu spät", sagte Simona.

„Wir können doch mit den Holzstämmen eine Brücke über den Graben legen", sagte Gisela.

Frieder schüttelte den Kopf. „Die rollen weg."

„Den Graben damit ausfüllen", schlug Simona vor.

Die Fahrertür des Mercedes ging auf, und Schneider quälte sich schwankend heraus. In der Mitte der Stirn hatte er eine Platzwunde. Als er endlich geradestand, tupfte er sie mit einem Taschentuch ab. Dann knotete er den Gürtel seines Mantels zusammen. Bis auf das klaffende Rot war er grau im Gesicht.

„Tut doch etwas!", sagte er und schlenkerte die Arme.

Der Anführer ist ein Nervenbündel, dachte Simona, das ist gut.

Frieder verschwand im Schneetreiben. Die anderen Drei standen unschlüssig da. Kid stieg aus dem Audi und blieb ebenso unschlüssig neben ihnen stehen.

„Wie geht's Randy?“, fragte Simona.

„Was weiß ich …“, wehrte Schneider ungeduldig ab.

Simona spähte in den Mercedes. Gleichzeitig spürte sie Giselas forschenden Blick.

Der Wind schleuderte einen chaotisch in alle Richtungen sprühenden Schneeschwall über sie. So stark, dass Schneider zur Seite stolperte und Gisela in eine Wehe fiel. Sie verschwand fast vollständig darin. Kid streckte ihr mit stoischer Miene eine Hand hin und half ihr heraus. Hielt ihre Hand eine Spur zu lange und zog sie sehr dicht an sich heran.

Frieder kam zurück. Brach kurz in ein unsichtbares Loch unter dem Schnee ein, bevor er auf der Fahrbahn wieder festen Boden unter den Füßen hatte. Der Sturm zerrte an ihnen, drückte von oben herab, fuhr ihnen zwischen den Beinen hindurch wie eine tollwütige Fuchshorde. Frieder schüttelte den Kopf: „Hinter dem Holzstapel eine meterhohe Verwehung. Die Stämme sind vereist und zusammengefroren. Keine Chance.“

Simona schaute Gisela an. Knappe Gedanken schossen durch ihr Gehirn: Kann ich ihr das Collier vom Hals reißen, ohne dass es zerstört wird? Sie überwältigen und es an mich nehmen? Die anderen währenddessen in Schach halten? Schneider ist momentan das schwächste Glied in der Kette. Wo hat er seine Waffe? In der Manteltasche? Wie wird Kid reagieren, wenn ich Schneider ausschalte? Wie kann ich Kid ausschalten? Wie Gisela außer Gefecht setzen? Was wird Frieder dann tun? Es geht nicht. Sie sind zu viele. Ich muss warten. Vielleicht nur eine Weile. Bis der Sturm mir in die Hände spielt, sie kampfunfähig macht. Dann schlage ich zu und setze mich ab. Es wäre nicht das erste Unwetter, dem ich trotze. Im

Mercedes bewegte sich ein Schatten. Randy. Wenn ich ihn auf meine Seite ziehe ...

„Wie weit ist es noch?“, schrie Frieder. Seine Stimme überschlug sich in dem immer lauter tosenden Sturm.

„Ab diesem Holzstapel noch zwei Kilometer“, schrie Schneider zurück.

„Wir gehen zu Fuß“, rief Frieder.

„Aber Randy kann doch nicht ...“, entfuhr es Simona.

Die hintere Tür des Mercedes ging auf und Randy quälte sich aus dem Wagen.

„Na also“, sagte Schneider.

Der Wind schleuderte Randy gegen die offenstehende Tür. Nur mit Mühe konnte er sich daran festklammern.

„Kid!“ Schneider machte ein Zeichen. Kid ging zu Randy, um ihm zu helfen.

Mittlerweile waren die beiden Autos auch schon ein Stück weit eingeschneit und eingeweht. Man sah deutlich, dass die Zeit drängte.

„Gisela“, kommandierte Schneider. „Du bleibst bei mir.“

Mistkerl, dachte Simona, das wäre meine Chance gewesen.

Schneider deutete auf sie. „Frieder, du kümmerst dich um sie. Benutze deine Waffe, wenn sie zu flüchten versucht. Wir müssen nur der Straße folgen.“

„Welche Straße denn?“, murmelte Gisela.

Frieder trat neben Simona. „Wenn sie zu flüchten versucht, ist sie sowieso tot“, sagte er.

Du kennst mich nicht.

18

Es wurde eine wahre Tortur. Die längsten, anstrengendsten und brutalsten zwei Kilometer im Leben aller Beteiligten, bis auf Simona vielleicht, die auf andere Gewaltmärsche zurückblickte und die Führung hätte übernehmen können, wenn sie nicht eine Gefangene gewesen wäre. Im Moment mehr eine Gefangene der Umstände als dieser Menschen.

Frieder bemühte sich tapfer mit ihr schrittzuhalten, aber es fiel ihm sichtlich schwer. Na klar, dachte sie, wenn du gerade aus dem Knast kommst, bist du nicht nur körperlich eingerostet, du musst auch erstmal deinen Lebensantrieb wiederfinden. Da blitzt manchmal was auf. Ungefährlich ist er nicht, wie wir sehen konnten, als er den Polizisten überwältigte. Aber da ist eine Melancholie in seinem Blick, besonders wenn er Gisela anschaut, als hätte er festgestellt, dass seine Hoffnung, die er genährt hat wie ein zartes Pflänzchen, kurz davor stand zu vertrocknen. Oder einzufrieren. Gefriergetrocknet wie dieser lösliche Kaffee in der Fernsehwerbung. Das Nestlé-Filter-Frio-Verfahren, vielleicht ist es das, was hier um uns herum stattfindet. Ein Experiment zur Herstellung von Instant-Menschen.

Frieder stöhnte und sie ging etwas langsamer. Unwillkürlich war sie vorangeschritten, die anderen waren schon aus der Puste gekommen.

Kein Wunder angesichts der knietiefen Schneedecke, der mannshohen Verwehungen, des brutalen Windes, der ihnen die winzigen Flocken wie Eisnadeln in die Gesichter schleuderte. Aber was noch schlimmer war: Die Stärke der Böen nahm weiter zu. Es fiel immer schwerer zu atmen, weil die gepresste Luft ihnen mit erbarmungsloser Wucht entgegenschlug und den Atem nahm. Es war zu viel von dieser Luft da, sie war zu dicht, um sie einatmen zu können. Und viel zu kalt.

Schnell waren alle vermummt. Die Hände froren ab. Die Füße wurden zu Eisklumpen. Und dennoch schwitzten sie, weil das Fortkommen so mühsam war. Die Beine wurden schwerer. Die Muskeln schmerzten. Sie ächzten und stöhnten. Kehlen und Lungen fühlten sich an, als würden sie von der eisigen Luft in Brand gesetzt. Neben Simona das abgehackte Schnaufen von Frieder, hinter ihr das Röcheln von Schneider. Von Gisela war kein Laut zu hören. Simona schaute sich kurz um, und sah, wie sie an der Seite von Schneider unverdrossen voranstapfte.

Wenn du wissen willst, wer dir wirklich gefährlich werden kann, mach den Schneesturmtest, dachte sie sarkastisch.

Kid und Randy waren weit zurückgefallen, so weit, dass man nicht einmal mehr ihre Umrisse ausmachen konnte. Randy wird es nicht schaffen, dachte sie, nicht mit dieser Verwundung. Aber es wird wenigstens nicht meine Schuld sein, wenn er stirbt.

Weiter, immer weiter. Im Gegensatz zu Simona dachte Gisela im Moment so gut wie nichts. Nur „weiter, weiter“ oder „komm schon“ oder „Fuß hoch ... los doch ... nicht schlapp machen ... atmen ... dreh dich kurz um ... Luft schöpfen ... weiter ... Schnee, Schnee, Schnee .... wer hat den Wind bestellt? ... Schneider, du Idiot, wieso hast du nicht den Wetterbericht genauer studiert ...“

Sie schleppte ihn durch den Aufruhr der Elemente und fragte sich nicht, warum sie das tat. Ein menschlicher Reflex, mehr nicht. „Na, los doch, du Idiot!“ Manches murmelte sie laut vor sich hin, und die kargen missgelaunten Worte wurden vom Wind von ihren Lippen gerissen und fortgeschleudert. Vielleicht hörte Kid dort hinten mit, falls er sich an der richtigen Stelle dieses beschissenen Windkanals befand. Das war immerhin ein plastischer Gedanke. Aber schon blieb nur noch: „Scheiße ... tu mir das nicht an ... los hoch, los doch!“

Schneider war zusammengebrochen. Oder eingebrochen? War da ein Loch in der Straße? Waren sie noch auf der Straße? Wo zum Teufel gab es hier eine Fahrbahnbegrenzung? Keine Mauer, kein Bäumchen, kein Strauch. Gottverdammt! Sie half ihm wieder hoch, der Mann war schließlich bares Geld wert, hatte ihre glorreiche Zukunft mit Frieder praktisch in der Tasche. Hatte aber auch blödsinnige Ideen über sie im Kopf. Schäbige Ideen. Verräterische Ideen. Ich sollte diesen Dreckskerl da liegen lassen.

Sie half ihm auf. Fühlte sich an, als würde sie einen Sack mit Knochen aufklauben.

Ließ der Schneefall nach? Waren diese Schemen da hinten Randy und Kid? Waren die vagen Umrisse da vorn das Haus? Ihre Rettung? Ihre Fluchtburg?

Auch Simona, die sich neben Frieder durch den Schnee arbeitete, sah jetzt die breite Front des Gutshauses zur Rechten liegen. Falls das ihr Ziel war, denn sie waren im Moment auf einer Route, die daran vorbeiführen würde. Hätte der Schneesturm sich nicht ausgerechnet in diesem

Moment abgeschwächt und wäre das Haus nicht so groß gewesen, sie wären in die Irre gelaufen.

Schneider blieb schwankend stehen und gestikulierte ungelenk wie eine überdrehte Aufziehpuppe.

Schon gut, du Idiot, dachten Gisela und Simona gleichzeitig, haben wir längst bemerkt.

Das ausladende Gutshaus bestand aus einem geräumig wirkenden Erdgeschoss und einem mächtigen breiten Walmdach, dessen Dicke und Höhe durch die darauf liegenden Schneemassen grotesk verstärkt wurden. Es schien, als stelle das eigentliche Haus nur die Grundmauern für das viel riesigere Dach. Im Dach selbst waren Wölbungen zu sehen, die auf eingelassene Fenster hindeuteten. Also war ein zweites Stockwerk vorhanden.

Die nicht mehr existierende Straße führte durch eine weite Fläche zu dem Gebäude. In der Fläche waren Muster zu sehen, die von Hecken oder Mauern herrühren mochten. Es gab eine größere ovale Vertiefung. Ein Teich? Zur Rechten erstreckte sich ein Wald, dessen genaue Ausmaße schwer einzuschätzen waren. Links befanden sich hohe Hecken. Und dahinter? Diffuses Weiß, das weniger als drei Dimensionen zu haben schien, aber welche fehlte? Was jenseits des Hauses kam, war nicht zu erkennen. Doch, die vagen Umrisse eines weiteren Gebäudes, einer Scheune wahrscheinlich.

Muss hier nicht auch irgendwo das Meer sein, fragte sich Gisela. Und dahinter, kommt da nicht Schweden? Sie hielt sich eine Hand über die Augen. Aber auch wenn der Schneefall sich lichtete, mehr als grelles Weiß hinter dem Gebäude war nicht erkennbar.

Simona überlegte: Der Wald ist ein guter möglicher Fluchtpunkt. Und je höher der Schnee desto besser.

Beiden schien es, als würde die Umgebung sich ständig wandeln, je nach Dichte des Schneetreibens. Mal war der Wald zu sehen, mal verschwand er. Eben noch gab es Konturen in der Fläche, dann wieder nicht mehr.

Die Umrisse von Kid und Randy schälten sich aus dem Nichts. Es sah aus, als hätte Kid den Verletzten wie einen großen Sack halb über die Schulter geworfen und würde ihn hinter sich her schleifen.

Schneider stieß einen gurgelnden Schrei aus, der wohl so etwas wie Erleichterung ausdrücken sollte, und stapfte mit schlenkernden Armen los.

Alle folgten. Diese letzten Meter vor der rettenden Haustür erschienen allen wie die schwersten. Da siehst du, dachte Gisela, je näher die Rettung, umso schlimmer fühlt sich das Hindernis an, das dich von ihr trennt.

Vor der zweiflügeligen grünen Tür angekommen, schnappten sie nach Luft, als kurz der Eindruck entstand, das Schloss könnte eingefroren sein. Es waren aber nur Schneiders Hände, die sich nicht mehr bewegen wollten. Hilflos umklammerte er den Schlüssel, als hätte er Klauen, keine Finger. Man hörte sogar wie seine Zähne klapperten. Trotz mehrerer Versuche gelang es ihm nicht den Schlüssel ins Schloss zu schieben.

Frieder nahm ihm das Ding aus der Hand und ging zielstrebiger ans Werk. Die Tür schwang auf, er trat ein und schon flammte ein altertümlicher Kronleuchter auf.

„Gerettet!“, stöhnte Schneider und drängte hinterher.

Gisela folgte ihnen in eine breite, rustikal eingerichtete Diele. Es gab eine Garderobe, einen riesigen Bauernschrank, ein Sofa und ein paar Stühle. Ländlichen Nippes auf Regalen an den Wänden. Hier und da ein Bild mit maritimen oder bäuerlichen Motiven. Die Diele führte um eine Ecke herum, wo ein langgestreckter Eichentisch stand, darum Stühle mit sehr hohen Lehnen. Ein breiter Bücherschrank mit Glastüren und in der Ecke ein hoher grüner Kachelofen, gekrönt von einem Fischadler, der die Schwingen ausbreitete und einen Fisch in den Krallen hielt.

Simona half Kid, den völlig erschöpften Randy hereinzutragen. Sie zogen ihm den Mantel aus, legten ihn auf das Sofa und deckten ihn mit der dort vorhandenen karierten Wolldecke zu. Er atmete schwach und stockend und regte sich ansonsten nicht.

Sie waren erschöpft und durchnässt. Das Haus war ausgekühlt. Immerhin standen auch in den Zimmern Kachelöfen. In einem Schuppen an der rechten Seite des Hauses war Feuerholz gestapelt. Die beiden Frauen, Kid und Frieder machten sich daran, das Haus einzuheizen, während Schneider herumlief und die Vorräte inspizierte. Die Fenster hatten Läden auf der Innenseite. Er zog sie auf, um das noch vorhandene Tageslicht hereinzulassen. Dann bestimmte er, wer wo zu schlafen hatte.

Sich selbst und Kid teilte er das größte Schlafzimmer zu, das man sowohl vom Eingangsbereich wie auch der Essdiele betreten konnte. Das gegenüberliegende Zimmer bekam Simona. Auf der anderen Seite des Hauses ging es durch einen langgestreckten Flur vorbei am „Kaminzimmer“ – mit weiteren Bücherschränken, Tisch, Sekretär und Stühlen – zum „Salon“ mit Sofa und Sesseln. Gegenüber lag die geräumige Küche, und dann erreichte man zwei weitere Schlafzimmer, die vis-à-vis lagen. Links, neben der Küche, wurde Randy untergebracht, rechts, neben dem Salon, zogen Gisela und Frieder ein.

Es fanden sich Decken und Handtücher in den wuchtigen Möbeln, ein Waschbecken war jeweils auch vorhanden. Schneider wies noch auf einen Anbau am anderen Ende des Gebäudes hin, der eine Waschküche sowie Duschgelegenheiten beherbergte.

Es war für alles gesorgt, nur die Vorräte in der Küche waren für sechs Personen knapp bemessen und bestanden vor allem aus Konservendosen. Kein Brot, wenig Getränke. Der Nachschub befand sich im Kofferraum des Mercedes.

Frieder und Kid schleppten Randy in sein Zimmer, legten ihn aufs Bett, zogen ihn aus und deckten ihn zu. Simona erklärte sich bereit, die Wunde zu versorgen. Immerhin war ein kleiner Erste-Hilfe-Kasten vorhanden.

Draußen stürzte sich erneut die wilde Brandung wirbelnder Schneemassen über das Land. Es wurde schlagartig dunkel. Der Wind heulte ums Haus. Alle Fensterflügel wurden kontrolliert, die Läden sorgfältig geschlossen und verriegelt. Wenn eine Sturmbö das Haus frontal erfasste, bebte die Haustür und die zweite Außentür, die zum Schuppen führte, fing an zu rappeln. Frieder klemmte einige Holzkeile unter beide Unruhestifter und legte eine zusammengerollte alte Decke vor die vordere Doppeltür, um die Zugluft zu bremsen.

Trotz aller Abschottungsbemühungen hörten sie, wie der Schnee gegen die Scheiben prasselte.

„Was ist mit oben?“, fragte Gisela, bevor sie sich mit Frieder in ihr Zimmer zurückzog.

„Nichts“, sagte Schneider. „Das Dachgeschoss wird ausgebaut. Teilweise fehlt der Boden. Besser ihr geht da nicht rauf.“

Hinter seinem Rücken tauchte das Gesicht von Kid auf und schoss bohrende Blicke auf sie ab.

Sie schloss die Augen.

Frieder, wo bist du? Suchend tastete ihre Hand.

Er stand neben ihr.

19

Simona hauchte ein Guckloch in die Eisblumen, die das Fenster überzogen. Aber da draußen war nichts mehr zu sehen, die Nacht war angebrochen. Aus Weiß war Schwarz geworden. Der Sturm heulte um die Ecken, ein leises Rascheln und Prasseln deutete darauf hin, dass weiterhin Schnee fiel. Sie kratzte mit dem Fingernagel über die Eisschicht auf der Glasfläche, hielt inne und schüttelte den Kopf. Nicht zerstören! Morgen früh, wenn die Sonne aufgegangen ist und darauf scheint, werde ich einen winterlichen Blumengarten vor Augen haben.

Ihr Zimmer war recht heimelig. Ein mannshoher brauner Kachelofen sorgte für angenehme Wärme, es gab ein Bett, einen Tisch mit Stuhl und sogar einen bequemen Sessel sowie einen Kleiderschrank, in den sie gar nichts hineinlegen konnte. Sie hatte ihre nassen Klamotten auf diverse Bügel verteilt, die nun rund um den Schrank hingen. Sie saß auf dem Sessel, hatte sich eine Wolldecke umgelegt, die sie im Schrank gefunden hatte, und versuchte in einem Taschenbuch zu lesen, das sie auf dem kleinen Bücherregal entdeckt hatte. Ein französischer Kriminalroman mit dem, wie sie fand, lustigen Titel „Un assassin, ça va, ça vient“. Es ging um eine fahrende Theatergruppe und Pornografie. Na, das passt ja auf uns, dachte sie. Aber sie konnte sich nicht konzentrieren.

Sie dachte über Randy nach: Ich kann es schaffen, ihn auf meine Seite zu ziehen, wenn er bereit ist, das Geld für eine höhere Sache zu opfern, die auch ihn etwas angeht. Du gehörst mehr zu mir als zu ihnen, hatte sie erkannt, als sie in sein Zimmer gegangen war, um ihn zu verarzten. Aber was konnte dieser Mensch ihr im Moment schon nützen?

Graues Gesicht, gläserne Augen, Schweißperlen auf der Stirn. So hatte er dagelegen. Schwerfällig und nur mit ihrer Hilfe gelang es ihm, sich auf die Seite zu wälzen, damit sie die Wunde genauer untersuchen konnte. Ein Einschussloch, aber die Kugel war nicht wieder ausgetreten. Zweifellos hatte er innere Blutungen gehabt, aber ob die lebensbedrohlich waren oder werden könnten, war für sie nicht zu erkennen.

Er lag da in Unterhemd und Boxershorts, wirkte aber eigentlich nicht nackt wegen der sehr dichten schwarzen Körperbehaarung. Meine Güte, dachte sie, das ist wirklich ein bisschen zu viel des Guten. Am linken Handgelenk trug er eine goldene Uhr, aber vom Juwelier Weiler konnte die kaum stammen, es war eine Kienzle. Ausgerechnet. „Deutsch die Uhr, deutsch der Klang!“

Dazu passte, und hier hielt Simona kurz den Atem an, eine verblasste, verzerrte Tätowierung an Randys Oberschenkel. Eine Zahlenreihe.

„Was ist das denn?“, fragte sie und drückte mit dem Finger auf die Stelle.

„Die Telefonnummer meiner Mutter.“

„Mit der Vorwahl von Auschwitz.“

Er lächelte dünn. „Ich weiß schon, dass du keine Schickse bist.“

„Und du bist kein Goj.“

„Was auch immer das ist ..."

„Du könntest mir helfen", sagte sie.

„Ich bin fertig."

„Womit?"

„Allem. Mit mir."

„Ich helfe dir."

„Ach ..." Randy schloss die Augen.

„Damit du mir hilfst. Und das musst du tun." Simona drückte mit dem Finger auf die Stelle am Bein mit der tätowierten Nummer.

„Muss ich?"

„Ja, denn dieses Collier ..."

„Ich weiß. Es ist von Aaron Mosh. Gisela hat es mir erzählt."

„Was weiß die denn davon?"

„Mehr als Schneider. Sie hat nachgeforscht."

„Und?"

Er schaute sie matt an, zuckte leicht mit der Schulter. Schloss die Augen und sprach weiter: „Der Juwelier in Antwerpen, der 1940 beim Einmarsch der Wehrmacht spurlos verschwand."

„Nicht ganz richtig. Der Juwelier hieß Paul Bronfman. Er und seine Familie konnten sich vier Jahre lang in einem Keller verstecken. Ein Vertrauter verkaufte hin und wieder ein Schmuckstück, damit konnte ihr Lebensunterhalt gesichert werden. Dann wurde Antwerpen von den alliierten Truppen befreit und sie durften in ihr Haus zurück, das wundersamerweise während der Bombenangriffe keinen Schaden genommen hatte. Auch die zerstörerischen Angriffe durch die V1 und V2 der Deutschen überstanden sie."

„Glück gehabt", murmelte Randy.

„Nein, leider nicht. Im März 1945 wurde die ganze Familie ermordet und aller Schmuck aus dem Tresor des Juweliers gestohlen. Zuvor waren er und seine Frau gefoltert worden, wahrscheinlich, um sie zur Preisgabe der Zahlenkombinationen der Tresore zu bewegen. Der Täter verschwand spurlos. Es soll sich um einen deutschen Agenten gehandelt haben, der den Auftrag hatte, Terrormaßnahmen hinter der feindlichen Linie durchzuführen."

„Ich ... ich will nichts mehr davon hören." Randy drehte den Kopf zur Seite. „Ich bin müde."

„Ich kann dich ja verstehen, aber ..."

„Das Geld könnt ihr behalten", murmelte er. „Lass mich jetzt."

„Nur eins noch ..."

Randy stöhnte ablehnend.

„Das Collier, das einzige Schmuckstück, das der berühmte Aaron Mosh je entworfen hat ..."

„Weiß ich."

„... und zwar für einen belgischen Textil-Industriellen, der ihn in seinen frühen Jahren großzügig unterstützte. Dieser Industrielle, Eliachim Hammer, hat es für seine Tochter Esther anfertigen lassen, zu deren Hochzeit mit dem Sohn eines niederländisch-amerikanischen Handelsunternehmens. Die Hochzeit kam nicht zustande, denn die Tochter starb plötzlich an einer schweren Krankheit. Daraufhin übergab Eliachim Hammer das Collier dem befreundeten Juwelier, der es für ihn aufbewahrte. Hammer wurde mit seiner Familie deportiert."

„Hör auf."

„Als es vor einigen Jahren in Argentinien auftauchte, haben wir versucht, es in Sicherheit zu bringen."

„Was?“

„Es befand sich immer noch in den Händen der Mörder.“

„Jetzt haben wir es, und wir sind auch Mörder.“

„Das ist etwas anderes. Es geht um die höhere Sache.“

Randy wälzte sich zur Seite, weg von ihr. „Ah ...“ stöhnte er.

„Wir müssen es denen wegnehmen, die es widerrechtlich besitzen.“

„Die Diebe bestehlen.“

„Die Mörder!“

„Wer ist wir?“

„Du und ich, wir alle.“

Randy schwieg.

„Wenn wir es geschafft haben, soll es in Tel Aviv der Weltöffentlichkeit präsentiert werden. Es wird ein Augenblick des Triumphs.“

Randy reagierte nicht.

„Es geht nicht um Geld. Aber wir können dich für deinen Einsatz entschädigen.“

Sie flüsterte ihm die Nummer ins Ohr, die sie an seinem Oberschenkel gesehen hatte.

Er schrie sie an mit sich überschlagender Stimme: „Raus! Raus mit dir! Raus!“

„Okay ... okay, ent-, entschuldige“, stotterte sie.

Dann hatte sie sich ruckartig abgewandt und fluchtartig das Zimmer verlassen.

In der Diele hatte Kid gestanden und sie wachsam angeschaut.

Jetzt, in ihrem Zimmer, bereute sie, dass sie Randy derart zugesetzt hatte. Das zerlesene Taschenbuch mit den vergilbten Seiten lag auf ihren Knien. „Ein Mörder kommt, ein Mörder geht", übersetzte sie den Titel. Das wäre ein passendes Motto für diesen Einsatz, für den ich mich freiwillig gemeldet habe, bloß weil ich eine rührselige Ader habe und dem Hauptmann geglaubt habe, dass ich als Tochter einer sterbenden Frau in einem Keller in Antwerpen zur Welt gekommen bin.

„Wir haben dich gerettet, wir haben dich zum Soldaten gemacht, wir haben einen Auftrag für dich, den du als persönliche Angelegenheit ansehen darfst. Du wirst dich gut vorbereiten."

Das hatte sie getan.

Ein Mörder kommt, ein Mörder geht.

20

Gisela beugte sich über den quadratischen Tisch und schloss die Fensterläden. Draußen jagte jaulend der Schneesturm über die gefrorene Einöde, über die sich die Schwärze der Nacht gelegt hatte.

Frieder saß auf einem Stuhl, mit herabhängenden Schultern, die Arme auf den Oberschenkeln, und starrte zu Boden. Sie trat vor ihn, er schaute nicht auf. Zog an seiner Zigarette und atmete den Rauch lautstark aus. Aschte in den Sinalco-Aschenbecher auf dem Tisch.

„Von einer Gefängniszelle in die andere", sagte er verbissen.

„Wenn der Sturm vorbei ist, sind wir frei", sagte Gisela. Mit einem Mal kam es ihr unglaubwürdig vor. Die Vogelfluglinie, ein buntes Haus, Ruhe und Geborgenheit. Immerhin hatte es Tote gegeben.

Das Ausüben von Gewalt hatte einen anderen Eindruck auf sie gemacht als früher, als sie in die Banken marschiert waren und die Leute sich erschrocken und in Todesangst auf den Boden geworfen hatten. Der Wachmann war nun allerdings ein Dummkopf gewesen. Wer hatte ihn eigentlich erschossen? Simona oder Randy? Das Bild war zerrissen, die Erinnerung verschwommen. Doch, Simona hat geschossen. Und sie ist nicht die, für die ich sie gehalten habe. Aber für wen halte ich sie jetzt? Keine

Ahnung, sie ist mir fremder denn je. Geht Gefahr von ihr aus? Für uns alle? Für mich?

Die schlimmste Gefahr war, dass sie und Frieder sich verloren. Ausgerechnet jetzt im Augenblick des Neubeginns.

Sie trat hinter ihn und massierte seinen Nacken. Er ließ es schweigend geschehen. Griff nach der Zigarettenschachtel und zog sich eine neue raus, schnippte ein Streichholz an. Alles, ohne sie anzuschauen. „Ernte 23", die Schachtel hatte sie im Handschuhfach des Audi entdeckt und für ihn eingesteckt.

„Die Polizisten", sagte er.

„Es war doch Notwehr."

„Man wird sie finden, und dann sind wir verratzt."

„Bei diesem Sturm findet niemand den Wagen."

„Funkgerät", sagte er.

„Tote funken nicht."

„Meiner war nicht tot."

„Du hast ihn nicht ...?"

„Nein."

„Und ich dachte ..." Er hatte doch so unglücklich ausgesehen, als er den leblosen Beamten auf den Boden gelegt hatte. „Aber dann ist ja alles gut." Und dabei dachte sie: Vielleicht erfriert er ja. „Du bist kein Mörder."

„Aber ich stecke in dieser Scheiße drin."

„Du hast doch gar nichts getan."

„Aber du! Und ein Wachmann wurde erschossen, soweit ich gehört habe."

„Das hat sie doch getan!"

„Wir sind alle verantwortlich. Bewaffneter Raubüberfall, Totschlag. Mindestens."

„Du doch nicht." Sie nahm die Hände von seiner

Schulter. „Und morgen nehmen wir das Geld und hauen ab. Der Schnee hilft uns. Die Behörden sind mit anderen Dingen beschäftigt. Wir haben keine Spuren hinterlassen. Niemand weiß, dass wir hier sind. Und wenn sie es erfahren, sind wir längst weg."

„Wie du immerzu von ‚wir' und ‚uns' sprichst."

„Damit meine ich uns beide, dich und mich."

„Ja, ja, eben." Er drückte die Kippe im Ascher aus.

Sie ging um ihn herum. „Was heißt denn ‚ja, ja, eben'?"

„Schneider ist ein Halunke in jeder Beziehung. Er schäkert mit dir. Er hatte uns absichtlich getrennt. Er will was von dir. Und er hält mich für schwach." Frieder lachte müde. „Womit er recht hat."

„Zusammen waren wir immer unbesiegbar", sagte sie matt.

„Ach ja? Und wie sind wir dann im Knast gelandet?"

„Das war ein Risiko, das wir bewusst eingegangen sind. Hast du mir selbst gesagt, als ich bei dir bleiben wollte. Du bist ehrlich gewesen."

„Und du?"

„Bitte?"

„Ich meine jetzt. Bist du ehrlich zu mir?"

Zuerst war sie verblüfft, dann verletzt. „Wie bitte? Was soll das heißen?"

Er merkte, dass er zu weit gegangen war. „Ich kann diese Situation nicht überschauen, das ist es. Ich kann auch nicht genau erkennen, welche Rolle du in dieser Sache spielst."

Sie trat vor ihn und warf sich in Pose wie eine glamouröse Schauspielerin, eine Hand im Nacken, die andere an der Hüfte. „Das hier ist Gisela, die Anführerin einer Räuberbande, die Polizei und Öffentlichkeit in Atem hält ..."

Sie ging in die Hocke und schaute ihn von unten an. „Und das hier ist Gigi, die dich liebt und ihr Leben mit dir teilen will, weit weg von allem ... und es ist ganz egal, wo das ist. Wenn du nicht nach Schweden willst, dann ..."

„Da hätte ich es also schon mit zwei Frauen zu tun", sagte er, und es klang leider nicht ironisch.

„Für dich gibt es nur Gigi."

„Und dann ist da noch die andere, die mit Schneider kooperiert, Randy zu diesem Coup überredet hat und Blicke tauscht mit dieser Person in der Lederkluft, von der angeblich niemand weiß, ob es ein Mann oder eine Frau ist."

„Kid gehört zu Schneider."

„Ob es ein Kid ist, was dir da am Rockzipfel hängt, oder ein Mann, wäre noch zu fragen."

Sie sprang auf. „Jetzt ist es aber gut! Du kannst doch nicht auf alle eifersüchtig sein."

Er lächelte hilflos. „Will ich nicht, bin ich aber."

„Du hast mal gesagt, es würde dich stolz machen, neben einer schönen Frau zu gehen, der alle bewundernde Blicke zuwerfen. Du hast die besten Fotos von mir aus den Zeitungen ausgeschnitten."

„Ich hatte sogar eins in meiner Zelle hängen. Und das ist so eine Sache, weißt du. Bilder verändern sich nicht."

„Menschen schon, na und?", sagte sie leichthin, dachte aber dabei: War es so nicht auch bei mir? Das Bild, das dieser Mann da vor mir abgibt, ähnelt nicht dem, das ich in meinem Kopf habe. Was nun?

Frieder lachte hüstelnd und griff wieder nach den Zigaretten. „Ich bin sogar eifersüchtig auf das Geld, das wir bekommen sollen. Es wird dir zur Freiheit verhelfen. Aber für mich ist es zu spät ... ich habe das verlernt ..."

„Aber Freiheit kann man lernen, Frieder!“, rief sie verzweifelt aus.

„Die haben mich mit unsichtbaren Fesseln an ihr Gefängnis gekettet. Ich werde sie nicht mehr los. Und sieh mal ...“ Er deutete auf die Fensterläden. „Was mir auffällt, was mich erschrickt und mir durch Mark und Bein geht, das ist, dass ich den Gedanken nicht loswerde, dass es im Knast besser war, weil man dort immerhin durch die Gitterstäbe schauen konnte und hier verrammeln wir die Fenster von innen.“

„Aber dies hier ist keine Zelle!“

„Nein?“

„Wir können das Haus jederzeit verlassen.“

„Ach ja, glaubst du. Mit oder ohne Geld – was werden Schneider und sein Kid dazu sagen?“

„Du hast doch eine Waffe.“

Er seufzte. „Es ist doch eine Illusion zu glauben, man könnte sich die Freiheit erschießen.“

„Du bist erschöpft. Du redest wirres Zeug.“

„Ich bin ganz klar. Du bist verwirrt. Der Schneesturm da draußen – das ist noch ein Gefängnis, das uns umschließt. Noch nicht gemerkt?“

„Das geht doch vorbei.“

Er machte eine abwehrende Handbewegung. „Klar, alles geht vorbei.“

„Frieder!“, rief sie schluchzend aus. „Lass mich nicht im Stich.“

Endlich schaute er sie an und lächelte dünn. „Nein, bestimmt nicht.“

Sie atmete tief durch, erleichtert.

„Vielleicht können wir mit Simona kooperieren“, sagte sie vorsichtig. Er runzelte die Stirn und schaute sie auffordernd an. „Wenn Schneider querschießt, meine ich. Das Geld ist ihr egal. Sie will das Collier."

Er lächelte gequält. „Du hast so viel gelernt, Gigi, während ich nicht da war. Du bist jetzt die Anführerin. Ich folge dir."

„Aber nur so lange, bis du wieder gesund wirst. Dann soll es wieder andersherum sein. Richtig herum." Sie wunderte sich selbst über ihre Formulierungen.

„Ich bin doch nicht krank."

„Nein, nicht wenn du es sagst." Erleichtert beugte sie sich zu ihm und gab ihm einen Kuss.

„Diese Simona ist mir völlig rätselhaft", sagte Frieder nachdenklich. „Was ist, wenn sie mit Schneider zusammengeht? Dann sind wir geliefert. Ich traue ihr alles zu. Sogar, dass sie von Grund auf verdorben ist."

„Du hast recht misstrauisch zu sein. Aber ich glaube nicht, dass sie das tun wird. Übrigens kann sie so schlecht nicht sein, denn sie kümmert sich sehr gut um Randy ... ganz selbstlos, wie mir scheint."

„Trotzdem, ich traue ihr alles zu. Und weiß nicht mal warum."

„Zunächst einmal ist sie in unserer Gewalt, vergiss das nicht."

„In unserer Gewalt oder in Schneiders?"

Seit wann ist er denn so spitzfindig und störrisch, wunderte sich Gisela. Die Zeit im Gefängnis hat ihn irgendwie beschädigt.

Es klopfte an der Tür.

„Mahlzeit!", hörte sie Schneiders Stimme.

„Wir kommen!" rief sie durch die geschlossene Tür

„Ich habe gar keinen Hunger", wunderte sich Frieder.

Ich schon! Ich könnte für zwei essen, hätte sie beinahe

gesagt, besann sich dann aber eines Besseren. Bleib ruhig und besonnen, nahm sie sich vor. Je enthusiastischer du dich gibst, umso mehr Zweifel wirst du in ihm wecken. Er ist nicht ganz bei sich, aber er wird wieder zu sich finden, ganz bestimmt. Ich werde ihm dabei helfen. Spätestens in Schweden. Es ist doch gar nicht mehr weit bis dorthin. Nur noch ein paar Flügelschläge auf der Vogelfluglinie. Und dann besteigen wir die Fähre in Puttgarden. Vielleicht schon morgen.

21

Es war schon spät, als Schneider endlich zu Tisch bat. Eigentlich hatte niemand mehr damit gerechnet. Sie waren davon ausgegangen, dass sie mit leerem Magen ins Bett gehen müssten. Doch Schneider hatte einige Dosen im Vorratsschrank in der Küche gefunden und zum Esstisch in der Diele getragen. Kid brachte Brettchen, Teller, Gläser und Besteck.

„Die Menüzusammenstellung passt zu dir“, sagte Schneider zu Kid.

Es gab Schwarzbrot, Schwarzsauer und Schwarzbier. Alles in Dosen, die für das Segelboot gedacht waren. Ewig haltbar. Das Bier war allerdings etwas seltsam. In der orange-blau-weißen eckigen Dose befand sich eine dickflüssige dunkle Flüssigkeit, „Braunschweiger Mumme“ genannt. Ohne Alkohol. Man verdünnte das Zeug am besten mit Wasser. Es schmeckte malzig süß.

„Gibt's nichts Warmes?“, fragte Gisela.

„Tut mir leid, meine Liebe, aber Tee und Kaffee sind im Auto.“

„Keine Reste in der Küche?“ Gisela schaute nach, fand aber nichts. Nur zwei Dosen Kondensmilch.

Frieder setzte sich schweigend und mit mürrischem Gesicht an den Tisch. Simona kam und berichtete, Randy würde tief und fest schlafen.

„Wieso ist das Fleisch so schwarz?“, fragte sie, nachdem Schneider alle Dosen geöffnet hatte.

„Hühnchen mit Blut und Essig eingekocht.“

Simona verzog das Gesicht, griff aber zu. Gisela hielt sich an Mumme und Schwarzbrot.

Kid schleppte noch ein Glas mit Salzgurken an, aber die wollte niemand essen. Bis auf Gisela, der er eine davon hinhielt wie eine obszöne Frucht, die aus der Papierserviette wuchs, mit der er sie umfasst hielt. Sie nahm dankend an. Ihre Blicke trafen sich kurz.

„Wieso redet diese Person nicht?“, fragte Frieder, nachdem Kid neben Gisela Platz genommen hatte. Frieder saß mit Simona auf der anderen Seite, die neben Schneider und ihr gegenübersaß.

„Taub“, sagte Schneider. „Oder gehörlos, wie man heute sagt.“ Er machte einige Handzeichen und Kid antworte mit flinken Gebärden. „Aber sehr eloquent. Wir unterhalten uns oft über philosophische Fragen.“

„Quatsch“, murmelte Frieder.

„Aber“, sagte Simona, „Kid sieht aus wie ein Punker. Wie kann man Anhänger eines Musikstils sein, wenn man nicht hören kann?“

„Diese Musik, die keine ist?“, sagte Gisela.

Schneider gestikulierte und Kid antwortete. „Die Vibrationen der Musik kann man spüren.“

„Deshalb ist sie so laut“, meinte Gisela.

„Sind die alle taub, diese Punker?“, fragte Frieder.

Kid konnte offenbar Lippen lesen und warf ihm einen finsteren Blick zu.

„Musik nur als Vibration?“, sagte Gisela und erschauerte, als sie Kids Oberschenkel an ihrem Bein spürte.

Kid machte Zeichen. „Vibration und Rebellion“, übersetzte Schneider.

„Ha!“, machte Simona. „Diese Lederkluft sieht faschistisch aus. Ketten! Wenn das eine Rebellion sein soll …“

Kid biss die Zähne zusammen und gestikulierte heftig.

„Der Faschismus steckt in euren Köpfen“, übersetzte Schneider. „Die Ketten sind die Ketten, die euch fesseln, die Rasierklingen sind diejenigen, mit denen ihr euch zerschneidet, die Reißverschlüsse zeigen, dass ich weiß, dass meine Persönlichkeit nur mit Gewalt zusammengehalten werden kann, im Gegensatz zu euch.“

„Jetzt wissen wir's“, sagte Simona und spießte mit ihrer Gabel ein großes Stück Schwarzsauer auf.

„Gerede“, sagte Frieder.

„Reißverschlüsse?“ Gisela schaute Kid provozierend an. „Und wenn sie aufgehen?“

Kid starrte sie an und schwieg.

Frieder stellte sein Bierglas ab. „Ich würde gern mal übers Geschäft reden“, brummte er. „Wir wollen morgen weiter. Gisela hat ihren Anteil geleistet. Was ist also mit dem Geld?“

„Morgen, morgen“, sagte Schneider. „Warum so eilig?“

„Weil es sicherer ist“, sagte Gisela. „Für uns alle. Ist doch klar.“ Und wieder spürte sie Kids unmittelbare Nähe.

„Das Geld ist noch auf der Yacht“, sagte Schneider und zerpflückte eine Scheibe Pumpernickel.

„Auf der Yacht!“, rief Frieder empört. „Was für ein Leichtsinn!“

„Gut verstaut“, sagte Schneider und säbelte mit dem Messer an einem hässlichen Fleischteil herum.

„Bei diesem Sturm?“ Frieder schüttelte den Kopf.

Er blufft doch, dachte Gisela. Das kann gar nicht wahr sein. Sie bemerkte das Stirnrunzeln von Simona. Die glaubt ihm auch kein Wort. Aber worauf will sie eigentlich hinaus? Interessiert sie sich wirklich nur für das Collier oder auch für das Geld? Wir könnten doch eine Abmachung treffen.

„So viel Geld würde ich niemals auf ein Boot bringen“, sagte Frieder. „Wasser hat keine Balken.“

„Ein Schiff hat Planken“, sagte Schneider. „Aber mal ernsthaft: Du glaubst mir nicht? Das verletzt mich. Ich soll dir eine Erklärung liefern? Muss ich das? Aber gut. Es ist ganz einfach: Noch ist das Geld nicht da.“ Er blickte entwaffnend in die Runde.

„Wie bitte?“, rief Gisela.

„Das ist doch …“, rief Frieder. „Du mieser Kerl!“

Schneider lächelte selbstgefällig. „Ach was.“

„Wir wollen das Collier zurück!“, rief Frieder.

„Es ist gut versteckt“, sagte Schneider.

Gisela spürte Simonas Blick und schaute sie an. Was will sie mir damit sagen, fragte sie sich. Sollen wir uns zusammentun? Ich mit ihr, wo sie mich doch die ganze Zeit an der Nase herumgeführt hat? Sie zuckte leicht zusammen, als sie Kids Hand an ihrer Hüfte spürte. Ein zärtliches Zwicken. Sie rückte ein Stück zur Seite.

„Die Sache ist geplatzt“, erklärte Frieder.

„Ach was“, wiegelte Schneider ab. „Mein Geschäftspartner wartet schon. Glaubt ihr denn nicht, dass ich alles gut geplant habe? Die Übergabe findet auf hoher See statt. So einfach ist das.“

„Und dann segelst du mit dem Geld davon, und wir hängen hier fest. So läuft das aber nicht."

Schneider lächelte dünn. „Natürlich läuft das nicht so. Ihr kommt mit."

„Und die Nussschale wird zur Mausefalle?" Frieder schüttelte den Kopf.

„Wie wollt ihr denn sonst von hier wegkommen? Es geht doch nur übers Wasser!"

„Ja, aber mit einer Fähre, so ist es geplant."

„Zollkontrolle, Ausweiskontrolle, Personenkontrolle ... na, viel Spaß."

„Unsinn. Wir sind normale Touristen."

„Nach dem Einbruch, dem angeschossenen Wachmann, den vermissten Polizisten?"

Frieder kniff die Augen zusammen. „Du hast uns eine Falle gestellt, Schneider."

„Aber nein! Im Gegenteil."

Gisela registrierte den Anflug eines amüsierten Lächelns bei Simona. Es wunderte sie nicht. Je mehr wir uns streiten, umso besser werden ihre Chancen zur Flucht.

Simonas Blick verhärtete sich und sie wandte sich an Schneider: „Wer ist denn dieser Geschäftspartner, Ihr Auftraggeber?"

„Ich kann keine Namen nennen."

„Gibt's wahrscheinlich gar nicht", höhnte Frieder.

Schneider blickte verkniffen drein. Offenbar fühlte er sich in seiner Ehre gekränkt. „Doch, selbstverständlich. Und natürlich ist es nur ein Mittelsmann, der die Sache hier in Europa regelt."

„Aha", sagte Simona neugierig. „Hier in Europa?"

„Weil das Collier nach Südamerika gehen wird. Und

damit weit weg. Es wird auch keine Spur geben, womit es auch nichts gibt, das auf uns als Täter hindeutet – es sei denn ihr habt gepfuscht."

„Nicht immer die Schuld auf andere schieben", entfuhr es Gisela.

„Südamerika ist groß", sagte Simona.

„Und ich glaube kein Wort. In Wahrheit willst du türmen und uns hängen lassen, Schneider!"

„Keineswegs, ich ..."

„Es lag in einem Tresor der Staatsbank von Argentinien", sagte Simona. „Der deutschstämmige Oberst Mannheimer, ein hoher Offizier der Junta, der es sich mit General Videla verdorben hatte, hat es sich vor seiner Flucht angeeignet. Er muss es zu Geld machen, weil er pleite ist. Er ist nach Deutschland geflüchtet. Der bayerische Staat gewährt ihm geheimes Asyl. Um nicht allzu deutlich darauf hinzuweisen, wer das Collier gestohlen hat und wo diese Person sich befindet, wird es in Hamburg versteigert."

Schneider starrte sie verblüfft an.

„Aber es ist auch schon klar, dass die Versteigerung nicht stattfinden kann, weil Argentinien offiziell ein Verfahren zur Rückgabe des Schmuckstücks eingeleitet hat. Herr Schneider hat nun den Auftrag bekommen, das Collier zu stehlen und es Oberst Mannheimer wieder zu verschaffen. Der hat mittlerweile einen lukrativen Interessenten gefunden. Habe ich recht?" Sie starrte Schneider an.

„Wen? Ich will jetzt wissen, wessen Spiel wir hier spielen!", forderte Frieder.

Aber dieses Spiel spiele ich doch mit, nicht du, kam es Gisela in den Sinn. Sofort schämte sie sich dafür.

„Sie wissen davon? Woher denn?“ Schneider war verunsichert.

„Chile“, sagte Simona, „ist mit Argentinien wegen Territorialstreitigkeiten verfeindet. Faschisten, die sich gegenseitig anknurren. Günstig für Mannheimer, der es sich daheim verscherzt hat.“

„So profan ist es nicht“, widersprach Schneider. „Der Leiter einer deutschen Kolonie, die gute Beziehungen zur Regierung pflegt, will es seiner Tochter zur Hochzeit schenken. Eine Braut soll damit geschmückt werden.“

„Eine Blutprinzessin“, sagte Simona. „Es ist eine Folterkolonie.“

„Aber nein! Es ist das, was diese Leute, denen wir heute Mittag begegnet sind, eine Kommune nennen würden. Eine idealistische Gemeinschaft auf dem Land. Ein Kibbuz, so könnte man es auch bezeichnen.“

Simonas Augen blitzten auf. „Idealisten, die dem faschistischen Geheimdienst ihre Keller zur Nutzung zur Verfügung stellen! Kibbuz? Das ich nicht lache!“

„Woher haben denn diese Idealisten so viel Geld, um das Collier zu bezahlen?“, fragte Gisela.

„Die Kolonie ist ein großes Agrarunternehmen, das für die Regierung arbeitet.“

„SS-Gold wurde dort vergraben!“, warf Simona ein.

Jetzt war Schneider eingeschnappt. „Mir geht es nur um den Hochzeitsschmuck der Braut.“

„Mein Gott, Schneider“, sagte Frieder kopfschüttelnd. „Du bist ein Vollidiot.“

„Bitte nicht in diesem Ton.“ Schneider sprang auf. „Wir sprechen morgen weiter, wenn ihr euch beruhigt habt.“ Er trampelte davon.

Kid begann den Tisch abzuräumen. Frieder stand ebenfalls auf und ging Richtung Zimmer.

Simona schaute Gisela an und sagte leise: „Und wie steht es um deine Moral?“

Gisela hob zweifelnd die Schultern. Was sollte das nun wieder heißen?

22

In schlaflosen Nächten wälzt der Mensch zumeist nur einen einzigen Gedanken hin und her, stellt sich eine unerbittliche Frage immer wieder aufs Neue, dreht und wendet sie, bis das Gehirn sich im Kreis dreht und jede Logik unmöglich wird. Man findet keine Antwort, denn die Frage vervielfältigt sich ins Monströse und übrig bleiben nutzlose Hirngespinste, die Geist und Körper erschöpfen. So ging es allen in dieser Nacht bis auf Randy, der in den tiefen Schlaf des Ohnmächtigen gefallen war.

Unter vier Kopfkissen lagen vier Schusswaffen, darauf die Köpfe mit schweren Gedanken.

Frieder fragte sich, ob er seiner Gisela nicht viel zu viel zugetraut hatte. War sie Schneider auf den Leim gegangen? Hatte sich von diesem Kid bezirzen lassen, denn vielleicht handelte es sich ja ganz einfach um einen energiegeladenen jungen Mann, der ihr das bieten konnte, was bei ihm eben gerade schmählich versagt hatte? Ich hätte es ihr ausreden müssen, dann wäre jetzt alles einfacher. Warum denn gleich in die Vollen gehen? Es wäre viel einfacher gewesen, mit ihr in ihre Wohnung zu gehen. Zur Begrüßung Kaffee zu trinken, Kuchen zu essen. Ein wenig Radiomusik hören. Und dann vielleicht ... Vor allem nicht schon wieder zum Gejagten werden. Vielleicht ertrug sie das ja leichter, aber er ... Wenn ich noch mal in den Knast muss, dann ist es aus mit mir. Aber wenn ich sie verliere, dann ist es auch aus. Ich muss bei ihr bleiben, auch wenn sie so ... abenteuerlustig ist. Aber genau das ist ja das Problem, sie ist Schneider auf den Leim gegangen, denn dieses Geschäft, das er angeblich arrangiert hat, klingt wie ausgedacht. Und selbst wenn es wahr sein sollte, wäre es Wahnsinn. Nach allem was in den wenigen Stunden passiert ist, die ich nun in Freiheit bin. Freiheit? Ach ...

Gisela kämpfte mit einigen Tränen, als sie sich von ihm abwandte. Rücken an Rücken lagen sie da, wach im gleichen Bett und weit voneinander entfernt. Sie ertappte sich dabei, wie sie sich wünschte, Kid würde kommen und ihr beweisen, dass ... ja was? Dass er ein Mann war? Dass sie eine Frau war? Dass ich ein Mann sein kann? Wie das? Und warum? Um den Weg aus dieser Sackgasse hier allein zu finden? Was ist mit Frieder? Ist das noch Frieder oder nur seine Hülle? Er wirkt wie in sich hineingefallen, als wäre er innerlich geschrumpft. Ich hingegen fühle mich, als wäre ich innerlich gewachsen und als könnte es bald soweit sein, dass meine Hülle platzt wie eine Knospe und etwas ganz Neues zum Vorschein kommt. Doch nein, das hat nichts damit zu tun, dass Geld in Aussicht steht, auch nicht damit, dass wir bald in Schweden sind ... Denn Schweden – will ich wirklich dort hin? Bin ich nicht zu alt für ein Bullerbü? Oder zu jung für Frieder, der aussieht wie ein Baum im Herbst, während ich mich fühle wie eine Knospe im Mai? Oh, jetzt bin ich erschrocken! Über mich. Ich gehe zu weit. Ich bin längst zu weit gegangen. Frieder hat recht, ich hätte mich nie mit Schneider zusammentun dürfen. Es war eine Versuchung, es war falsch. Aber hat er das überhaupt kritisiert? Haben wir wirklich offen geredet? Ich glaube nicht, es geht nicht. Wird es jemals wieder gehen?

Simona ballte die Fäuste, biss die Zähne zusammen. Eine kalte Wut glitt wie eine Schlange durch ihren Körper und suchte nach einer Beute, in die sie ihre Giftzähne schlagen konnte. Ich sollte sie alle umbringen und mit dem Collier das Weite suchen. Aber das wäre gegen den Auftrag. Denn der Plan war doch, den Blizzard von ein paar Schmalspurganoven stehlen zu lassen, um es anschließend zufällig in Tel Aviv wieder auftauchen zu sehen. Um dann zu erklären, dass es uns schon immer gehört hat, dass es sich die ganze Zeit in unrechtmäßigem Besitz von Verbrechern befunden hatte. Der deutsche Staat wird sich damit zufriedengeben und die Strafverfolgung niederschlagen. Aber nur, wenn niemand von uns an dem Diebstahl beteiligt war und schon gar nicht für die Todesfälle verantwortlich ist. Ich kann also nicht den geraden Weg gehen. Aber wo und wie verläuft der ungerade? Ich kann nicht mehr improvisieren, das macht mich wahnsinnig! Diese Leute hier sind ein chaotischer Haufen. Man kann keine vernünftige Strategie aufbauen, wenn die gegnerische Truppe sich uneins ist und in mehrfacher Hinsicht untereinander rivalisiert. Beinahe scheint es, als wären andere Dinge wichtiger als die Beute und das Geld, das dafür gezahlt werden soll. Emotionen? Hat denn niemand diesen Amateuren erklärt, dass Emotionen das größte tödliche Risiko im Krieg darstellen? Aber die denken nicht an Krieg. So einfältig sind sie. Sie denken nur an sich. Wie erschrocken sie waren, als die Geschichte ihres kleinen Coups aufgeblättert wurde ... ach herrje, eben war es noch ein teures Schmuckstück, jetzt kleben tausend Jahre Terror und Vernichtung daran. Oder war ich die Einzige, die das berührt hat? Und wenn schon. Aber das wäre dann mein Fehler ... Emotionen ... Also muss ich mich selbst betrügen ... Fojle Stick ...

Kid lag da und starrte mit offenen Augen zur Decke. Dort tanzten die zahllosen nicht zueinander passenden Zeichen und Symbole, mit dem der Zirkuswagen des Hippiepärchens bemalt gewesen war, ein wilder Reigen, ein Todesreigen. Und die beiden Langhaarigen tanzten mit. Unter ihrer üppigen Haarpracht grinsten Totenschädel. Horus-Auge, Ankh-Zeichen, Skarabäus-Käfer, der Sefirotbaum, ein fünfzackiger Stern, Halbmonde und die schwarze Sonne, Baphomet, Ouroboros, der Basilisk ... Menschen, die mit einer derartigen Inflation magischer Symbole durch die Welt fahren, gehören erschlagen. Ach, habe ich neuerdings Angst vor ihnen? Wollen sie mir denn Böses? Na klar, wer will das nicht? Gisela vielleicht ... ach, du mein schwarzer Engel! Siehst du nicht, das du dich unter deinem Wert verkaufst an diese Kerle, die dir niemals das Wasser reichen können ... He, du bist eine Schönheit ... lass dich verführen, damit du noch mehr strahlst ... Ich weiß, wie das geht. Aber warum bist du so störrisch, zierst dich, ziehst dich zurück in dein Schneckenhaus ... ha, ha, komm raus ... es ist gar nicht schwer ... Wenn nur diese Hippies nicht dazwischenfunken, ich habe da eine Ahnung ... He, Kid, du neigst zu Hirngespinsten ... rede dir das nicht ein, denk mal darüber nach, woher diese Angst kommt, lass uns darüber sprechen. Jawohl, mein Psychologe! Nein, die Welt ist keine Auster, aber ich! Ich habe keine Angst vor Fabeltieren, es sei denn sie treten in Horden auf ... Ich hasse die Hippies nicht, es sei denn, sie wollen mir ihre Scheiß-Freiheit aufzwingen oder was sie darunter verstehen ... Liebe! Frieden! Eierkuchenscheiße! Es geht doch bloß darum, mein Gehirn zu besetzen. Deshalb auch die Symbole. Aber mit ein bisschen Mut und Geschicklichkeit und der schönen Gisela an meiner Seite werde ich ihnen den Garaus machen, wenn es sein muss ... Muss es denn? Wir werden sie vielleicht nie wiedersehen, die sind doch längst erfroren. Mir ist auch kalt ... Gisela ...

Schneider hatte das Gefühl, sich verkalkuliert zu haben: Zunächst einmal, mein Lieber, läuft das hier gar nicht nach Plan. Der Sturm wird abflauen, na schön, aber jetzt einfach mal so rausschippern? Zumal da noch die Sache mit den beiden Polizisten gewesen ist. Kann man nicht so einfach beiseite kehren. Die wird man finden. Wem wird man es anhängen? Wir sind zu viele. Natürlich fällt der Verdacht auf uns. Wir müssen uns trennen. Aber keiner wird gehen wollen, ohne ausgezahlt zu sein. Und das hängt wiederum vom Wetter ab und wie das Boot den Sturm überstanden hat. Zu viele Störfaktoren! Die Sache mit Randy. Wenn der uns abnippelt, gibt es noch mehr Animositäten. Und von denen spüre ich schon genug. Frieder und Gisela sind sich nicht mehr grün, das spürt man doch, da ist was zerbrochen. Und Kid weidet sich daran. Schön und gut, aber ich will auch meinen Spaß haben. Ich lasse mir diese schwarzhaarige Schönheit doch nicht ausspannen. Ich bin reich! Ich habe alles! Komm schon, Kid, mehr als ein Spielgefährte bist du nicht für mich! Aber sie ... Na gut, meine Idee war, dich als Lockvogel einzuspannen. War das zu kühn? Nein, dann hätte sie ja abgeblockt, sich weggeduckt, wäre aggressiv geworden oder beschämt, verlegen ... was weiß ich. Aber sie hat sich darauf eingelassen, das habe ich gesehen. Deshalb setze ich darauf, dass wir einige heiße Nächte auf meiner Yacht haben werden im Frühjahr, im Sommer, in der Hitze des Mittelmeers oder meinetwegen auch zur Mittsommernacht, ist mir doch egal, Hauptsache schweißtreibend. Und vielleicht, Kid, musst du dann gehen, später oder früher ... Wobei ich mich frage, ob du noch loyal bist in deinem Spiel. Du spielst zu viel für dich, Kid! Liegt vielleicht daran, dass alle hier für sich spielen, vor allem die Blonde, verdammt! Wie konnte ich zulassen, dass die sich reindrängt? Sie ist brandgefährlich. Besser sie bleibt auf der Strecke. Aber wie wird Gisela reagieren, wenn sie plötzlich verschwunden ist? Das ist zu riskant. Ich will sie nicht verprellen, o nein. Aber vielleicht könnte man die Blonde mit Frieder koppeln ... aber dann sind es zwei und bedeuten noch mehr Gefahr. Vielleicht wäre es besser, der Sturm würde nicht abflauen, damit ich wieder alles in den Griff bekomme. Verdammte Scheiße, Schneider, du hast die Kontrolle verloren!

In den frühen Morgenstunden fielen sie alle in unruhigen Schlaf und wurden von Albträumen gepeinigt, die mal weit in die Vergangenheit reichten (Gisela) oder weit in die Zukunft (Simona), auf der Stelle traten (Schneider) oder in einer Hetzjagd gipfelten (Kid) und sogar im Gefängnis endeten (Frieder). Nur Randy träumte nichts.

Gisela stand als Erste auf und tat das, was kurz darauf auch Simona und Kid in ihren Zimmern tun würden: Sie zog die Fensterläden auf und – sah nichts. Hinter den Scheiben war es dunkel. Das fand sie eigenartig, denn es war bereits halb zehn. Sie hauchte ein Loch in die Eisblumen. Nichts. Diffuse Dunkelheit. Sie löste die Verriegelung und versuchte das Fenster aufzuschieben. Es ging nicht. Blockiert. Nach einem Zentimeter war Schluss. Sie steckte die Hand durch den Spalt und spürte eine massige Kälte. Sie schloss das Fenster und drehte sich um.

„Frieder?“

„Hm.“

„Wir sind eingeschneit.“

23

„Ich würde lieber den Abwasch machen“, sagte Schneider und blickte gespielt schuldbewusst drein. Tat so als ob er zu alt oder zu gebrechlich wäre, den Schnee wegzuschaufeln. Dabei hing alles davon ab. Sämtliche Türen und Fenster waren verschneit oder zugeweht von meterhohen Bergen oder Dünen aus Schnee, die der Sturm in wilder Lust wie ein verspielter Dämon rund um das Bauernhaus verteilt hatte. Und viele andere Dämonen hatten das Gleiche im gesamten Umland getan, im ganzen Nordosten Deutschlands.

Geholfen hatte ihnen der eisige Sturmwind, der über die Ostsee gefegt war, mit gigantischen Massen polarer Luft im Gepäck, die für einen Temperatursturz von dreißig Grad Celsius gesorgt hatten. Die unnatürliche Wärme, die den ganzen Dezember dominiert hatte, war verschwunden, jetzt herrschte eine unnatürliche Kälte, jedenfalls empfanden das die Menschen so, die immer wieder höchst erstaunt reagieren, wenn die Natur ihnen aufzeigt, dass auch sie zu Extremen neigt. Denn Extreme sind leicht zu erzielen. Es muss sich nur eine eiskalte Luftmasse in Skandinavien in Bewegung setzen und über dem Nordosten Deutschlands auf Warmluft mit einer relativen Luftfeuchtigkeit von neunzig Prozent treffen. Und wenn das Ganze dann mit einer Windgeschwindigkeit der Stärke acht bis zehn, in Böen zwölf, geschieht, wird die Luft zu purem Schnee, und gigantische Mengen von zarten Flöckchen begraben die Zivilisation unter meterhohen Bergen aus gefrorenem Wasser. Und gleichzeitig peitscht der Orkan die Ostsee in hohen Wogen gegen die Ufer und Strände, wo sie zu Eisskulpturen erstarren und die Umgebung auf bizarre Weise umformen, bis niemand mehr die wahren Konturen der Welt erkennt, und Hafenanlagen und Schiffe mit urtümlicher Gewalt fortgetragen oder zerschmettert werden. Der Rest ist eisiges Schweigen.

Auch im Haus wurde es still. Das leise Klappern von Geschirr war in der Küche zu hören, wo Schneider sehr lange für sehr wenig Abwasch brauchte. Ansonsten hallte ab und zu das Ächzen und Stöhnen von Gisela, Simona, Frieder und Kid durch die Dielen, die sich an den verschiedenen verschütteten Eingängen zu schaffen machten. Gisela und Frieder am Haupteingang, Simona am Seiteneingang neben dem Schuppen, Kid grub die Gartentür frei, die in einer Schneewehe verschwunden war, und legte Wege an, um die Fenster freizuräumen. An der Ostseite reichten die Verwehungen bis zur Dachkante.

„Das ist ja schlimmer als im Knast", entfuhr es Frieder, dem rasch der Atem ausging. „Wir stecken drin bis über beide Ohren, umringt von undurchdringlichen Mauern aus Schnee." Er machte eine ausholende Armbewegung und schaute sich mürrisch um.

„Es ist bloß Schnee, kein Stacheldraht", sagte Gisela verbissen, weil ihr der Pessimismus ihres Geliebten auf die Nerven ging. Sie haben ihn gebrochen, dachte sie, sie haben ihm alle Kraft genommen. Wie soll ich sie ihm wiedergeben?

Simona gönnte sich zwischendurch den Spaß und ging in die Küche, um Schneider anzutreiben: „Wo bleibt das Frühstück, Chef?"

Immerhin hatte Schneider ein Glas Instant-Kaffee im Küchenschrank gefunden. Stark aufgebrüht und mit Kondensmilch verfeinert ein Hochgenuss. Dazu Pumpernickel. Perfekt. Simona erklärte aufgeräumt: „Man müsste den Schnee da draußen einfach gefriertrocknen und schon wäre der Spuk zu Ende."

Niemand fand das amüsant, denn im Gegensatz zu ihr hatten die anderen den schweißtreibenden Räumarbeiten nichts abgewinnen können. Simona aber hatte ihre Muskeln gespürt und war zuversichtlich. Abwarten, Nescafé trinken ... und im geeigneten Moment zuschlagen. Alle sahen ihr an, dass sie genau das im Kopf hatte.

„Jemand muss zum Auto und die Vorräte holen", sagte Schneider und starrte hungrig auf die Schwarzbrotkrümel auf seinem Teller.

„Frieder und ich", sagte Gisela. Frieder blickte unglücklich drein.

„Ha! Nein, nein." Schneider wedelte mit dem Zeigefinger. Er schien ihnen zuzutrauen, dass sie das Weite suchten und Schmuck oder Geld hinter sich ließen.

„Ich gehe mit Gisela", sagte Simona.

Schneider schüttelte den Kopf. „Wer bleibt dann tot im Schnee liegen?"

Simona nippte kommentarlos an ihrem Kaffee.

„Du kümmerst dich besser um Randy", sagte Schneider.

Gisela fing den leuchtenden Blick von Kid auf. Natürlich, es gab keine andere Möglichkeit. Sie waren das Expeditionsteam. Ihr Puls beschleunigte sich. Ach was, dachte sie, die Gefahr ist vorbei. Der Sturm hat nachgelassen. Aber eine ganz leichte Gefühlsaufwallung huschte wie eine warme Brise durch ihren Brustkorb.

Schneider ging in den Holzschuppen und stöberte lautstark herum. Schließlich kam er mit zwei Rucksäcken, einer grau, einer dunkelgrün. „Besser als mit Aldi-Tüten durch den Schnee zu stapfen."

Gisela zog so viele Sachen wie möglich übereinander. Die Sturmhaube schien ihr die geeignetste Kopfbedeckung, ein dicker Wollschal wirkte beruhigend.

„Passt auf, dass ihr nicht vom Weg abkommt", sagte Schneider.

„Wir bringen dir Kuchen und Wein", sagte Gisela.

„Es wird zeitig dunkel, vergesst das nicht", mahnte Schneider. „Nicht vom Weg abkommen!"

„Es gibt keine Wölfe mehr in Deutschland", sagte Gisela, der diese väterliche Fürsorge auf die Nerven ging. Mit abweisender Miene schnallte sie den grauen Rucksack auf.

Kid in Parka und Springerstiefeln, mit Fäustlingen und Schal, nahm den zweiten und sah jetzt eher aus wie ein Bundeswehrsoldat als ein Punk. Unteroffizier mit schwarzem Lidschatten und Sicherheitsnadel im Ohr. Ordonnanzpistole in der Manteltasche.

Sich den Weg durch den hohen, pulvrigen Schnee zu bahnen, war eine Tortur. Kid ging voran, Gisela folgte.

Der Wind war noch nicht abgeklungen. Brach gelegentlich aus dem Hinterhalt, stieß auf sie herab, warf sich ihnen in den Rücken, huschte um ihre Köpfe, zerrte an ihren Mänteln, drückte sie neckisch nach vorn, als wollte er sie antreiben. Und warf gelegentlich voller Übermut einen Schwall Schnee über sie wie feines weißes Konfetti.

Die Sonne hing irgendwo in unbekannten Regionen hinter hellgrauen Schleiern, kraftlos und ohne Initiative. Ließ der Wind nach, breitete sich eine scheinheilige Ruhe aus, deren falscher Charakter durch das leise Rieseln des Schnees entlarvt wurde.

Wie unökonomisch die Natur mitunter vorgeht. Wie eine muntere Konditorin hatte sie die ganze vergangene Nacht geschuftet, um der Welt ihre Liebe zu zeigen, indem sie sie überschwänglich mit Kristallzucker überschüttete. Erstickte Land und Leute mit ihrer Zuneigung und fand kein Ende dabei, musste immer noch eine Handvoll hinterherwerfen. Genug, es reicht, dachte Gisela. Und spürte einen Anflug von schlechtem Gewissen, denn war sie nicht genauso? War sie nicht auch unersättlich? Vielleicht will ich mehr als mir zusteht, fragte sie sich. Mein Hang zum Überschwang, mein gieriger Drang zur Aneignung von fremdem Hab und Gut – ist das ein Zeichen von Boshaftigkeit? Wenn ich der Natur etwas Böses unterstelle, muss ich mich auch danach fragen lassen. Aber es ist doch ganz anders! Es geht um Liebe! Und die hat zwei Facetten – orgiastische Gier und zärtliche Fürsorge. Ich bin nichts weiter als ein Naturgeschöpf, das darf ich zu meiner Verteidigung doch wohl anführen!

Sie hörte ihren lautstarken Atem. Das Stapfen der Stiefel im tiefen Schnee. Spürte das Rudern ihrer Arme. Sie bewegte sich wie bei einer Kneippkur. Beine anheben! Und ... vorwärts! Bewegte die Arme, als müsste sie durch die Luft schwimmen. Das sieht bestimmt lächerlich aus. Kein Wunder, dass der Wind mich neckisch schubst und stößt. Er findet mich albern.

Wie schaffte Kid es bloß stoisch wie ein Segelboot durch das weiße Meer zu gleiten? Trapper Kid war Scout und Anführer, suchte und fand den Weg. Erkannte, wo die Zufahrtsstraße verlief, und landete nur einmal in einer Sackgasse zwischen hohen Bäumen, als der Schneefall zugenommen hatte und die Sicht jäh verkürzt wurde.

Ab und zu drehte die agile Gestalt im Parka sich um und die Augen unter der Kapuze leuchteten auf. Das Erstaunliche geschah gleich mehrmals: Kid lächelte sie an. Sie lächelte zurück, aber das konnte das rätselhafte Zwitterwesen nicht erkennen, denn die Sturmhaube verdeckte ihr Gesicht.

Sie stapften einen Hügel hinauf, der Schnee wurde immer tiefer, sie versanken bis zu den Knien, den Oberschenkeln, bis über die Hüften. Dann wurde der Grund fester, sie spürten eine harsche Kruste, fest und dick.

Auf die warf Kid sich unvermittelt, blieb flach auf dem Bauch liegen und senkte den Kopf, rollte sich hinter einen Busch schockgefrorener Watte und blieb regungslos liegen. Gisela erstarrte. Hörte lautes Hämmern und ein schrilles Kreischen, wie wenn starkes Eisen auf schwaches Blech trifft, um es zum Nachgeben zu zwingen.

Kid winkte sie zu sich.

Nebeneinander liegend schauten sie in die weite sichelförmige Kuhle, die der Wind in der Nacht mit sanften Rundungen ausgestattet hatte, an der Stelle wo sie die beiden Autos stehen gelassen hatten. Die waren wie alles andere unter dem Schnee begraben worden, aber jemand hatte sich die Mühe gemacht, sie freizuschaufeln. Zumindest teilweise und mit einer gewissen Zielstrebigkeit. Denn frei lagen die Türen und Kofferraumklappen. Der Audi war bereits geknackt worden wie eine Auster, aber die angreifenden Krebse mit den Beißzangen und Stemmeisen hatten die gesuchten Perlen noch nicht gefunden. Also machten sie sich nun am Mercedes zu schaffen. Vielleicht suchten sie, wie die beiden Beobachter hinter dem Zuckerwattebusch, nach Essbarem. Schneider hatte von getrüffelter Gänseleber, einer „kleinen Dose Kaviar" und Räucherlachs geschwärmt. Wäre das die richtige Nahrung für die beiden Blumenkinder da unten, die jetzt wie die Berserker mit einem Vorschlaghammer das widerspenstige Kofferraumschloss des Mercedes bearbeiteten?

Kid zischelte und sprang auf.

Stapfte zornig über die zerbrechende Eiskruste den Schneehang hinunter, begleitet von Windstößen, die das weiße Pulver von den umstehenden Bäumen fegte und auf Menschen und Autos prasseln ließ. Riss die Pistole aus der Tasche des Parka und gestikulierte wild. Als könnten die beiden Langhaarigen da unten mal eben mit ein paar drohenden Gesten verjagt werden wie scheue Tiere.

So war es aber nicht. Sie drehten sich um und starrten den Eindringling an. Mit mildem Gesichtsausdruck wie zwei Heilige, die sich über einen zappelnden Teufel wundern, der ihnen das Terrain streitig machen will.

Kid rannte und rutschte über den Schnee, kam unten in der Senke an und stapfte auf das Straßenräuber-Pärchen zu, die Pistole im Anschlag.

Die Hippies standen nebeneinander und zeigten nicht die geringste Angst. Verschränkten die Arme. Wollten den Kofferraum vor unbefugtem Zugriff bewahren. Als wären sie die Besitzer.

Die haben Hunger, dachte Gisela, die sind zu allem imstande.

Womit sie nicht unrecht hatte, aber das langhaarige Pärchen sehnte sich weder nach getrüffelter Gänseleber noch nach Kaviar noch nach Lachs. Schwarzsauer wäre wohl schon eher die richtige Richtung gewesen. Aber wer konnte das ahnen?

Gisela stand auf, um zu demonstrieren, dass Kid nicht allein war. Sie schob die Sturmhaube aus dem Gesicht, damit sie besser sehen konnte.

Als das Mädchen sie sah, legte sie die Hand auf die Schulter ihres Begleiters und machte eine Kopfbewegung, die aussagte: „Da ist sie!“

Auch Kid machte deutliche Gesten. Mit der Pistole. Los weg da vom Kofferraum. Haut ab. Trollt euch. Macht die Fliege. Ihr seid hier nicht erwünscht. Und im Übrigen ist mir euer Schicksal scheißegal. Grabt euch irgendwo ein und verreckt meinetwegen!

Aber dem Schicksal waren die Hippies nicht scheißegal. Kid stapfte in ein Loch, sein rechtes Bein sackte tief ein, und der Schwung genügte, um alle Angriffsmotorik zu stoppen und den Wütenden zu Fall zu bringen.

Und schon stürzten sie sich auf ihn. Kid bäumte sich auf, hob die Waffe ... die von einem geschickten Karateschlag getroffen wurde und in hohem Bogen in den Schnee flog. Die Blumenkinder fielen über ihr wehrloses Opfer her und traktierten es mit Schlägen. Kid hob schützende die Arme über den Kopf.

Gisela taumelte so schnell wie möglich den Hang hinunter. Dorthin, wo die Pistole im Schnee versunken war.

Das Knirschen ihrer Schritte im harschen Schnee war ein Kontrapunkt zu dem prügelnden Rhythmus des Quartetts der Fäuste der Blumenkinder des Bösen. Kid schlug zurück und strampelte mit den Beinen, aber die

Hippies hatten nicht nur gelernt, wie man Peace-Zeichen macht, sie wussten auch, wie man einen Gegner in den Schwitzkasten nimmt und mit gut gezielten Schlägen traktiert. Sie waren ein eingespieltes Team.

Gisela grub im Schnee nach der Waffe.

Da war sie. Sie richtete sich auf. Position Anschlag stehend.

„Stopp! Schluss damit!" Ihre Stimme klang schrill und viel zu dünn. Aber sie wurde gehört.

Die Hippies schauten ruhig auf, nahmen Maß.

„Loslassen!"

Das Mädchen, das gerade ihre Handschuhe ausgezogen und die Krallen ausgefahren hatte, erhob sich.

Kam ihr entgegen. Furchtlos. Mit engelsgleicher Ruhe. Schaute ihr in die Augen.

„He! Du bist es."

„Stehenbleiben!"

„Hab keine Angst." Das Hippiemädchen hob eine Hand, als wollte es grüßen.

„Ich habe genug Angst, um zu schießen. Bleib stehen!" Zur Bekräftigung legte Gisela die linke Hand über die Waffe und entsicherte sie.

Das Mädchen blieb stehen. Ein Lächeln umspielte ihre Lippen. Sie wirkte kindlich trotz der Falten in ihrem Gesicht. Der Refrain eines Schlagers kam Gisela in den Sinn: „Hüte dich vor den wilden Blumen im Topanga Canyon". Wie komme ich denn darauf, fragte sich Gisela, ich kenne diesen Ort gar nicht.

„Gib mir deine Waffe", sagte das Mädchen.

„Nein."

„Wir wollen Frieden schließen."

„Bestimmt nicht." Gisela hörte ein ersticktes Gurgeln.

„Lasst Kid los! Sofort!“

Das Mädchen namens Pink schien amüsiert. „Kid? Ist das dein Kind? Huh!“

„Ich werde euch erschießen.“

„Das kannst du gar nicht.“

„Doch.“

Das Mädchen schüttelte den Kopf. „Du kannst nur das, was du wirklich willst.“ Sie machte zwei Schritte nach vorn.

Gisela überlegte kurz, dann nickte sie. „Du hast recht“, sagte sie. „Ich will dich gar nicht erschießen.“

„Siehst du.“ Das Mädchen nickte zufrieden.

Gisela nahm die Pistole in die linke Hand und hielt sie ihr ungelenk hin. „Bitte.“

Das Mädchen versuchte in majestätischer Haltung auf sie zuzugehen, sackte aber bei jedem Schritt tief in den Schnee ein.

Als sie nahe genug war, streckte sie die Hand aus. Gisela ließ die Pistole sinken. Das Mädchen trat noch einen Schritt vor. Gisela holte blitzschnell aus und rammte ihr die geballte Faust ins Gesicht.

Das Mädchen taumelte zurück und fiel in den Schnee. Ihr Freund ließ von Kid ab, der sich immer noch aufbäumte, sprang auf und ging auf Gisela zu, mit langsamen, ausholenden Schritten wie ein Astronaut auf dem Mond. Sie hob die Waffe.

„Jetzt reicht es aber“, sagte sie „Haut ab! Los, schnell!“ Sie lud die Pistole durch.

Grey schaute sie unschlüssig an. Das Schluchzen seiner Freundin lenkte ihn ab. Kurz starrte er die Pistole an, dann drehte er sich um und half dem Mädchen beim Aufstehen. Sie hielt sich die Nase, murmelte unklare Drohungen. Die Hippies stapften ungelenk davon, Arm in Arm, ohne ihren Widersachern noch einen Blick zu schenken. Sie hinterließen ein paar rosige Blutstropfen auf der hellgrauen Fläche und verschwanden hinter einem weißen Hügel.

Kid hockte mit hängendem Kopf im Schnee und würgte. Gisela beugte sich zu ihm. „Geht's?" Kid schaute auf und streckte auffordernd die Hand aus.

Ihr Blick verlor sich in Kids Augen. Ihr Mund stand leicht offen, als wäre ihr gerade ein Rätsel in den Sinn gekommen, dessen Lösung ihr auf der Zunge lag. Sie gab Kid die Pistole. Kid steckte sie ein. Ihre Münder trafen sich. Kid warf sich auf sie wie ein Raubtier auf seine Beute. Die Beute wehrte sich nicht, sie wollte nicht fliehen. Sie verwandelte sich in das gleiche Tier. Ließ sich packen, umklammern, überwältigen, ergab sich, bäumte sich auf, packte, umklammerte und überwältigte ihrerseits. Kalte Hände auf heißer Haut, heiße Atemstöße auf pulsierenden Hälsen, zuckende Arme und Beine, bebende Lenden.

Sie wälzten sich über den Schnee, stöhnten und schnappten nach Luft. Und Gisela wusste nicht, was das war, das da über ihr oder unter ihr, umklammert und umschlungen, umklammernd und umschlingend, Gefühle heraufbeschwor, von deren Existenz sie nichts geahnt hatte. Es war wie eine innere Feuersbrunst. Das Verrückte daran war, dass sie nicht wusste, nicht spürte, nicht herausfinden konnte, mit welchem Geschlecht sie sich dieser Wollust hingab. Sie wollte zerschmelzen in dieser Eiswüste – bis sie merkte, dass dieses harte Ding, das gegen ihren Unterleib drückte, die Pistole war. Absicht? Zufall? Perversion? Sie musste alle Kraft aufbieten, um Kids Mund von ihrem zu lösen und ihn wegzustoßen, dann reckte sie sich, riss die Arme hoch und verpasste Kid zwei Faustschläge ins Gesicht. Kid wurde nach hinten geschleudert und blieb schnaufend liegen. Außer Atem.

Auch Gisela schnaufte. Im gleichen Moment, als sie Kid die Fäuste ins Gesicht rammte, hatte sie genau das empfunden, was sie beim ersten Mal mit Frieder im Auto gespürt hatte.

Ich bin also eine Schlampe, dachte sie schnaufend. Ich habe etwas Verbotenes getan. Aber was war es eigentlich?

Kid lag noch immer auf dem Rücken, ebenfalls schnaufend und hob die Hände hoch, spreizte die Finger. Ein Victory-Zeichen. Und das bekannte Zeichen mit ausgestrecktem Daumen, Zeigefinger und kleinem Finger.

Du Miststück, dachte sie und fühlte sich schuldig.

Jetzt erst merkten sie, dass der Schneesturm wieder zugenommen hatte. Kein Himmel mehr, nur wildes Flockenwirbeln. Und der Wind zerrte an ihren derangierten Kleidern wie zur Mahnung: Beeilt euch.

Sie rappelten sich auf und standen sich kurz darauf wieder zugeknöpft gegenüber.

„Los!“, sagte Gisela. „Wir müssen nehmen, was wir tragen können.“

Während sie die Vorräte in die Rucksäcke füllten, sorgte der Sturm dafür, dass die Welt mit noch mehr Schnee gefüllt wurde. Und schon verengte sich alles auf einen Umkreis von wenigen Metern, der Rest verlor sich hinter einem flirrenden Schleier.

Sie wollten den gleichen Weg zurückgehen. Aber der gleiche Weg war ein anderer geworden. Und selbst, wenn es der Gleiche gewesen wäre, es hätte keine Rolle gespielt, denn die Welt war eine andere geworden. Eine Wand hatte sich aufgebaut, eine beinahe undurchdringliche Barriere bestehend aus Luft. Aus Luft und Druck. Wind. Sturm. Aus Luft, die dir die Luft nimmt, weil der Druck so stark ist. Der Wind wirft sich mit solcher Dichte und Wucht auf dich, drängt dir so machtvoll ins Gesicht, dass ein Atmen unmöglich wird. Du musst dich umdrehen, um Luft zu holen. Aber rückwärts kannst du nicht laufen in diesem Schnee. Doch wie willst du vorankommen und auf ein Ziel zugehen, wenn du dich ständig drehen musst, weil du Angst vor dem Ersticken hast in dieser komprimierten Luft? Der eisige brennende Schnee kommt noch dazu, aber den kannst du mit deiner Maske abwehren, daran klebt er fest, und wen interessiert schon, dass du zu einer Eispuppe mit einem Schneegesicht erstarrst. Niemanden. Aber dich interessiert die Luft. Nie hat dich Sauerstoff mehr interessiert, nie war er dir so knapp erschienen in diesem Moment des totalen Luft-Überflusses. Und hinter der Maske fällt das Atmen noch mal so schwer, sie wird feucht, nass, gefriert. Da kommt nichts mehr durch. Dreh dich um, atme tief ein. Wo ist Kid? Wo bin ich? Wo sind wir? Wo sind die anderen? Wird es schon dunkel? Wird mir schwarz vor Augen, werde ich ohnmächtig? Wir werden erfrieren.

Sie spürte Kids Hand, ließ sich mitziehen. Taumelte weiter. Das Schneegestöber lichtete sich. Der Sturm flaute ab. Umrisse wurden deutlicher.

Nie im Leben kann das unser Hof sein. Und wenn nicht? Auch egal.

Kid riss sie mit sich. Sie verlor seine Hand, fiel in den Schnee. Rang ächzend nach Atem.

Ich bin am Ende. Lass mich doch. Nicht? Na schön. Wir werden noch ein Wörtchen miteinander reden müssen, irgendwann. Ganz ehrlich, ich habe das Gefühl, du willst mich nur retten, um mich anschließend ins Verderben zu stürzen. Vielleicht will ich das ja. Aber .... eigentlich ... nur liegenbleiben ... Nein? Ja, ja, ist schon gut.

Sie rappelte sich wieder auf.

24

„Wer bist du?“

„Deine Krankenschwester.“

„Gelogen.“ Randy stemmte sich hoch. Schweißflecken auf dem Kissen, Blutflecken auf dem Laken. Dunkle Flecken im bleichen Gesicht. Aber er schien ein wenig zu Kräften gekommen zu sein.

„Eine Gesandte.“

„Malach? Die ausgestreckte Hand Gottes.“

„Na ja ...“

„Ich glaube an nicht sehr viel.“

„Aber du weißt, wo du herkommst.“

„Ja.“

„Zu wem du gehörst.“

„Das ist die Frage.“

„Die Nummer auf deinem Oberschenkel.“

„Die hat noch nie jemand bemerkt.“

„Wer sie nicht bemerken will, sieht sie auch nicht. Man hat sie kleinen Kindern auf den Oberschenkel tätowiert, weil die Arme zu schmal waren.“

„Ja, die Mühe hat man sich gemacht.“

„Wann war das?“

„Vierundvierzig.“

„Deine Familie?“

„Jemand erzählte mir später, meine Mutter hätte mich das letzte Mal gehalten, als sie mir die Nummer gaben.“

Simona nickte. „Deshalb wirst du mir helfen“, sagte sie, als wäre das jetzt entschieden.

Randy lächelte matt. „Mir muss geholfen werden. Falls man mir überhaupt helfen kann. Was ist mit dieser Wunde? Manchmal tut es höllisch weh.“

„Ich kann dir die Kugel nicht herausoperieren.“

„Die Kugel eines Wachmanns hat mich doch noch erwischt. Recht spät.“

„Er hat es wahrscheinlich nicht überlebt.“

„Wir haben eine Menge Unheil verursacht.“

„Was meinst du damit?“

„Der Wachmann. Die Polizisten. Bei so etwas war ich noch nie dabei.“

„Du hast dir nichts zuschulden kommen lassen.“

Randy ließ sich aufs Kissen zurückfallen und verzog das Gesicht. „Wir sind alle schuldig.“

„Du hast ja eine umfassende christliche Erziehung genossen.“

„Ich wusste lange Zeit nicht, was diese Nummer bedeutet. In dem Heim, in dem ich war, ein katholisches, hat man mir gesagt, mein Vater sei bei der Post gewesen und hätte mir einen Stempel aufgedrückt. Ich habe mich als kleiner Junge immer gefragt, wohin er mich schicken wollte. Oder ob er mich damit in dieses Heim geschickt hat. Mit der Post. Als lebendes Paket. Später dachte ich, ich bin vielleicht ein kleiner Moses.“

„Da hat dir vielleicht ein Engel was ins Ohr geflüstert. Deine Herkunft.“

„Meine Herkunft war für mich lange Zeit ein unbekanntes Postamt, von wo ein unbekannter Vater mich an einen fremden Ort verschickt. Dieser fremde Ort ist mein Leben.“ Er zögerte kurz. „ Eine Heimat ist das nicht.“

„Komm zu uns.“

Er schaute sie skeptisch an. „Ich weiß doch gar nicht, wer ihr seid. Wer du bist.“

Simona dachte nach.

„Also?“

„Ein Soldat.“

Randy schaute sich demonstrativ um. „Wo ist denn hier eine Front oder ein Krieg?“

„Der Krieg ist nicht vorbei. Es sind noch viele Dinge zu erledigen.“

„Solche Lappalien wie das mit dem Collier?“

„Es ist keine Lappalie. Hast du es mal genauer angeschaut?“

„Wann hätte ich das tun sollen?“

„Es sind mehrere Davidsterne darin versteckt. Nur einen kann man auf Anhieb erkennen. Und der ist sehr alt ... hat eine sehr lange Geschichte ... sie geht zurück bis ins Mittelalter, als der Stern von einem Goldschmied in Galizien ...“

Randy fielen die Augen zu.

„He!“

Eine ermattete Handbewegung, abwehrend.

„Es ist eine nationale Schande, dass dieses Collier nicht in Tel Aviv, sondern in den Tresoren unserer schlimmsten Feinde ...“

Randy atmete tief ein, sein Kopf sank zur Seite.

„Du wirst mir trotzdem helfen“, sagte Simona und stand auf.

Sie schaute zum Fenster, durch das nur wenig Licht drang. Sie entschloss sich hinauszugehen und es freizuräumen. Man kann nie genug Fluchtwege haben.

Da niemand sich ihr in den Weg stellte, machte sie sich

gleich an die Arbeit. Auch das Fenster vor ihrem eigenen Zimmer machte sie von außen zugänglich. Womöglich vergebliche Mühe, denn jetzt setzte Schneefall ein und der Wind nahm zu.

Mit halb erfrorenen Händen kam sie zurück und traf in der Diele auf Schneider, der nervös auf und ab ging, in der Hand ein Buch: „Es muss nicht immer Kaviar sein".

Simona deutete darauf. „Ich dachte, es muss doch ..."

Schneider starrte sie an, mit leerem Gesichtsausdruck. „Frieder macht sich Sorgen." Er deutete zum Ende der Diele, wo Frieder stand und sie finster anstarrte, in der Hand eine Pistole. Er hatte sie die ganze Zeit beobachtet.

„Ach was, der Schnee hört schon wieder auf", sagte sie leichthin.

„Kid und Gisela sind noch immer nicht zurück."

Simona deutete auf das Buch. „Mit dem Kaviar."

Schneider schaute sie gequält an.

„Ich gehe auf mein Zimmer. Muss mich aufwärmen."

Schneider zuckte mit den Schultern. In wen ist der nun mehr verknallt, in Kid oder Gisela, fragte sie sich.

In ihrem Zimmer zog sie sich halb aus und legte sich ins Bett unter die Decke, um nachzudenken.

Ich muss einen Fluchtweg finden. Mit dem Collier. Randy lasse ich zurück. Der schafft das schon.

Die Frage war nur, wo Schneider das Schmuckstück versteckt hatte.

Sie kam zu keinem Ergebnis. Im Schuppen hackte jemand Holz. Sie nickte ein und wurde irgendwann von lautem Getrampel und Stimmengemurmel in der Diele geweckt. Als sie das Zimmer verlassen wollte, stellte sie fest, dass die Tür verschlossen war. Sie schlug dagegen, um auf sich aufmerksam zu machen. Nach einer Weile kam Frieder und schloss sie auf. In seiner Hand hielt er die Pistole.

Schon gut, ich habe verstanden.

„Abendessen“, sagte er missgelaunt.

In der Diele war es sehr warm, alle Öfen im Haus summten vor sich hin. Wer hatte sie eingeheizt? Frieder hatte schwarze Ränder unter den Fingernägeln. Vielleicht musste er sich abreagieren. Schien nicht viel genützt zu haben.

Schneider hatte den Tisch gedeckt. Der Hehler hatte Heimchen-am-Herd-Qualitäten. Den Gastgeber zu spielen schien ihm zu gefallen. Ein Pfadfinder wäre im Dosenöffnen auch nicht ungeschickter gewesen. Es gab tatsächlich getrüffelte Gänseleber, Kaviar, Räucherlachs. Toastbrot. Mixed Pickles. Diverse sonstige Konserven.

Alle waren schon da, sogar Randy saß schief auf einem Stuhl und starrte abwesend vor sich hin. Frieder hockte neben Gisela und würdigte sie keines Blickes. Sie wiederum schaute leicht betreten auf ihren Teller. Kid saß am Kopfende und starrte Gisela an, als sei sie die leckerste Attraktion des Büffets. Das entging auch Schneider am anderen Ende des Tischs nicht.

Vielleicht sollte ich warten, bis sie sich gegenseitig an die Gurgel gehen, dachte Simona, als sie neben Randy Platz nahm.

Der begrüßt sie mit einem knappen „Schalom“, schaute sie aber nicht an.

Witzbold.

Aber nur Schneider lachte. Natürlich über seinen eigenen Scherz.

„Gelungener Schachzug? Ja? Bitte schön, greift zu!“ Sein Arm beschrieb einen Bogen, und jetzt sah Simona, worauf er so stolz war: Weinflaschen, Champagner. Wo kam das Zeug denn auf einmal her?

„Die Politik des gefüllten Kellers zahlt sich aus“, sagte er. „Nicht auszudenken, was geschehen wäre, wenn ich die auf den letzten Drücker in den Kofferraum hätte bringen wollen.“

Es gab einen Keller? Könnte ihr das von Nutzen sein?

„Wären zerplatzt wie die Wasserflaschen. Dein Kofferraum ist gefüllt mit Eiswürfeln“, sagte Gisela.

Schneider ließ den Korken der Taittinger-Flasche knallen. Dann die Enttäuschung: Kid lehnte ab, Randy lehnte ab, Frieder lehnte ab. Gisela zögerte. Simona schob ihm ihr Glas hin. Schneider schenkte ihr und sich ein, dann auch Gisela, die abwehrend die Hand hob, als das Glas halb voll war. Aber dann, kaum hatte Schneider das Glas angehoben, kippte sie das Zeug in einem Zug herunter. Und hatte den Entschluss gefasst, noch eins zu trinken. Schneider lachte zustimmend und schenkte nach.

Zwei Fragen gingen Simona nicht mehr aus dem Kopf: Wo war der Eingang zum Keller? Und: Hat er dort das Collier versteckt?

Trink, Schneiderlein, trink. Und dann plaudere alles aus. Sie prostete ihm zu.

Schneider bemerkte, wie sich die Blicke von Kid und Gisela immer wieder verschränkten. Simona auch, und dass Gisela vergeblich dagegen ankämpfte.

Frieder kratzte auf seinem Teller herum, als wollte er ein verhasstes Gesicht verunstalten.

Simona rutschte näher an Schneider heran. Die Taittinger-Flasche war schnell geleert. Schneider griff nach dem Bordeaux, nahm mit großspuriger Geste den Korkenzieher in die Hand.

Simona spürte einen Ekel, aber das mochte auch damit zu tun haben, dass sie ihren Lachs-Toast mit diesem übelschmeckenden Kaviar dekoriert hatte.

Na los doch! Leg ihm die Hand auf den Oberschenkel. Und dann, wenn du bei ihm im Zimmer bist, beide Hände um den Hals, bis er redet!

Lüstern keuchend schraubte Schneider den Korkenzieher in den Flaschenhals.

Im gleichen Moment, als der Korken mit einem lauten Plopp herausglitt, gingen sämtliche Lichter aus.

Gisela schrie auf. Frieder knurrte.

Die Gelegenheit!

Simona sprang auf, trat dahin, wo sie Schneider eben noch gesehen hatte, schlang ihm einen Arm um seinen Hals und drückte zu. Der Hehler gab ein ersticktes Gurgeln von sich. In wilder Hast tastete Simona seine Taschen ab. Wo hat er seine Waffe versteckt? Sie spürte Schneiders Ellbogen in ihrer Seite. Seine Hand an ihrem Kopf. Seine Finger kratzten über ihre Wange. Und da …

Ein Lichtstrahl schoss ihr direkt in die Augen. Abgefeuert vom anderen Tischende. Im Lichtstrahl ein Schatten mit den eckigen Umrissen einer Pistole. Kid.

Jetzt, Gisela, könntest du mir helfen.

Tat sie aber nicht.

Randy?

Sie drückte Schneider nach unten. Der ging in die Knie. Erschlaffte. Fiel zu Boden. Sie duckte sich, wollte ihn weiter abtasten. Wo war die verfluchte Waffe?

Ein Schuss. Glas explodierte. Die Splitter regneten auf sie herab. Dann landete ein Gewicht auf ihrem Rücken und drückte sie nach unten. Frieder.

Und schon stand Kid neben ihnen. Leuchtete sie an.

Drohte mit der Waffe. Frieder rappelte sich auf, packte sie und warf sie mit roher Gewalt zur Seite. Sie prallte krachend gegen eine Anrichte vor der Wand, deren scharfe Ecken sich in ihren Rücken bohrten.

Und schon war Frieder über ihr und verpasste ihr links und rechts eine Ohrfeige und holte schon wieder aus ...

„Frieder!"

Das war Gisela.

Sie wusste, wem diese Schläge in Wahrheit galten.

Noch zwei Ohrfeigen und ein Faustschlag gegen die Schläfe.

Als Simona wieder zu sich kam, leuchteten auf dem Esstisch zwei barocke Kerzenhalter. Sie blinzelte in die züngelnden Flammen. Auch Kerzenlicht kann blenden.

Sie saßen wieder jeder auf seinem Platz. Auch Simona. Nur waren ihre Hände an die Stuhllehne gefesselt.

Der Hehler monologisierte schon wieder. „ ... Stromausfall ..." war das Einzige, was sie verstand.

Neben den Tellern von Schneider, Kid und Frieder lag jeweils eine Schusswaffe.

Haben die Angst vor der Dunkelheit?

25

In ihrem Zimmer. Frieder auf dem Bett, Gisela am Tisch auf dem Stuhl. Er gebückt, die Arme auf den Oberschenkeln, stierte zu Boden. Sie schaute ihn an. Eine einzelne Kerze flackerte. Schatten huschten über seine versteinerten Gesichtszüge. Oder sollte man sagen: vereist? Ihr kam es vor, als würde ein kalter Hauch von ihm ausgehen. Und das lag nicht nur an dem draußen heulenden Sturm.

Was war denn nur geschehen? Hatte das Gefängnis ihn gebrochen? Oder war es die Kälte? Die Dunkelheit? Er war weiter von ihr entfernt als damals, als er ihr zum ersten Mal gegenübergestanden hatte, mit einer Maschinenpistole in der Hand, einer Maske über dem Kopf und einer Stimme, die sogar beim Kommandieren noch warm klang und verführerisch. Oder waren es seine Augen gewesen? Die wirkten nun wie erloschen.

„Frieder …“

Er reagierte mit Verzögerung. Dann schüttelte er den Kopf. Ganz langsam. Abweisend? Anklagend?

„Morgen sieht alles ganz anders aus.“

„Gefangen sind wir.“

„Aber nein! Das Meer ist nicht weit. Bald nehmen wir die Fähre und dann …“

„Ich frage mich nur, wer uns hier gefangen hält. Der Schnee oder …“

„Das Wetter hat sich bald ausgetobt, Frieder."

„Das Wetter vielleicht, aber diese Jüdin nicht."

„Was meinst du damit?" Gisela spürte den Drang, Simona zu verteidigen. Sie unterdrückte es. Schließlich war sie es gewesen, die sie in die Pläne mit einbezogen hatte. Aber es war so naheliegend gewesen. Wer hätte gedacht, dass Simona sie für ihre eigenen Zwecke eingespannt hatte? Trotzdem meine Schuld. Ein Fehler. Und das kann er mir nicht verzeihen.

„Das ist eine Professionelle. Die handelt im Auftrag. Die interessiert sich weder für Schmuck noch für Geld."

Gisela war irritiert. Das klang, als würde er Simona vorwerfen Ideale zu haben.

„Sie ist allein. Eine gegen fünf. Sie hat keine Chance." Während sie dies sagte, wägte Gisela ab, ob es nicht eine Möglichkeit gab, für sich das Geld und für Simona das Collier zu sichern. Was kümmert uns Schneider?

„Allein? Da wäre ich mir nicht so sicher", sagte Frieder. „Sie ist Agentin oder so was. Die handeln nie allein. Wer weiß, ob ihre Truppe nicht schon auf dem Weg hierher ist."

„Der Schnee blockiert doch alles."

„Die sind zu allem fähig. Und hast du nicht bemerkt, wie sehr sie sich um Randy kümmert? Gut möglich, dass sie versucht, ihn umzudrehen."

„Er ist doch krank."

„Sagt sie."

„Er hat Fieber, er ist erschöpft. Ich war doch bei ihm. Du siehst Gespenster."

Frieder lachte abfällig. „Bei so einer Aktion sind Leute im Hintergrund tätig. So ein Geheimdienst hat Spezialisten, auch fürs Wetter."

„Wettermacher?", fragte Gisela perplex.

„Experten für genaue Vorhersagen. Die wussten, dass es einen Schneesturm geben wird.“

„Das kam total überraschend, wurde im Radio gesagt.“

„Im Radio! Was wissen die denn? Und glaubst du etwa, im Radio wird alles gesagt?“

„Verstehe ich nicht.“

„Nicht alle sollen alles wissen“, sagte er kryptisch.

Gisela konnte das nicht nachvollziehen. Sie schob es auf seine Erschöpfung. Da sieht man, was die in ihrem sogenannten Strafvollzug mit den Menschen machen. Sie machen sie kaputt. Und dann geben sie sie zurück. Und du musst sehen, wie du den Kerl wieder heile bekommst. Das ist von nun an meine Aufgabe.

„Frieder, lass uns zu Bett gehen.“

Er hob eine Hand und beschrieb mit dem ausgestreckten Zeigefinger hektische Kreise. „Es macht mich einfach nervös. Wir hocken hier in der Falle, und da draußen ziehen unsere Verfolger vielleicht schon ihre Truppen zusammen.“

„Truppen? Was denn für Truppen? Meine Güte, Frieder!“ Gern hätte sie gesagt: Du hast zu viel getrunken. Aber er hatte den Alkohol nicht angerührt.

„Die sind zu allem fähig.“ Jetzt kam er wieder damit. „Kann man ihnen nicht verdenken, nach allem, oder?“

„Was meinst du denn damit?“

Er schaute auf, sah sie an, den Mund zu einem schmerzlichen Lächeln verzogen. Das Flackern der Kerzenflamme belebte die tiefen Furchen in seinem Gesicht. Es sah gespenstisch aus.

„Ach, Gisela, du bist so jung, du hast das alles nicht erlebt. Du bist freigesprochen ...“

„Ich habe doch auch meine Strafe abgesessen."

„Das meine ich nicht. Du bist eine Nachkriegspflanze. Auf kargem Boden gewachsen, aber gesund. Nicht auf der fauligen blutgetränkten Erde des Krieges, die uns vergiftet hat."

„Ich verstehe dich nicht."

„Natürlich nicht. Weil du in anderem Boden wurzelst."

Diese klare, wenn auch rätselhafte Feststellung, traf sie wie ein Pfeil ins Herz. Will er damit etwa sagen, dass es aus ist mit uns? Und Schweden?

„Lass doch dieses Gerede, Frieder", sagte sie schluchzend.

„Ich war damals bei so einem Trupp ..."

Trupp, Truppe, schon wieder dieses Militärische ... Das ging ihr auf die Nerven.

„Es war ja Krieg ..." Er stierte zu Boden, dachte nach. „Aber auch ein eigenartiger Krieg. Ich war noch jung, aber ich hab mich schon gewundert. Es hat mich nicht weiter interessiert, aber ich fand es seltsam, weißt du."

Er hielt inne, rieb sich die Hände, als hätte er einen Ausschlag.

„Nein", sagte sie leise, „weiß ich nicht." Und dachte dabei: Will ich auch nicht wissen. Ich will nicht, dass du dich vor meinen Augen in einen Fremden verwandelst.

„Na, Krieg!", sagte er aufbrausend. „Da geht man mit Waffen auf den Feind los, der ebenfalls bewaffnet ist. Und dann gibt es große Schlachten oder kleine Scharmützel. Strategie, Taktik, Vormarsch, Überfall, Rückzug, Vorstoß, Kanonendonner, Raketen, Granaten, Bomben, Fliegerangriffe, manchmal auch Mann gegen Mann, was weiß ich ..." Er fuhr sich mit den Händen durchs Haar. „Herrgott!"

„Was hat denn das mit uns zu tun?“, gab Gisela leise zurück.

„Mit uns? Mit uns? Mit dir gar nichts. Aber mit mir.“ Er wurde immer lauter. „Weil es verrückt ist, einen Krieg gegen Leute zu führen, die gar keine Waffen haben und sich überhaupt nicht wehren! Die nur daliegen. Da herumliegen! Die vernichtet werden müssen, obwohl sie nur noch Hautsäcke mit Knochen drin sind, obwohl sie schon gar nicht mehr stehen können. Aber die müssen vergraben werden, damit sie unter der Erde ersticken! Dabei waren es keine Feinde, weil sie nicht die Hand gegen uns erhoben hatten. Ich weiß das genau, weil die Hände viel zu schwer waren für die winzigen Muskeln, die sie noch hatten. Die konnten keine Schaufel mehr halten, kein Grab mehr ausheben, das mussten wir übernehmen, und sie dann reinwerfen. So ein Leib ohne Fleisch, weißt du, der ist sehr leicht. Da hast du Angst, er könnte dir fortgeweht werden. Am schwersten war der Kopf. Wenn sie die Augen aufgerissen hatten. Die Augen waren schwer, weil die so riesengroß waren. Die werden immer größer, je kleiner der Rest ist ...“

„Frieder, was redest du denn da?“

Er machte eine abwehrende Handbewegung. „Ich war noch jung. Mir hat das alles nichts ausgemacht.“

Er klang wieder ruhig. Sie seufzte erleichtert.

„Und ich habe nur angepackt, wenn’s einen Befehl gab. Daher können die mir gar nichts.“

„Wer denn?“

„Simona und ihre Truppe. Und Randy, der ja wohl auch dazu gehört. Hat er sowieso schon immer. Wusste ich auch. Aber er war ein guter Freund. Trotzdem.“

„Aber Frieder, das ist doch alles reine Fantasie.“

„Ach ja?“ Er schüttelte den Kopf. „Fantasie haben

die, das stimmt. Clever sind sie. Man sieht es daran, dass Simona uns Randy abspenstig gemacht hat …"

„Aber das ist doch überhaupt nicht …."

„… und du bist auch schon …"

„Was? Was sagst du da?"

„Ja, ja, tu nicht so unschuldig. Es ist mit den Händen zu greifen. Und pervers noch dazu. Ekelhaft. Diese Person, mit der du die ganze Zeit lüsterne Blicke tauschst."

„Wie bitte?"

„Hast du nicht begriffen, dass das ihre Taktik ist? Sie brechen ein Glied nach dem anderen aus der Kette."

„Aber das ist doch Unsinn."

„So? Ihr wart lange unterwegs. Nur bis zu den Autos. Erstaunlich lange."

„Wir mussten die Hippies verjagen, die uns bestehlen wollten."

„Und das hat so lange gedauert? Was habt ihr sonst noch so getrieben da draußen?"

„Nichts."

Er schaute sie an. Sie wusste, dass sie knallrot angelaufen war.

Der Wind rüttelte am Fenster. Jaulte wie ein gequältes Tier. Nein, es war eine menschliche Stimme.

Frieder schaute zum Fenster. „Na bitte, wusste ich's doch. Da sind sie."

Gisela sprang auf.

26

Als Gisela in die Diele trat, sah sie, wie Schneider und Kid sich an der Vordertür zu schaffen machten. Sie klemmte, war vereist.

„Erwartet ihr noch jemanden?“, rief Frieder über Giselas Schulter hinweg.

„Nein“, sagte Schneider. „Natürlich nicht.“

„Warum macht ihr dann die Tür auf?“

Schneider starrte ihn an. „Jemand hat gerufen.“

„Na und?“

Schneider schaute ihn zweifelnd an. Gisela drehte sich zu ihm um. „Was ist denn mit dir los?“

„Macht hoch die Tür“, sagte Frieder, „damit der Feind hereinstürmen kann.“

„Was für ein Feind denn?“, murmelte Schneider. Zusammen mit Kid riss er die Tür auf. Beide taumelten zurück.

Die hohen weißen Kerzen, die in der Diele verteilt standen, fingen an zu flackern. Gisela kam es vor, als würde sie in einer Kirche stehen. Ihr fielen die Besuche bei Frieder in der Gefängniskapelle ein. Da war die Welt noch in Ordnung gewesen – für sie. Und für ihn? Wann und was war in ihm zerbrochen? Sein Herz? Und sie hatte es nicht bemerkt? Aber kann ein Herz nicht wieder zusammenwachsen? Wenn es genug Liebe bekommt?

Der Türrahmen war schon wieder eineinhalb Meter

hoch eingeschneit. Dahinter schwarze Nacht. Der Wind warf schubweise Schneeflocken herein. Ein Schwall nach dem anderen. Als würde draußen jemand den Weg räumen und den Schnee sorglos ins Haus werfen.

Kid hatte eine Pistole in der einen, eine Taschenlampe in der anderen Hand. Stand hinter Schneider, der ein paar Schritte in den Schneesturm trat. Sein dunkler Pullover wurde weiß.

„Schau nach“, sagte er.

Kid verschwand hinter dem Flockenwirbel.

Vielleicht sind es diese blöden Hippies, dachte Gisela. Das kann ja lustig werden.

Kid kam zurück und zuckte mit den Schultern.

„Leuchtsignal“, sagte Schneider. Kid hob die Lampe und bewegte sie hin und her.

„Ihr seid ja verrückt“, sagte Frieder. „Die brauchen nicht mal ein trojanisches Pferd.“

Schneider wandte sich um und schaute ihn stirnrunzelnd an.

Frieder schien verunsichert. „Ich meine ja nur“, sagte er. „Wir können niemanden gebrauchen, der uns ausspioniert.“

„Umgedreht wird ein Schuh draus“, sagte Schneider. „Wir wollen etwas von denen da draußen erfahren.“

„Sind es etwa mehrere?“, fragte Frieder alarmiert.

In diesem Moment tauchten die Umrisse eines Mannes auf. Langer Lodenmantel, schwere Stiefel, Mütze mit Schirm und Pelzfutter, ausgeklappter Ohrenschutz, dicker Schal, Fausthandschuhe. Und ein Gewehr am Riemen über der Schulter.

Er stolperte polternd herein und hielt sich an der Wand fest, um zu Atem zu kommen. Schneider und Kid schoben die Tür zu.

„Danke“, sagte der Mann ächzend. „Ich wäre fast umgekommen.“

Behutsam stellte er seine Flinte neben den Schirmständer an der Garderobe. Schneider half ihm aus dem Mantel und nahm ihm Mütze, Handschuhe und Schal ab. Dann führte er ihn um die Ecke zum Esstisch in der Diele. Von dort aus konnte man den Eingangsbereich nicht mehr einsehen. So bemerkte der Förster nicht, wie Kid sein Gewehr nahm und durch die Tür neben der Garderobe in sein und Schneiders Schlafzimmer brachte. Dann kam er durch die andere Tür wieder heraus und blieb stehen wie ein Butler, der auf Anweisungen wartet.

„Sie sind ganz schön durchgefroren, was?“, sagte Schneider leutselig. „Wie wär's mit einem Glühwein?“

„Das ist ein Wort“, sagte der Förster, „das ist ein Wort.“

Schneider machte ein Zeichen und Kid verschwand in der Küche.

Gisela trat an den Tisch, gefolgt von Frieder. Alle stellten sich mit Vornamen vor. Der Förster hieß Ludwig und stammte aus dem Nachbarort.

„Ich bin seit mittags unterwegs“, sagte er. „Ich dachte, ich wüsste Bescheid. Also, wie man mit dem Wetter umgehen muss. Aber ...“ Er schüttelte den Kopf.

„Wir sind alle überwältigt worden“, sagte Schneider.

„Ich weiß jetzt wieder, wo ich bin“, sagte der Förster und ließ seinen Blick durch die Diele schweifen. „Das ist der Hof von den Kruses. Wusste gar nicht, dass die ein Ferienhaus daraus gemacht haben.“

„Wurde verkauft“, sagte Schneider. „Neue Besitzer.“

„Ah ... ist ja schön, dass man das auch mal erfährt. Aber das ist nicht Ihr Bier, oder?“ Er grinste mitfühlend.

„Sie wollten über Silvester mal ein paar Tage raus, entspannen. Und sind in diesem Schlamassel gelandet."

„Ja", sagte Schneider.

„Es geht nichts mehr da draußen. Weder vor noch zurück. Ich dachte, ich käme mit Schneeketten durch. Mit dem Landrover. Vierradantrieb und alles. Aber von wegen! Du siehst ja nichts. Straße? Fehlanzeige. Mir ist die Kiste einfach weggesackt. In eine Kuhle. Umgekippt. Ich kam mir vor wie der letzte Depp. Es war doch noch taghell gewesen! Dann ging der Sturm wieder los. Ich hab stundenlang dagegen angekämpft. Aber wenn man nichts mehr sieht, bloß Weiß, läuft man im Kreis. Als es dunkel wurde, hab ich gedacht, ich grab mich ein. Warte den Tag in der Schneehöhle ab." Er lachte. „In der Hoffnung, dass ich nicht erfriere. Ist aber das einzige Mittel. Na ja, jetzt auch egal. Ich hoffe, Sie haben nichts dagegen, wenn ich bleibe."

„Natürlich nicht", sagte Schneider. „Aber wieso sind Sie denn überhaupt losgefahren?"

„Na ja, zwei Sachen ... War nobel gedacht von mir, aber idiotisch, das weiß ich jetzt. Im Ort wurde gerätselt, was auf dem Schmitts-Hof los ist. Nee, das ist falsch ausgedrückt. Rätseln tu ich jetzt. Aber zuerst hieß es bloß: Die haben sich nicht gemeldet, geht keiner ans Telefon. Telefon funktioniert übrigens noch, trotz Stromausfall." Der Förster schaute sich um.

„Wir haben keins", sagte Schneider.

„Pech, aber auch nicht dringend. Transistorradio?"

„Nur eins, das mit Strom funktioniert."

„Noch mehr Pech. Aber Sie sind ja gut hier aufgehoben. Vorräte?"

„Ein bisschen."

„Ich sehe schon ...“ Der Förster sah, wie Kid mit einem Tablett aus der Küche kam. Darauf vier dampfende Gläser mit Glühwein, die Kid nun verteilte. Dann verschwand Kid wieder in der Küche und ließ die Tür offen.

Sie prosteten sich zu.

„Die andere Sache betrifft den verschwundenen Streifenwagen.“

„Oh, ganz schön heiß“, sagte Schneider und nippte noch mal an seinem Getränk. „Was ist denn da passiert?“

Gisela spürte, wie Frieder sich versteifte. Er saß ihr gegenüber, sie berührte ihn nicht, aber sie spürte es. Als gebe es eine elektrische Verbindung zwischen ihnen.

„Wie vom Erdboden verschwunden“, sagte der Förster. „Nun wäre das nicht verwunderlich bei diesem Blizzard, aber die haben doch Funk. Die hätten sich melden können. Wir hätten eine Rettungsmannschaft losgeschickt. Aber ... nichts.“

„Vielleicht auch ein Unfall, so wie bei Ihnen“, meinte Schneider.

„Wer weiß. Vielleicht sind sie auch irgendwo untergekommen, nachdem sie den Wagen verlassen haben. Hoffen wir das Beste.“

„Ja, das tun wir.“ Schneider stieß mit ihm an.

Der Förster schien schlagartig müde zu werden. „Haben Sie was vom Schmitts-Hof gehört?“, fragte er träge.

„Nein. Wo liegt der denn?“

Der Förster streckte den Arm aus und deutete nach Nordwesten. Dorthin, wo sein Gewehr nicht mehr stand, aber das konnte er nicht sehen.

„Zwei Ka-Emm Luftlinie, über die Straße eher dreieinhalb.“

„Auch ein Ferienhaus?“

„Nein, nein, Bauernhof. Schweinezucht. Denen geht’s bestens. Die sind gut im Geschäft. Aber jetzt ... ohne Strom? Das Problem ist ...“ Seine Zunge hatte Schwierigkeiten mit dem Wort „Problem“. „Die Sache ist die ... Stromausfall. Da wird’s kalt im Stall. Und das halten die Viecher nicht lange aus. Die sind noch empfindlicher als wir ...“

„Vielleicht haben sie ja einen Notstrom-Generator.“

„Ja, vielleicht“, sagte der Förster und starrte benommen in sein leeres Glas. „Aber ...“

„Und waren im Stall beschäftigt, wo sie das Telefon nicht hören konnten.“

Der Förster schüttelte den Kopf. „Nee, aber ... also ... ich bin ja dagewesen und – ” Er brach ab.

„Auf dem Schmitts-Hof?“

„Ja, ja! Vor mei’m Unfall.“

„Und?“

„Keiner da. War keiner da.“

„Seltsam.“

„Ja, ja!“

„Und die Schweine?“

„Gequiekt haben die. Im Stall. Aber der war verschlossen. Wollt ja nich’ einbrech’n.“

„Die Bauern waren weg?“

„Ja, aber das gibt’s doch nich’. Ganzes Hab un’ Gut ...“

„Und in der Wohnung?“

„War ich ja drin. Tür offen. Niemand da. Alles normal. Drinnen, aber ...“

„Aber was?“

„Der Wohnwagen, der neben der Scheune stand. So’n Zirkuswagen mit’m Trecker. Bunt angemalt. Lauter verrückte Zeichen.“

„Ein Zirkuswagen?“

„Die Hippies!“, rief Gisela. Schneider warf ihr einen warnenden Blick zu.

„Nee, nich’ Hippies ... Zirkus! Verrückt, oder? Steht da so rum.“

„War jemand drin?“

„Auch nich’.“ Der Kopf des Försters war jetzt so schwer, dass er nach unten sank. Ein letztes Mal ruckte er hoch: „Aber ... aber ... diese Zeichen ... Puh, ich bin völlig fertig ...“

„Wir machen Ihnen gleich Ihr Bett, keine Sorge“, versicherte Schneider.

„Aber ... das noch“, rief der Förster kraftlos. „Diese Zeichen ... die war’n auch auf der Wand vom ... Stall ... knallrot!“

„Was für Zeichen?“, fragte Gisela.

„Kreuze und - “, stieß der Förster hervor, dann knallte sein Kopf auf die Tischplatte.

27

Es gab sogar Konfitüre zum Frühstück. Schneider hatte nicht nur Kaviar in seinen Kofferraum gepackt. Mit Butter und Toast und Nescafé mit heißem Wasser vom Gaskocher ließ sich der Tag ganz gut an.

Kid hatte bis früh morgens in der Diele Wache gehalten und war von Schneider abgelöst worden. Frieder und Gisela hatten eine unruhige Nacht verbracht, Rücken an Rücken und so weit voneinander entfernt wie möglich, gestört vom Schnarchen des Försters in der Diele.

Simona bekam das Frühstück aufs Zimmer gebracht, damit sie nicht auf dumme Gedanken kam angesichts des Fremden im Haus. Kid schlief jetzt. Randy quälte sich aus dem Bett und nahm schwerfällig am Tisch Platz. Er hatte Hunger.

„Ein gutes Zeichen!“, meinte Schneider.

Frieder kam missmutig aus seinem Zimmer und fing an zu rauchen. Goss sich mehrmals Kaffee nach. Er hat Kopfschmerzen, dachte Gisela, und merkte zu ihrer großen Verwunderung, dass sie kein Mitleid mit ihm empfand. Stattdessen fiel ihr Blick auf die Tür, hinter der Kid jetzt schlief. Ich bin verrückt, das ist nicht mehr normal, nichts hier ist normal. Aber ist das eine Entschuldigung? Und wofür? Sie verschlang einen Toast mit viel Erdbeermarmelade. Auch nicht normal.

Unter der Strickjacke von Schneider (beige-braun

meliert mit Wildlederflicken an den Ellbogen) und dem schwarzen Pullover von Frieder waren die Umrisse ihrer Schusswaffen zu erkennen – wenn man genau darauf achtete. Schneider zog seine flink heraus und versteckte sie in der Tischschublade. Dann trat er vor den schnarchenden Förster und rüttelte ihn wach.

„He, Herr Ludwig, aufwachen! Zeit fürs Frühstück."

Der Förster hob die schweren Lider. „Ich heiße doch Ludwig mit Vornamen."

„Auf, auf, es ist schon spät. Kaffee?"

Ludwig würgte, als ihm der Zigarettenrauch in die Nase zog. „Wasser?", fragte er. „Ich hab einen Höllendurst." Schneider schob ihm ein Glas hin, das er gierig austrank. „Was war denn gestern? Ich bin irgendwie weggetreten ..."

„Sie waren total erschöpft", sagte Schneider. „Kein Wunder. Und wir waren so unklug, Ihnen einen Glühwein mit Schuss zu servieren. Bitte entschuldigen Sie."

„Das müssen aber mehrere gewesen sein."

„Na ja", sagte Schneider.

„Mir brummt der Kopf."

Der Gast musste zur Toilette. Frieder folgte ihm wie zufällig, die Hand an der Pistole.

„Was machen wir mit ihm?", flüsterte Gisela.

„Benutzen", sagte Schneider. „Er führt uns zum Nachbarhof, und wir decken uns mit Vorräten ein."

„Aber da sind die Hippies", gab Gisela zu bedenken.

„Na und?"

„Die sind aggressiv."

„Aggressive Hippies gibt es nicht, so viel weiß ich schon über die moderne Welt."

„Frag mal Kid."

„Bah, der hegt eine natürliche Feindschaft gegen sie.“

„Die sind auf uns losgegangen!“

„Hunger, Verzweiflung, Überlebenskampf, davor ist niemand gefeit.“

„Na, ich weiß nicht ...“

Frieder kam zurück. „Der stöhnt und würgt und kotzt. Was habt ihr ihm denn verabreicht?“

Schneider wehrte ab. „Wenn er kotzt ist es bald wieder gut.“

Der Förster kam zurück und trank noch mehr Wasser. Den Kaffee überging er naserümpfend. Er schaute sich um. „Immer noch kein Strom? Wie sieht's draußen aus?“

„Schneefall, Sturm, Eiseskälte. Hat sich nicht viel geändert. Wenigstens ist es hell. Wissen Sie, wie es an der Küste aussieht? In den Häfen? Ein Freund von mir hat nicht weit von hier eine Yacht liegen.“

„Oje“, sagte der Förster. „Ob davon noch was übrig ist? Sturmflut und Eisgang! Im Radio hieß es, viele Hafenanlagen sind zerstört, die Boote und Schiffe hinüber. Nur Eis und Schrott.“

Schneiders Blick verdüsterte sich.

Der Förster wurde nervös, schaute mehrmals auf seine Uhr. „Muss dringend hier weg.“

„Wenn Sie raus wollen, müssen wir erst mal den Schnee wegschaufeln. Wir sind meterhoch eingeschneit.“

„Verdammt! Ich muss doch zurück. Vor allem ... die Leute vom Schmitts-Hof machen mir Sorgen. Irgendwas stimmt nicht bei denen. Die lassen doch nicht einfach ihre Schweine allein.“

„Sie wollen da hin?“

„Ja, und dann ins Dorf. Meine Frau macht sich doch Sorgen. Im Schmitts-Hof gibt's ein Telefon. Dann könnte ich auch durchgeben, dass hier Leute sind, damit die den Weg räumen."

„Vielleicht sollte jemand von uns mitkommen", sagte Schneider scheinheilig. „Zu Ihrer Sicherheit. Außerdem brauchen wir Nahrungsmittel."

Der Förster nickte dankbar. „Wäre mir, ehrlich gesagt, auch lieber nach meinem Erlebnis letzte Nacht. Danke übrigens für die Rettung."

„Keine Ursache."

„Wer geht denn mit?", fragte Frieder. Randy verzog das Gesicht und legte die Hand auf die Wunde. Schneider verwies auf sein schwaches Herz. Gisela wollte sich schon melden, da entschied Schneider: „Frieder geht mit, er ist am kräftigsten von uns allen."

Kid ist kräftiger, dachte Gisela, und schämte sich schon wieder.

„Meinetwegen", presste Frieder zwischen zusammengebissenen Zähnen hervor. „Ich hab' hier sowieso nichts verloren." Er warf Gisela einen finsteren Blick zu.

Schneider bemerkte es und riss erschrocken die Augen auf. „Ja gut, ja gut, so machen wir es."

Randy stemmte sich schwerfällig von seinem Stuhl hoch und schlurfte zurück in sein Zimmer.

„Gesetzt den Fall, das Wetter bessert sich nicht und es wird heikel", sagte der Förster. „Wenn ich Meldung mache, wie viele Leute seid ihr hier denn?"

„Fünf", sagte Schneider.

„Sechs", sagte Gisela gleichzeitig.

Ludwig warf einen fragenden Blick in die Runde. Gleichzeitig begann Simona mit der Faust gegen die Tür zu schlagen. „He, ich rieche Kaffee! Krieg ich auch was ab?" Sie rüttelte an der Tür.

„Sechs“, sagte Schneider.

„Ist da jemand eingeschlossen?“

Gisela lächelte den Förster an. „Nein. Wieso das denn? Nur ein Scherz.“

Schneider stand auf. „Frieder, du nimmst einen Rucksack mit und lässt dir geben, soviel du tragen kannst. Bring uns ein Spanferkel mit!“

„Kommen Sie“, sagte Frieder zum Förster. „Hinterm Haus ist der Schnee nicht so hoch, das geht. Und je früher wir hier wegkommen desto besser.“

Der Angesprochene schaute ihn irritiert an. Misstrauen und Abneigung hingen in der Luft. Alle sahen zu, wie er beim Hinausgehen nach seinem Gewehr griff, das inzwischen wieder dort aufgetaucht war. Er hielt irritiert inne, bemerkte ihre Blicke, riss die Tür auf und verschwand.

Simona hörte, wie die Haustür zuschlug und draußen stapfende Füße sich entfernten. Sie schaute aus dem Fenster und sah zu, wie die gebückten Silhouetten im Schneegestöber verschwanden. Was war jetzt wieder los? Dann ging die Tür auf und Gisela lächelte sie mit falscher Fröhlichkeit an: „Frühstück, meine Dame.“

Schneider schaute kurz auf, grüßte hastig, zog die Tischschublade auf und sie sah, dass eine Waffe darin lag. Schon gut, ich habe verstanden.

Sie bekam nur vage Auskünfte über den nächtlichen Gast. Schneider redete irgendwelchen Unsinn darüber, dass „der gute Mann unseren Frieder zu den Fleischtöpfen führt.“ Also war Frieder mit ihm fortgegangen? Warum? Um Verpflegung zu besorgen? Oder ging es um was ganz anderes?

„Wo ist Randy? Soll ich mal nach ihm sehen?“, fragte sie.

Schneider schüttelte den Kopf. „Der hat schon gefrühstückt. Geht ihm besser. Ruht sich aus.“

„Die Wunde muss versorgt werden.“

„Später, später“, bremste Schneider.

Was führt der im Schilde? Simona warf Gisela einen fragenden Blick zu. Die wich aus und sagte: „Iss, du solltest dich stärken. Wir müssen noch die Türen und Fenster freiräumen, sonst ist kein Rein- und Rauskommen mehr.“

War das eine Warnung? Eine Aufforderung? Zu was? So wie Schneider sie beide beobachtete, schien er ihnen zu misstrauen. Klar, wir könnten uns zusammentun, aber zu welchem Zweck? Nun gut, sie hat sich mit Frieder zerstritten, das wäre ein Ansatzpunkt. Soll ich ihr einen fetten Lohn versprechen, wenn sie mir hilft den „Blizzard“ zu retten? Sie wäre dann Zeugin, aber darüber könnte man sich später immer noch Gedanken machen.

Schneider hat Oberwasser, glaubt er jedenfalls. Aber er vertraut Randy nicht mehr uneingeschränkt. Doch selbst wenn Randy zu mir hält – er ist so gut wie kampfunfähig. Wenn es mir gelingt, Gisela auf meine Seite zu ziehen, steht Schneider nur noch Kid zur Seite. Und es würde mir überhaupt keine Gewissensbisse bereiten, Kid kurzerhand auszuschalten. Warum? Interessante Frage. Ich kann Kid nicht leiden. Ist das ein ausreichender Grund? Natürlich nicht. Aber das ist die falsche Frage. Es geht nur darum, strategisch zu denken. Und man schießt schneller und präziser auf jemanden, wenn man ihn verabscheut. Bei Gisela ginge das nicht, ist doch klar. Gut, dass du ehrlich zu dir bist, Soldat. Ja, ich mag

Gisela. Also muss Kid dran glauben. Und Schneider auch.

Das Auftauchen von Kid machte ihr einen Strich durch die Rechnung. Wirklich eigenartig, was da jetzt geschah: Kid schlurfte zum Tisch, noch ziemlich übernächtigt, und sah, dass Gisela dort saß. Reckte sich und warf sich in Positur und durchbohrte die Dunkelhaarige mit besitzergreifendem Blick. Gisela senkte den Kopf. Verwirrt. Ein Anflug von Rot auf ihren Wangen. Was ist denn mit denen los?

Kid ließ sich auf einen Stuhl fallen. Immer noch den Blick auf Gisela gerichtet. Die beeilte sich, dem Neuankömmling Kaffee einzuschenken und ein Stück Toast auf den Teller zu legen.

Kid aß gierig und mit den Manieren eines Punks. Marmelade tropfte, Krümel fielen. Gisela lächelte. Kid grinste obszön.

Schneider schaute sich das an und griff nach der Pistole in der Schublade.

Gisela kapierte endlich, dass sie beobachtet wurde und sprang hastig auf, um zur Toilette zu gehen.

Schneider gab Kid mit einigen aggressiv gefuchtelten Zeichen seinen Missmut zu verstehen. Kid lächelte einfältig. Hob die rechte Hand, spreizte Zeigefinger und Daumen ab, setzte den Zeigefinger an die Schläfe und deutete einen Selbstmordschuss an. Schneider seufzte resigniert, seine Hand umklammerte die Pistole.

Die haben einen Lagerkoller, dachte Simona. Vielleicht muss ich gar nichts mehr tun.

Gisela kam zurück. Schneider lächelte gezwungen und kommandierte matt: „Raus mit euch, alle drei! Räumungsdienst. Ich erledige die Hausarbeit." Er schaute

Simona ins Gesicht, jetzt wieder selbstsicher. Der Blick sagte: Du läufst mir nicht weg, das weiß ich, denn ich habe das Pfand. Aber du weißt nicht wo.

Ich finde es heraus, du Idiot.

Fenster und Türen wurden vom Schnee befreit. Nicht nur die Arbeit war schweißtreibend, auch die Gefühle schlugen hoch. Irgendwann beobachtete Simona, wie Kid sich zu Gisela schlich und sie gegen die Hauswand drückte. Kids Hand an ihrer Kehle, ihre Münder trafen sich. Giselas Arme zuckten als könnten sie sich nicht entscheiden, ob sie Kid umarmen oder wegstoßen sollen, ihre Augen rollten wild in alle Richtungen. Hat sie ernsthaft Angst davor, jemand könnte zuschauen und sie dabei ertappen, wie sie sich wie ein Schulmädchen einer lesbischen Verirrung hingibt? Denn für Simona war inzwischen ausgemacht, dass Kid ein Mädchen war.

Giselas schlechtes Gewissen gewann die Oberhand. Sie ballte die Fäuste, schlug auf Kid ein und schrie mit sich überschlagender Stimme: „Lass mich los, du! Fass mich nicht an! Sonst mach ich dich einen Kopf kürzer."

Bravo, Gisela!

Aber Kid war beleidigt. Zog seine Waffe aus der Lederjacke und richtete sie auf das Objekt seiner Begierde. Ließ die andere Hand obszön über den glänzenden Lauf gleiten. Stieß ein gurgelndes Lachen aus und lief davon.

Als Fenster und Türen halbwegs vom Schnee befreit waren, wurde es Zeit fürs Mittagessen. Schneider, als Heimchen am Herd, hatte ein Menü komponiert: Hirschconsommé, Baked Beans und schon wieder Schwarzsauer. Zum Nachtisch Zitronenkuchen, auch aus der Dose.

Sie aßen schweigend. Randy nahm sich fast nichts und

starrte nur finster vor sich hin. Beim Kuchen sagte Simona: „Es war ein Fehler, Frieder mit dem Förster loszuschicken."

„Ach?", sagte Schneider mit vollem Mund.

„Der kennt die Leute vom Nachbarhof. Er hat gemerkt, dass hier was nicht stimmt. Spätestens, wenn er herausfindet, dass die Munition aus seinem Gewehr genommen wurde."

„Wer weiß, wann er das spitzkriegt."

„Ein Jäger spürt das doch."

„So?"

„Und dann sind da noch die Hippies. Ein unberechenbarer Faktor. Außerdem weiß der Förster von den verschwundenen Polizisten."

„Die Hippies sind mir egal", sagte Schneider.

„Aber die wissen, dass wir bewaffnet sind", warf Gisela ein. „Wenn sie das weitersagen ..."

„... haben wir hier bald die Polizei vor der Tür", ergänzte Simona.

„Die haben jetzt Wichtigeres zu tun."

„Mord ist immer wichtig."

Jetzt war Schneider doch beunruhigt. „Ja und? Was denn nun?"

„Hinterhergehen."

„Unmöglich."

„Frieder wird uns verraten."

„Unsinn. Niemals."

Gisela bekam es mit der Angst. „Er ist in einem eigenartigen Zustand, das stimmt."

„Weil du ihn hintergangen hast. Ich habe ihn beobachtet. Er hatte sowieso schon Zweifel an der Sache hier. Und dann noch dein Vertrauensbruch ..."

Schneider schaute Gisela an, die knallrot anlief. Er warf Kid einen finsteren Blick zu, aber Kid schaufelte ungerührt die Reste des Zitronenkuchens in sich hinein. Randy stand wortlos auf, drehte sich um und ging mit schweren Schritten in sein Zimmer. Warf die Tür hinter sich zu.

Schneider zuckte zusammen. Alle schauten ihn erwartungsvoll an. Er wirkte ratlos.

„Er wird uns verraten, weil er sowieso nichts mehr zu verlieren hat“, stichelte Simona weiter.

„Wieso sprichst du überhaupt von ‚uns'?“, fragte Gisela scharf.

„Weil wir alle in einem Boot sitzen. Und einer ist von der Fahne gegangen.“

„Ist er nicht.“

„Das sagst ausgerechnet du?“

„Bin ich etwa dir Rechenschaft schuldig?“, keifte Gisela.

Simona ließ das so stehen.

Kid machte Zeichen.

„Er will Frieder hinterher gehen.“

„Der Herr schickt den Jockel aus ... das kann ja was geben“, murmelte Gisela.

Schneider wurde zornig. „Du bist es, die hier alles sabotiert, Gisela!“, rief er.

„Du spinnst ja!“

Schneider beruhigte sich wieder. „Nein, tue ich nicht. Hör zu. Du gehst mit Kid, um ...“

„Niemals! Soll sie doch gehen!“

Kid starrte sie an, mit traurigem Hundeblick.

Schneider wurde weiß um die Nase. „Das ... Nein, hör mal, du glaubst doch nicht etwa, dass du ihr vertrauen kannst." Er deutete auf Simona. „Sie hat doch gar kein Interesse daran Frieder zurückzuholen. Aber du!"

Gisela schwieg. Schneider machte Kid ein Handzeichen. Kid sprang auf, und noch ehe Simona kapierte, was los war, hatte er ihre Hände hinter die Stuhllehne gezogen, und dann schnappten Handschellen zu. Während sie in den Lauf von Schneiders Pistole starrte. Sie spürte Kids heißen Atem an ihrem Ohr. Dann einen Schmerz. Dieser Mistkerl hatte sie ins Ohr gebissen!

„Ihr geht am besten gleich los", sagte Schneider zu Kid und Gisela. Kid warf ihm den Schlüssel für die Handschellen zu.

28

Auf dem Weg zum Nachbarhof ließ das Schneegestöber nach, und sie konnten noch andeutungsweise vorhandene Spuren sehen, die dort hinführten. Das mussten die von Frieder und dem Förster sein.

Der Bauernhof bestand aus einem Wohnhaus aus Fachwerk und Backstein mit einem ausladenden Dach. Gegenüber ein großer Stall, dazwischen die Scheune. Alle Gebäude waren bis unter die Dächer eingeschneit. Nur die Tür zum Wohnhaus und die Stalltür waren freigeräumt. Der Stall war mit Aluminium verschalt und sah aus wie ein Fabrikgebäude. Die glatte graue Oberfläche eignete sich hervorragend für das Anbringen von mystischen Zeichen, magischen Worten und politischen Parolen. Pentagramme, Monde, schwarze Sonnen und Symbole, die germanisch-heidnische Ursprünge hatten, waren über die Wand verteilt worden. In großen roten Buchstaben der Schriftzug: KILL THE PIGS und in Schwarz: NEW AGE MAGICK TRANSFORMATION. Das Stalltor war mit einem irren eckigen Muster verziert, das wie ein griechischer Mäander aussah, aber nicht orthogonal, sondern in unregelmäßigen falschen Winkeln. Auf die zweiflügelige Tür des Wohnhauses waren das Auge des Horus und das Ankh-Schleife gemalt. Ein glitzerndes Mobile aus Mond und Sternen hing im Türrahmen. Der Zirkuswagen mit dem Traktor stand vor der Scheune und war fast vollständig eingeschneit.

Es herrschte Stille, die nur leise unterbrochen wurde, wenn ein Windhauch einen Schwall Pulverschnee von einem der Dächer wehte. Die Eiskörnchen prasselten wie winzige Glaskugeln gegen die Aluminium-Hülle des Stalls. Hatte der Förster nicht erzählt, die Schweine würden laut quieken?

Kid umfasste die Pistole mit beiden Händen und sah aus wie ein Soldat auf Erkundung im Feindesland. Drehte sich um die eigene Achse, lief mal hierhin, mal dahin, spähte um Ecken und Winkel. Es war aber niemand zu sehen.

„He! Hallo!“, rief Gisela laut. Und als Kid ihr daraufhin einen warnenden Blick zuwarf, sagte sie: „Macht keinen Sinn in Schockstarre zu verfallen. Ist doch gar nichts los hier.“ Dabei war ihr recht mulmig zumute. Sie deutete auf die Fußspuren, die zur Haustür führten. „Wahrscheinlich sitzen die da drin und trinken Tee.“

Kid tippte sich mit dem Zeigefinger an die Stirn. Deutete auf die Parolen auf der Stallwand.

„Auch in Hamburg sind Wände mit solchem Zeug vollgeschmiert“, sagte sie beschwichtigend. Sie ging auf die Tür zu und Kid folgte zögernd.

Davor angekommen, klopfte sie und stieß mit einer Hand das Mobile an, damit es sich drehte. „Nett“, sagte sie.

Kid war offenbar nicht ihrer Ansicht. Hielt die Pistole in Brusthöhe, schaute nervös um sich und sprang zurück wie von der Tarantel gestochen, als die Tür aufging und das Hippie-Mädchen erschien. Sie trug ein langes indisch aussehendes Gewand aus grüner Seide, darüber einen Norwegerpullover. „Hallo, ihr“, sagte sie und hob eine Hand zum Gruß.

„Guten Tag“, sagte Gisela. „Wir möchten zu den Bauern.“

Das Mädchen lächelte verträumt. „Zu den Bauern?“

„Ja. Wir sind auf der Suche nach ... unseren Leuten.“ Gisela fiel es schwer, sich konkret auszudrücken, die junge Frau irritierte sie. Ihr Name kam ihr wieder in den Sinn: Pink. Auch komisch.

„Eure Leute?“, fragte Pink immer noch rätselhaft lächelnd.

„Der Förster und einer von uns ...“ Wieso sagte sie nicht „mein Freund“? „Sie sind losgegangen, um ... Also der Förster muss ins Dorf, und Frieder wollte nach Proviant fragen.“

„Der muss ins Dorf?“

„Na ja, der lebt da, nehme ich an.“

„Ja, vielleicht. Warum nicht.“

Gisela wurde langsam ungeduldig.

Hinter dem Mädchen ertönte eine Stimme. „Lass sie doch rein!“

Pink hob wieder eine Hand und rief: „Moment noch.“ Sie beugte sich vor und schaute Gisela eingehend an. „Deine Aura ist positiv. Das geht.“ Sie richtete sich auf. „Aber so jemand ...“ Sie deutete auf Kid. „Total negative Energie. Wenn die auf den Stern trifft ... Nein, das geht nicht. Es wäre besser, diese Aura würde sich schnell entfernen.“ Sie machte eine Handbewegung, als wollte sie eine Wespe verscheuchen.

Kid machte ein zischelndes Geräusch. „Ich schau mal nach“, sagte Gisela. Kid drehte sich um und ging auf die große Stalltür zu. Die war mit einem schweren Vorhängeschloss gesichert.

Pink schob die Tür auf. Ein Geruch nach Weihrauch

und Räucherkerzen waberte Gisela entgegen. In der vollständig frei geräumten Diele herrschte ein seltsames Zwielicht, da durch die verschneiten Fenster kaum Licht hereindrang. Fünf hohe dicke Kerzen markierten die Spitzen eines Pentagramms von zwei Metern Durchmesser, das mit schwarzer Farbe auf den Holzfußboden gemalt worden war.

Gisela warf einen kurzen Blick nach draußen und sah, dass Kid am Stall entlangstapfte. Wollte offenbar den gesamten Hof absuchen. Gut, dachte sie, währenddessen versuche ich herauszufinden, was die hier so treiben. Sie schob die Hand in die Manteltasche und entsicherte ihre Waffe.

„Wir haben noch ein paar Packungen Miraculi", sagte Pink. „Davon können wir euch was abgeben. Ist doch genug davon da, Grey, stimmt's?"

„Klar."

Der Langhaarige, der sich Grey nannte, saß im Schneidersitz auf einem breiten Stuhl mit hoher Lehne, der mittelalterlich anmutete. Er trug eine Schaffelljacke, Jeans, Hüttenschuhe und hatte sich ein schmales Lederband um die Stirn gebunden. Der Stuhl stand vor der obersten Spitze des Pentagramms. Auch vor die anderen Zacken war je ein Stuhl gerückt worden.

„Nimm doch Platz", sagte Pink und hielt dann inne. „Warte, ich muss erst herausfinden, welcher Stuhl der Richtige ist. Sie schaute Gisela prüfend an: „Dein Element ist ... Feuer." Dann solltest du hier sitzen. Sie deutete auf den Stuhl vor der rechten unteren Spitze des Sterns.

„Hört mal, ihr beiden", sagte Gisela, „mich interessiert eigentlich nur ..."

„Sch-sch", machte Grey und hob die Hand.

„Ich weiß schon“, sagte Pink fürsorglich. „Proviant. Ich schau mal nach den Nudeln.“ Sie verschwand durch eine Tür, die sie nur so weit aufzog wie nötig war, damit sie knapp durchpasste. Die Küche? Ein ekliger Geruch strömte Gisela entgegen.

„Wohnt ihr hier?“, fragte sie den Hippie.

„Ja, klar.“

„Und die Bauern?“

„Sind nicht mehr da.“

„Wegen der Schneekatastrophe?“

„Ja, klar.“

„Und die Tiere? Die haben sie doch wohl kaum mitgenommen.“

„Nein.“

„Die sind noch da?“

„Ja, klar.“

„Und wer kümmert sich um sie.“

Schulterzucken.

„Man hört auch gar nichts mehr. Die haben doch neulich noch gequiekt. Jedenfalls hat das der Förster gesagt.“

„Der Förster?“

„Ja, der müsste eigentlich hier sein. Wollte nach dem Rechten sehen.“

Grey schüttelte den Kopf. „Es ist kein Förster hier.“

„Aber die Fußspuren führen hierher. Von Förster und von Frieder.“

Der Hippie grinste. „Frieder heißt er? Dann bist du Gisela. Genannt Gigi, die Bankräuberin.“

Sie starrte ihn ungläubig an.

„Kam im Radio, bevor der Strom ausgefallen ist.“

Gisela fühlte sich, als würde sie in ein tiefes Loch fallen. Es war alles aufgeflogen!

„Wie viele seid ihr?“, fragte er.

„Sechs“, antwortete sie mechanisch.

„Der Förster gehört nicht dazu?“

„Nein, der ist hereingeschneit, im wahrsten Sinne des Wortes.“

„Er hätte mich beinahe erschossen“, sagte Grey. „Aber er hatte vergessen, sein Gewehr zu laden.“

Gisela starrte ihn an.

„Er ist, ohne uns zu fragen, hier reingestiefelt und hat den Bauern und seine Frau gefunden. Und dachte, wir hätten sie umgebracht.“ Grey lachte abfällig. „So ein Quatsch. Wir haben sie nicht angefasst. Da war nichts mehr zu machen. Haben den Verlust ihrer Tiere nicht verkraftet.“ Er deutete auf die Küchentür. „Wir haben dann den Drudenfuß auf den Boden gemalt, um die Energie zu kanalisieren. Anscheinend dachte der Förster, wir wären ein Ableger der Manson-Family. Das hat ihm Angst gemacht. Da kann man mal sehen, was diese verlogene Propaganda bewirkt hat. Charles Manson war ein Heiliger, den man als Teufel dargestellt hat. Na ja“, er machte eine nachlässige Handbewegung. „das ist den besten Propheten passiert. Aber ich schweife ab. Der hat also mit seiner Flinte auf mich angelegt und abgedrückt, noch ehe ich was erklären konnte. Klick, klick. Pink hat ihm von hinten eins übergebraten mit der Pfanne.“ Er lachte. „Ein Klassiker. Man kann nicht behaupten, dass die Vorsehung keinen Humor hätte.“

Gisela zog die Pistole aus der Manteltasche und zielte mit zitternder Hand auf den Hippie. „Wo ist Frieder?“ Ihre Stimme zitterte nicht.

„Du musst noch durchladen“, sagte Grey.

Gisela schob den Schlitten vor und zurück. In diesem

Moment kam Pink aus der Küche, beladen mit einem Stapel Miraculi-Packungen. Sie blieb im Türspalt stehen, durch den erneut dieser widerliche Geruch strömte.

„Oh“, sagte sie. „seid ihr euch nicht einig geworden?“

„Noch nicht“, sagte Grey.

„Wir geben dir Bedenkzeit“, sagte Pink.

Grey hob eine Hand. „Warte. Hab's ihr noch gar nicht erklärt.“

„Ach so.“ Pink legte die Nudelpackungen auf einen Stuhl und setzte sich auf einen anderen. „Luft“, sagte sie. „Das bin ich. Luft und Feuer passen gut. Gemeinsam sind wir die Brandbeschleuniger des neuen Zeitalters.“

Gisela starrte die beiden an. Kam sich lächerlich vor, wie sie mit der Pistole auf Grey zielte, und weder er noch seine Freundin dies als Bedrohung empfanden.

„Wo ist Frieder?“, fragte sie.

„Warte“, sagte Pink. Und Grey fuhr fort: „Wir haben gleich bemerkt, vor allem Pink, dass du mit uns harmonierst, verstehst du? Unsere Begegnung ist kein Zufall. Wir können von dir lernen, Gigi. Und du von uns.“ Er schaute sie an.

Alle wollen was von mir, dachte Gisela. Sind die denn wahnsinnig? Was hab ich denn bloß an mir? Der Einzige, der nichts von mir will, nichts mehr ...

„Wo ist Frieder?“, wiederholte sie.

„Oh weh“, sagte Pink. „Das musst du jetzt annehmen, auch wenn's schwerfällt. Du musst auf ihn verzichten. Für ein höheres Ziel, verstehst du?“

„Es ist nicht so schwer, wie du denkst“, ergänzte Grey. „Es ist vorherbestimmt. Die Fäden, die dich mit der Vergangenheit verbinden, sind nur ganz dünn. Mit einer kleinen Anstrengung wirst du sie zerreißen. Schließe die

Augen und gib dir einen Ruck …“ Er schloss die Augen. Pink folgte seinem Beispiel.

Gisela starrte die beiden an.

Ein lauter Knall peitschte durch den Hof, das ohrenbetäubende Jaulen eines Querschlägers, dann ein donnernder Power-Akkord, gefolgt von einem anhaltenden kreischenden Echo, das klang wie die verzerrte Rückkopplung eines Marshall-Lautsprechers, dessen Membran vom Hals einer übersteuerten Gibson SG Special durchstoßen wird.

Alle drei sprangen auf.

29

Zum wiederholten Mal setzte Schneider sich zu Simona an den Tisch, um sie auszufragen. Sie gab nichts preis. Diesem Schmalspurganoven würde sie nicht mal den Hauch einer Auskunft über ihren Auftrag geben.

„Wer steckt denn nun dahinter?“, fragte er. „Wer bezahlt dich?“

„Niemand.“

„Vielleicht kommen wir ins Geschäft.“

„Wollen Sie den Chilenen hintergehen? Das dürfte Ihnen schlecht bekommen.“

„Du argumentierst wider jede Logik. Wenn du dir den Blizzard mit Gewalt aneignest, würde es mir genauso schlecht bekommen.“

„Eben, sowieso.“

„Gesetzt den Fall, es gibt technische Schwierigkeiten. In deinem Fall, in meinem Fall ...“

„Bei mir gibt's keine technischen Schwierigkeiten.“

„... sagen wir vorgeblich. Der Sturm liefert das Alibi.“

„Das ist albern. Sie haben bloß Angst, dass Ihr Plan scheitert. Wenn Sie nicht hier wegkommen, wenn Ihr Mittelsmann abgesoffen ist, wenn Ihre Yacht zerschellt ist ... dann sind Sie gescheitert. Und so wie es aussieht, ist genau das der Fall. Und da wollen Sie mir einen Handel anbieten? Sie befinden sich in einer denkbar schlechten Position.“

„Ich?“ Schneider lachte ungläubig.

„Ja, eindeutig.“

Die Tür von Randys Zimmer ging auf. Beide schauten hin.

„Du siehst besser aus“, sagte Schneider. „Wie fühlst du dich.“

„Ganz passabel. Das Fieber ist fast weg. Aber mir kommt es so vor, als würde ich die Kugel deutlicher spüren. Als wäre sie schwerer geworden.“ Im Näherkommen deutete er auf die verletzte Seite und verzog das Gesicht.

„Ja, du hast eindeutig Schlagseite“, sagte Schneider und grinste.

„Draußen wird es schon dunkel“, sagte Randy. „Was ist mit den anderen?“

„Weit haben sie's nicht. Ich vermute, die lassen sich auf dem Schmitts-Hof mit Korn abfüllen. Und wir gucken in die Röhre.“

„Der Sturm hat immer noch nicht aufgehört“, sagte Randy. Er ging um den Tisch herum und trat neben Schneider. „Im Dunkeln schaffen die es nie bis hierher.“

„Ein, zwei Dosen sind noch da. Für uns drei reicht es allemal.“

„Willst du sie nicht wieder in ihr Zimmer sperren?“, fragte Randy.

„Nee, die bringt es fertig und türmt aus dem Fenster.“

„Ist doch gefesselt.“ Randys Blick tastete Schneiders Gestalt ab.

„Trotzdem. Ich traue ihr alles zu.“

„Danke für das Kompliment“, sagte Simona. Sie schaute Randy an, senkte ganz leicht den Kopf.

„Gibt's eigentlich noch Kuchen?“, fragte Randy.

„Kaffeedurst hab ich“, sagte Simona.

„Ganz genau“, sagte Randy. „Kaffee wärmt auf. Dieser heulende Wind geht einem bis auf die Knochen.“ Er starrte Simona an.

„Nescafé steht neben dem Herd, Kuchen auf dem Regal daneben“, sagte Schneider.

„Bis dahin schaff ich es nicht. Mach du, ich pass so lange hier auf.“ Randy beugte sich vor und streckte die Hand nach der Tischschublade aus, die sich links neben Schneider befand. Zog sie ein Stück weit auf.

Schneider bemerkte den Blick, den Simona Randy zuwarf. Seine Hand schoss vor und er drückte die halb geöffnete Schublade wieder zu. Randys linke Hand wurde eingeklemmt. Er holte mit dem rechten Arm aus und rammte Schneider den Ellbogen gegen die Schläfe. Schneider stürzte vom Stuhl, Randy zog die Schublade auf. Er nahm die Waffe, lud sie durch und richtete sie auf Schneider, der benommen am Boden lag und mit den Beinen zappelte.

„Gib den Schlüssel!“, verlangte Randy.

„Was?“

„Von den Handschellen!“

Schneider setzte sich hin und schüttelte verächtlich grinsend den Kopf. „Meinst du das ernst? Du bist verrückt, Randy. Bloß weil sie ein hübsches Gesicht hat?“

„Nein.“

„Krankenschwestern-Syndrom, was?“

„Keineswegs. Gib den Schlüssel.“

„Was habt ihr denn hinter meinem Rücken getrieben?“

„Du kapierst es nicht, Schneider. Her mit dem Schlüssel.“

„Wirklich?“

„Wirklich.“ Randy nahm seine Stirn ins Visier.

Schneider lachte hämisch. „Das gibt’s doch gar nicht. Wegen einem Arsch und ein paar Titten, einem verführerischen Lächeln, o Mann!“ Er kramte in der Hosentasche und hielt Randy den Schlüssel hin. „Das wirst du bereuen.“

Randy ging zu Simona und schloss die Handschellen auf. Sie stand auf, nahm ihm die Fesseln ab, ging zu Schneider, verpasste ihm einen Faustschlag mitten ins Gesicht, zerrte ihn hoch und fesselte ihn auf den Stuhl, wo sie eben noch gesessen hatte. Schneider blutete aus der Nase und schnappte schluchzend nach Luft.

„Wie viel Zeit haben wir noch?“, fragte Simona und schaute demonstrativ zur Haustür.

„Gar keine, schätze ich.“

Schneider lachte auf. Simona verpasste ihm eine Ohrfeige.

„Schlampe!“

Noch eine Ohrfeige.

„Rück das Collier raus, Schneider!“

Schneider lachte nur. Simona packte ihn am schütteren Haar und schlug erneut zu, diesmal mit der Faust.

„Nur zu“, gurgelte Schneider.

„Scheiße“, sie ließ ihn los. „Das macht ihm auch noch Spaß.“

„Hier.“ Randy reichte ihr die Pistole.

Sie schaute ihn überrascht an. Setzte den Lauf an Schneiders Knie.

„Wenn ich nicht mehr laufen kann, seid ihr verratzt“, sagte er.

Simona zögerte. „Geh mal in die Küche“, sagte sie zu Randy. „Da ist ein Dosenöffner. Und bring den Korkenzieher auch gleich mit.“

Er schaute sie schief an.

„Geh schon.“

Er zuckte mit den Schultern und ging durch den Flur zur Küche. Dort war nirgendwo ein Dosenöffner zu finden und auch kein Korkenzieher.

Hinter sich hörte er ein Jaulen, das sich zu einem Kreischen steigerte und dann in ein hysterisches Quieken umschlug. Er blieb stehen, hielt sich die Ohren zu und wartete ab, bis die Schmerzensschreie verebbt waren.

Als er wieder an den Esstisch in Diele trat, hing Schneider nach vorn gebeugt schlaff und wie tot auf seinem Stuhl. Die Schublade stand weit offen. Darin lagen der Korkenzieher und der Dosenöffner, unangetastet. Auf dem Tisch eine Klempnerzange, daneben zwei Backenzähne.

„Oben“, sagte sie rasch. „Im Raum über seinem Schlafzimmer. Aschekasten vom Ofen.“ Simona stieg die Treppe hinauf und tastete sich über zerborstene Holzbohlen und breite Lücken im Fußboden zu dem Zimmer und fand das Collier in der Schatulle, die vor dem Schmutz nur notdürftig durch eine „Hertie“-Einkaufstüte geschützt war.

Als sie wieder nach unten kam, hatte Randy Schneider in sein Zimmer gebracht, ans Bett gefesselt und zugedeckt. Schneider weinte hemmungslos.

„Du machst beschissene Sachen“, sagte Randy, ohne sie anzusehen.

„Ich bin im Krieg“, sagte sie patzig.

„Das ist keine Entschuldigung.“

„Soll auch nicht. Die Zeit drängt, so ist es nun mal."

Randy schwieg.

„Du bist auf meiner Seite", stellte Simona fest. „Wenn sie zurückkommen, sind es also drei gegen zwei."

„Kommt drauf an, für wen Gisela sich entscheidet."

„Frieder. Alte Bande halten länger. Kid ist nur ein Irrlicht."

„Aber geblendet sieht sie wunderschön aus."

„Jetzt fang du auch noch an."

„Du könntest mich erlösen, Simona." Randy knickte ein.

Sie musste ihn auffangen. „Indem ich dich ins Bett bringe?"

„Genau", ächzte er.

Sie schleppte ihn in sein Zimmer.

„Jetzt sind es drei gegen eine", stellte sie fest, als er unter der Decke lag.

Von Randys Zimmer trat sie durch die Nebentür nach draußen und ging in den Schuppen, um Anmachholz und Briketts für die Kachelöfen zu holen. Bei dieser Gelegenheit versteckte sie die Tüte mit der Schatulle in einer Ecke unter einem Stapel Holzscheite.

Nachdem sie die Öfen versorgt hatte, ging sie in ihr Zimmer und zog den Pullover aus. Unter dem Hemd trug sie einen Ledergurt mit einer gepolsterten Tasche. Dort hinein passte das Collier. Sie schnallte den Gurt wieder um, zog den Pullover über und ging zurück in die Diele. Dort setzte sie sich so, dass sie die Eingangstür im Blick hatte. Aus Randys Raum drang regelmäßiges Schnaufen, aus Schneiders Zimmer leises Wimmern.

Sie nahm das Magazin aus ihrer Waffe, kontrollierte

die Patronen, überprüfte den Mechanismus, schob es wieder hinein, lud durch und legte sie griffbereit auf den Tisch.

Draußen heulte der Wind und schleuderte den harschen Schnee mit Wucht gegen die Fensterscheiben, Millionen winzige Kristalle, scharf wie Diamanten, mikroskopisch kleine Glasschneider, die über die vereisten Flächen schabten und winzige Kratzer hinterließen, als wollten hartnäckige Einbrecher sich Zugang verschaffen, um ihr das Collier abzujagen, das sich nun endlich in ihrem Besitz befand.

30

Geistesgegenwärtig folgte Gisela nicht den beiden Hippies, die zur Haustür rannten, um nachzusehen, was draußen los war. Sie ging auf die Küchentür zu, durch die Pink eben gekommen war. Wollte wissen, was sich dahinter verbarg. Legte die Hand auf die Türklinke, zog sie zurück. Die Tür stand schon einen Spaltbreit offen. Unwillkürlich wischte sie sich die Hand am Mantel ab. Dann stieß sie die Tür mit dem Fuß auf. Mit so viel Kraft, dass sie rasant aufschwang und gegen die Wand knallte.

Sie zuckte zusammen und hielt den Atem an. Nicht wegen des Knalls, sondern wegen des Anblicks. Die Hippies hatten nicht gelogen. Da hingen der Bauer und seine Frau von den rissigen Deckenbalken, beide hatten Lederriemen um den Hals. Unter ihnen eine umgekippte Bank und stinkende Fäkalien. Die Köpfe hingen schräg, die Körper schlaff, bei beiden war das Genick gebrochen. Auf dem Küchentisch lag ein Zettel, auf den jemand mit zittriger Hand in Großbuchstaben etwas geschrieben hatte: „ALLE TOT". Die Türen des Küchenschranks standen offen, darin stapelten sich Miraculi-Packungen und Dosen mit Indonesia Bihun-Suppe. Wer wollte das alles essen, fragte sich Gisela.

Draußen knallte es. Mehrmals. Trocken, ohne Hall, beinahe unspektakulär. Schüsse. Kid! Frieder! Sie wirbelte herum, rannte durch die Diele zur offenen Haustür und hinaus auf den Hof, wo sie wie angewurzelt im tiefen Schnee stehen blieb. Sie hob die Hand mit der Waffe und zielte.

„Stopp!“, schrie sie. „Sofort aufhören!“

Sie wurde ignoriert. Die Akteure des Dramas waren so sehr mit sich selbst beschäftigt, dass sie sie gar nicht bemerkten.

„Aufhören ...“, wiederholte sie kraftlos.

Nicht mal Kid schaute zu ihr hin. Aber wie auch? Er kniete im Schnee, nach vorn gebeugt, die Arme hinter dem Kopf verschränkt. Man bewegt sich nicht, wenn man einen Pistolenlauf am Hinterkopf spürt. Grey hatte ihm die Waffe abgenommen. Oder Pink. Aber wo war die jetzt? Gisela spähte über die beiden Männer hinweg in das Halbdunkel des Stalls. Außer hohen dicken Eisengittern und weiter oben einem Gewirr aus Längs- und Querbalken war nichts zu sehen. Offenbar hatte Kid das Schloss zerschossen und das verrostete Stahltor aufgeschoben. Waren da die Schweine drin? Kein Laut drang aus dem Stall. Irgendwelche dunklen Schemen hoben sich ab, aber so undeutlich, dass sie sich keinen Reim darauf machen konnte. Das grelle Weiß des Schnees blendete sie. Nur der rote Schriftzug „KILL THE PIGS“ fiel ihr ins Auge.

„He!“ rief sie matt. „Lass ihn in Ruhe. Wir können reden.“

Grey warf ihr einen kurzen Blick zu. Sein Gesichtsausdruck changierte zwischen wogendem Hass und wilder Freude. „Der ist doch Trash“, sagte er.

Gisela verstand nicht, was er damit meinte.

„Hat sich in die Hose gemacht“, sagte Grey höhnisch.

Kid regte sich nicht. Sah aus wie eine Barlach-Skulptur aus Leder: „Kniender Punk".

„Nimm die Pistole von seinem Kopf", sagte Gisela.

Grey schüttelte den Kopf. „Nein."

„Ich schieße!"

„Nein, tust du nicht."

Gisela zielte auf seinen Kopf. Ihre Hand zitterte vor Wut. Das Ziel war zu weit entfernt, zu klein. Sie machte einen Schritt nach vorn.

„Bleib. Wo. Du. Bist."

Sie zielte auf seine Brust. Er lachte. „Du kannst mich gar nicht erschießen!"

Sie drückte ab. Die Pistole flog ihr beinahe aus der Hand, weil sie auf den Rückstoß nicht gefasst war. Die Kugel prallte am Stalltor ab und jaulte als Querschläger durch den Hof.

Grey lachte freundlich. „Siehst du's endlich ein?"

Sie umfasste ihre Waffe mit beiden Händen. Zielte auf seine Beine.

„Du wirst ihn treffen", sagte Grey, „so schlecht wie du schießt."

Dann muss es eben doch sein Kopf sein, entschied Gisela und hob den Lauf an.

Grey lachte nachsichtig. „Dann tu's doch. Vielleicht hilft es dir zu verstehen. Es geht nicht. Du kannst mich nicht töten. Aber bitte, nur zu." Unwillkürlich hob er den Lauf seiner Pistole etwas an, der nun nicht mehr Kids Kopf berührte.

Kid wirbelte herum, umschlang seine Beine und wollte ihn umwerfen. Grey verlor das Gleichgewicht. Gisela schoss. Greys Kopf ruckte zur Seite. Wieder zischte die Kugel jaulend ins Nichts. Sie hatte ihn erneut verfehlt.

Der Hippie aber hatte getroffen. Kids Gesicht fiel zuerst in den Schnee, dann der Rest von ihm. Roter Puder, rote Punkte, rote Flecken, ein roter See im Schnee.

Gisela hörte sich schreien, sah sich losstürmen, spürte den Rückstoß von ein, zwei, drei, vier, fünf, sechs abgegebenen Schüssen, sah Kugeln fliegen, die im Schädel dieses Unmenschen landeten, ihn zerfetzten, die den Brustkorb dieses Monsters durchlöcherten und seinen ganzen Körper in Einzelteilen durch die Luft warfen und im ganzen Hof verteilten, so wild, dass niemand mehr sie zusammensuchen und zusammenkleben könnte ... aber das alles fand nicht statt. Sie wurde schon im Ansatz gestoppt. Ihr Blick fiel in die Scheune, wo sie etwas erkennen konnte, das ihr Herz erstarren ließ. Aber dann wurde das Bild ausgeknipst.

Ein uneleganter Fehltritt, eine unpassende Geste wird im Theater zur absichtsvollen, gar bedeutungsvollen Tat durch pure Wiederholung. Ob das in diesem Fall so war, mag das Publikum entscheiden. Jedenfalls hatte Gisela nicht bemerkt, wie Pink sich von hinten näherte, ihre erprobte Waffe in beiden Händen, hoch über den Kopf erhoben – die gusseiserne Pfanne, die schon den Förster bezwungen hatte.

Gisela stürzte in den Schnee wie auf ein weiches Kissen. Und noch bevor sie die Kälte spürte, wurde sie hochgehoben und ins Haus getragen.

Später, als die Dunkelheit sich lichtete, starrte sie in ein gierig züngelndes Kaminfeuer. Die Hitze wogte ihr ins Gesicht. Ihr Kopf dröhnte. Ein bohrender Schmerz, als hätte jemand einen Keil in ihre Schädeldecke getrieben.

„Es tut mir leid“, sagte Pink. Sie saß vor ihr auf einem Lammfell und schaute schuldbewusst zu ihr auf.

„Ja, es tut ihr leid“, versicherte die Stimme von Grey, die aus dem Dunkeln kam.

„Es hat alles seinen Sinn. Du wirst es herausfinden“, sagte Pink lächelnd.

„Seinen großen, umfassenden, kosmischen Sinn“, versicherte Grey.

Gisela glaubte in den flackernden Flammen des Kaminfeuers Schatten zu sehen, die sie vorhin nur ganz kurz wahrgenommen hatte: Silhouetten pendelnder Gestalten. Zwei Männer in Mänteln, die sie verkehrt herum angezogen hatten. Nein, die Mäntel hingen herab. Verdeckten die Gesichter der kopfüber Hängenden. Man konnte ihre Gesichter nicht sehen. Aber so schwer war das Rätsel nicht zu lösen. An der Kleidung, den Umrissen, konnte sie erkennen, dass es sich bei dem einen um Frieder handelte. Der andere war Ludwig, der Förster. Beide aufgehängt über den Schweinekoben, in denen leblose Leiber lagen. Warum hatten sie Frieder umgebracht? Den Förster? Und Kid? Warum hat man mich in diesen Albtraum geführt, in dieses Labyrinth des Wahnsinns? Ich wollte doch bloß ein Schmuckstück stehlen und in ein buntes Haus in Schweden ziehen. Es ist alles falsch gelaufen ... mit Frieder ... mit Kid. Warum?

Es ist nicht wirklich, entschied sie. Nur dieser Keil in meinem Schädel, der ist wirklich. Wenn es mir gelingt, ihn unwirklich werden zu lassen, geht der Schmerz bestimmt weg.

„Du fragst dich, warum es so kommen musste“, sagte Grey. „Du fragst dich, was das alles für einen Sinn macht? Du kannst es dir nicht erklären, dabei ist es ganz einfach: Der Tag der Entscheidung ist gekommen. Wir sind die Vorhut. Aber keine Sorge, es geht alles ganz schnell. Wir haben das Zeichen gesehen. Dieses Collier, dass ihr hierher gebracht habt. Ihr wusstet nichts davon. Aber ihr seid Teil des großen Plans. Wenn es in unserem Besitz ist, wird es ..."

Gisela nickte weg.

„... wurde zum Beispiel Jesus gar nicht am 24. Dezember geboren, sondern am 23. Verstehst du, was das bedeutet? Die 24 war eine Anmaßung in Bezug auf Vollkommenheit. Aber Jesus war so unvollkommen wie die 23. Und Jesus war Jude, was die Christen unter den Tisch fallen ließen. Jesus, der Jude, hat eine Weltreligion gegründet. Warum wohl? Wo die Juden doch immer so exklusiv auf ihre eigene Religion gepocht haben, na? Weil Christentum das gleiche ist wie Kommunismus. Und Kommunismus ist Sklaverei. Kein Wunder, dass alle führenden Kommunisten Juden waren! Luxemburg, Trotzki, um nur zwei zu nennen ..." Grey war in einen monotonen Singsang verfallen. Nur manche Worte betonte er unvermittelt. Und Gisela spürte sie wie Axthiebe in ihrem Schädel. Der Keil drang immer tiefer.

„... mit dem Christentum und dem Kommunismus haben die Juden zwei Systeme zur Versklavung der Menschheit erfunden. Damit sie die Weltherrschaft haben können. Aber das ist sowieso nur Tarnung, um davon abzulenken, dass sie in Wahrheit die Finanzströme kontrollieren. Denn den Kapitalismus haben sie auch erfunden. Zur eigenen Bereicherung, klar? Die Zinssklaverei, der wir alle unterliegen. Und hier kommen wir auf den Kosmos zu sprechen. Was ist Geld anderes als eine Verkörperung von Dingen, also geballte Energie? Geld, das fließt, ist entfesselte Energie. Kontrolliert von den Finanziers. Und mit dieser Energie halten sie den ganzen

Planet Erde im Würgegriff, verstehst du? Und jetzt kannst du auch nachvollziehen, warum Hitler ein Freiheitskämpfer war …“

Der Keil war jetzt so tief in ihren Schädel eingedrungen, dass die Schädeldecke sich schließen konnte. Die Schläge mit der Axt hörten auf. Gisela atmete tief durch. Es fühlte sich an, als würden ihre Lungen schlottern.

„Warte mal“, sagte Pink. „Ich glaube, wir haben sie verloren.“ Sie griff nach Giselas Handgelenk und fühlte den Puls.

„Setz ihr einen Schuss, dann schafft sie das schon“, sagte Grey. „Los geh! Mit ein bisschen Koks versetzt, das peppt sie auf …“

„Nee“, sagte Pink. „Das wird leider nichts mehr. Die hat uns …“

Gisela atmete erleichtert aus. Ganz entspannt. Der Keil in ihrem Kopf war verschwunden.

31

Was für ein schöner Neujahrstag. Die Wolken waren zerstoben, der Sturm hatte nachgelassen, die Sonne brachte den Schnee zum Glitzern. Das Licht, die Helligkeit, verwandelte die Schneelandschaft in eine Orgie in Weiß. Darüber die Kuppel des hellblauen Himmels so sanft, als wollte er um Entschuldigung bitten und sich mit den Menschen versöhnen, denen er so arg zugesetzt hatte.

Simona schmerzten die Augen, als sie aus der Haustür trat, und sie hielt sich eine Hand schützend vor die Stirn.

Sie hörte ein dumpfes Wummern, ein tiefes Rattern, als würde jemand einen Kontrabass mit der Säge bearbeiten. Ein fernes Surren, das in ein pochendes Brummen überging und sich näherte. Sie trat einen Schritt zurück hinter die Türschwelle.

Da hinten. Ein kleiner schwarzer Keil inmitten des leuchtenden Blaus, der sich voran bewegte, als würde jemand ihn mit Hammerschlägen antreiben. Der Keil näherte sich und wurde größer. Das Wummern wurde zum Dröhnen. Ein wirbelnder Rhythmus, von der Schneedecke verstärkt wie von einer gut gespannten Trommel. Der Keil verwandelte sich in einen dunklen Klotz, einen unförmigen Schatten, der aus dem Himmel herabsank und mit wachsender Geschwindigkeit auf sie zuraste.

Ein Helikopter. Simona trat ins Haus und schloss die Tür.

Das Wummern verstärkte sich, ein ohrenbetäubendes Rauschen kam hinzu, und dann donnerte das stählerne Monstrum im Tiefflug über den Hof, gefolgt von einem Sausen und Zischen als wäre es lebendig, eine Flugechse aus prähistorischen Zeiten. Und verschwand.

Geht mich nichts an, dachte Simona. Aber die Botschaft war klar: Du bist nicht allein, die Zivilisation meldet sich zurück. Alle Gesetzlosen, die bis eben noch unter der schützenden Schneedecke ihren Plänen nachgingen, sind wieder im Visier der Staatsschützer.

Zeit zu verschwinden.

Dennoch ... was ist mit Gisela, Frieder, Kid? Warum sind sie nicht zurückgekommen? Der Nachbarhof ist doch gar nicht weit entfernt.

Was ist da los? Polizei? Rettungsdienst? Armee? Hat der Förster Alarm geschlagen? Was hat der Hubschrauber hier gesucht? Hat er etwas Verdächtiges bemerkt? Wird es hier bald von Einsatzkräften wimmeln? Sitze ich bereits in der Falle und weiß nichts davon? Ahnt schon jemand, was hier los ist?

Sie ging in ihr Zimmer und überprüfte den Gürtel mit dem Collier. Versicherte sich, dass er festsaß und sich nicht lockern konnte. Dann zog sie mehrere Pullover übereinander, ebenso zwei Paar Wollsocken, suchte nach festen Winterstiefeln, in die ihre Füße hineinpassten – es waren die von Randy, stülpte sich eine Sturmhaube über, zog Handschuhe an, legte zwei Holster mit zwei Pistolen übereinander, ein Rucksack mit Verpflegung – Dosen mit Schwarzbrot und Gänseleberpastete, zwei Wasserflaschen – und war abmarschbereit.

Kein Wort zu Randy und schon gar nicht zu Schneider. Lass sie schlafen. Deine Spur soll sich im Nichts verlieren.

Geräuschlos stahl sie sich aus dem Haus. Eilte so leise wie möglich über das harsche Weiß auf den Wald zu, der ihr Schutz bot. Der Schnee lag mindestens knietief. Hin und wieder blockierten Verwehungen ihren Weg. Manchmal war die Schneedecke hart genug, um darüber zu laufen. Dann wieder brach sie ein, manchmal in tiefe Löcher. Sie stöhnte nicht, sie schimpfte nicht, sie arbeitete sich stoisch voran, immer die Sonne im Blick, um nicht vom geraden Weg abzukommen.

Er führte sie ausgerechnet dahin, wo sie gar nicht hin wollte – zum Schmitts-Hof. Als sie aus dem Wald trat, ragte die hintere fensterlose Aluminiumwand des Schweinestalls vor ihr auf. Sie ging daran entlang und legte sich einen neuen Plan zurecht: Es musste hier Fahrzeuge geben. Fahrzeuge, die geländetauglich waren, mit denen sie schneller vorankam als zu Fuß.

Sie erreichte die Ecke des Gebäudes. Mit gezogener Waffe spähte sie in den Hof. Dort war alles ruhig. Die Stalltür stand offen. Das war nun allerdings merkwürdig bei dieser Kälte. Keine quiekenden Schweine, keine muhenden Kühe, keine blökenden Schafe oder was die hier sonst so hatten. Dort vorn lag etwas Dunkles im Schnee.

Simona ging langsam in den Hof hinein, immer dicht an der Aluwand entlang. Sie erreichte die Stelle, wo etwas Dunkles im Schnee lag, umrahmt von Himbeerrot, und erkannte Kid. Ihm war eindeutig nicht mehr zu helfen.

Nur noch wenige Schritte bis zum geöffneten Stalltor.

Die Tür zum Wohnhaus ging leise quietschend auf. Die junge Frau, die sich Pink nannte, stand dort und gähnte. Als sie Simona sah, winkte sie fröhlich: „He, hallo? Kennen wir uns nicht?“

Simona war verwirrt.

„Du suchst deine Freunde, nicht?“, rief Pink.

Simona drückte sich gegen die Stallwand.

„Einen hast du ja schon gefunden“, sagte Pink seelenruhig und trat in den Schnee. Sie trug ein buntes, bodenlanges Kleid. Beim Gehen kamen ihre nackten Füße zum Vorschein.

„Die Anderen sind da drin“, sagte Pink und deutete mit ausgestreckter Hand auf das offene Tor.

Eine von uns beiden ist komplett wahnsinnig.

Pink trippelte zielstrebig näher. Die Arme ausgebreitet, um das Gleichgewicht zu halten, wie ein Kind. Sie kam unbeirrt heran, obwohl Simona die Pistole auf sie richtete. Aber nicht zu nah. Bog ab zum Stalltor und blieb davor stehen. Deutete mit der Hand ins Dunkle.

„Jetzt schau dir das an“, sagte sie. „Die sind alle erfroren.“

Es stank grauenerregend nach Kot und Tod.

„Da oben sind deine Freunde.“ Pink zeigte auf Frieder und den Förster, die mit den Köpfen nach unten über den Schweinen hingen.

Simona prallte zurück.

Pink deutete auf Kid und die beiden Hängenden und sagte: „Grey meinte, wir können die nicht begraben, weil der Boden gefroren ist. Aber wir könnten sie verbrennen. Ein Feueropfer vielleicht. Wenn wir es gut machen, können wir uns auf diese Weise mit Energieströmen aufladen. Aber das da ...“ Sie deutete auf Kid. „... ist vollgepumpt mit negativer Energie. Der da ist besser ...“ Sie deutete auf Frieders Leiche. „Und sie ...“ Sie deutete mit dem Daumen hinter sich.

„Sie?“

„Deine Freundin."
„Gisela?"
„Hübscher Name."
Simona schaute zum Wohnhaus. Die Tür stand offen. Links davon bewegte sich etwas hinter dem Fenster, auf das die Sonne fiel. Etwas blitzte auf. Gleichzeitig hob Pink eine Hand.

Mit drei großen Schritten und einem Hechtsprung war Simona im Stall und landete in einem der Schweinekoben zwischen den Kadavern. Im selben Moment splitterte Glas, gefolgt von einem dröhnenden Schuss. Pink stieß einen schrillen Schrei aus und drehte sich um die eigene Achse, vollführte einen Derwischtanz, sprang sogar ein kleines Stück in die Höhe, als eine zweite Kugel sie erwischte und nach hinten schleuderte. Sie warf die Beine hoch, bevor sie wie eine Puppe schlaff in den Schnee fiel und noch ein paarmal zuckte.

Simona hob den Kopf und starrte zum Wohnhaus. Ein Gewehrlauf ragte aus dem zersplitterten Fenster, zeigte schräg nach unten, bewegte sich nicht. Sie wartete ab. Es tat sich nichts. Sie stand auf. Ging zur Toröffnung. Immer noch nichts. Auch das Hippiemädchen rührte sich nicht. Ihr Hals war zerfetzt und das Kleid auch, knapp unterhalb der Brust. Ihre nackten Füße im Schnee sahen hübsch aus. Ebenmäßig. Wie aus Porzellan gemacht. In der rechten Hand hielt sie ein aufgeklapptes Rasiermesser, das Simona nicht bemerkt hatte.

Der Gewehrlauf bewegte sich immer noch nicht. Simona rannte über den Hof auf den Hauseingang zu, drückte sich neben der offenen Tür an die Wand, Pistole im Anschlag, duckte sich, tauchte hinein, machte einen Hechtsprung in die Diele, rollte ab und dann in eine Ecke, drehte sich auf den Bauch, hob die Waffe. Position Anschlag liegend. Niemand zeigte sich. Nichts passierte.

Aus dem Nebenzimmer kam ein leises Schluchzen.

Simona horchte, wartete, robbte über den Dielenboden zur Tür, drückte sie auf. Nichts geschah. Sie spähte ins Zimmer, stand auf, trat ein, schloss die Tür und sagte: „Gisela."

Die hockte schluchzend in der Ecke. Über ihr ragte der Kolben der Flinte des Försters schräg ins Zimmer. Simona zog das Gewehr herein und legte es auf den Boden. Dann kniete sie sich neben Gisela und schaute sie an. Sie war totenblass und hatte zahlreiche Schürfwunden im Gesicht. Nur mit Mühe gelang es ihr, die Augen zu öffnen und Simona anzuschauen.

„Hab ich sie erwischt?"

Simona nickte.

Gisela lächelte. „Weißt du, Zufall ist nur eine abwertende Bezeichnung für Vorsehung ..."

„Wie bitte?"

Gisela deutete auf ihren Mantel. „Ich hab mir Schneiders gutes Stück übergezogen. In der Tasche waren die Patronen des Försters. Die Hippies dachten, eine Flinte ohne Ladung ist ungefährlich. Aber weißt du, Frieder hat mir beigebracht, wie man mit Waffen umgeht und ..." Die Augen fielen ihr zu, ihr Kinn landete auf der Brust. Mit der rechten Hand machte sie ein Zeichen: Blablabla.

„Schon gut, alles okay."

„Nichts ist gut. Die haben mich umgebracht."

„Was?" Simona suchte ihren Körper ab, konnte aber nichts finden.

„Nicht da ..." Gisela deutete auf ihren Kopf. „Die haben mir das Gehirn kaputt gehauen ..."

„Wo ist Grey?"

Sie kippte zur Seite und rutschte zu Boden. „Zu euch rüber ..."

Natürlich ging das Telefon nicht. Keine Chance Hilfe zu holen. Es wäre auch zu spät gewesen. Simona legte die tote Gisela auf den Boden und deckte sie zu.

„Danke, Kamerad", sagte sie und salutierte.

32

RakJPz1 war ein Veteran mit mehr als zwei Jahrzehnten auf dem Buckel, und erst jetzt machte seine Existenz endlich einen Sinn. Als Spezialmodell der Serie „Schützenpanzer (lang) HS 30“ konnte er auf eine Karriere als Skandalursache zurückblicken. Schmiergeldzahlungen in Höhe von zig Millionen DM waren nötig gewesen, um Parteipolitiker und Ministerialbeamte davon zu überzeugen, dass ausgerechnet dieses Modell die Schlagkraft der deutschen Bundeswehr erhöhen würde. Was nie der Fall gewesen war, obwohl seit 1959 mehr als zweitausend Exemplare dieses Modells in den Dienst fürs Vaterland gestellt worden waren.

Sie verbrachten mehr Zeit in der Werkstatt als bei Manövern, weil bemerkenswerte technische Mängel von Anfang an mit eingebaut waren: Ständig defekte Getriebe, Ketten und Kühlsysteme; ein Motor, der für sein Gewicht viel zu schwach ausgelegt war; und eine Absaugturbine, die ohrenbetäubend laut heulte. Dies sorgte dafür, dass der von Fürst Poniatowski entworfene Panzer ein trauriges Dasein fristete. Ein Leben lang über der Grube in der Werkstatt zu stehen – das ist so, als müsste ein Mensch sich alle paar Wochen auf den OP-Tisch legen, weil ein weiteres Organ ausgefallen ist. Eine Existenz auf der Verliererstraße.

Aber es ist nie zu spät das Ruder herumzureißen.

Dieses eine Exemplar des HS 30, das gerade von der Landstraße auf einen Feldweg wechselte, war in zwei Jahrzehnten hingebungsvoller Fürsorge von Bundeswehr-Mechanikern immer wieder flott gemacht worden. Nun befand es sich erstmals im Einsatz, dank der Schneekatastrophe, die über Nordostdeutschland hereingebrochen war.

Flinker als der „Wiesel“, wendiger als der „Marder“, zielstrebiger als der „Leopard“ ging er seinem Auftrag nach, der absurderweise lautete: Menschenleben retten! Wo er doch für das Gegenteil ausgelegt war, wovon die schon bei Auftragsvergabe völlig veraltete 20mm-Maschinenkanone HS 820L/85 zeugte, die schlank über seine schräge Frontpartie ragte. Mit den beiden Scheinwerfern wirkte die breite Stirn mit den stählernen Geheimratsecken wie das Gesicht einer Kröte. Pockennarbige Rostflecke auf den verkratzten und verbeulten Stahlwänden verstärkten diesen Eindruck.

Der RakJPz1 war nicht allein unterwegs. Er war bemannt. Normalerweise bestand die Besatzung aus einem Kommandanten, einem Fahrer und einem Richtschützen. Da ein Schütze nicht nötig war, um Menschenleben zu retten oder Kraftfahrzeuge aus Schneewehen und Straßengräben zu ziehen oder einen provisorischen Weg über vereiste Straßen zu legen, hatte der Panzer nur zwei Mann Besatzung zugeteilt bekommen. Der Kommandant war allerdings nach zwei Tagen im Einsatz mit Erfrierungen zweiten und dritten Grades abberufen worden. Der Fahrer hatte sich daraufhin mit zwei Flaschen Schnaps ausgerüstet und war nach einer gehaltvollen Mahlzeit (Bratkartoffeln mit Sauerfleisch und Remouladensauce) wieder in den RakJPz1 gestiegen, um weitere Aufträge zu erledigen. Aktuell ging es darum, zwei einsam liegende Gutshöfe anzusteuern, um nachzuschauen, ob die dortigen Bewohner Hilfe benötigten, denn man hatte länger nichts mehr von den Leuten vom Schmitts-Hof und vom Kruse-Hof gehört.

Leider forderte die Mahlzeit ihren Tribut. Der Soldat bekam Magendrücken. Ihm wurde auch sehr kalt. Gegen beides half, so glaubte er, der Schnaps. Die erste Flasche (Köm mit 38 Volumenprozent) wurde rascher geleert, als es die Polizei erlaubt hätte, die ihn allerdings nicht aufhielt, weil der Streifenwagen, an dem er vorbeifuhr, komplett zugeschneit war und die Beamten darin keinen Mucks mehr von sich gaben.

Aber diese Kreuzung hatte er schon hinter sich gelassen. Jetzt rollte HS 30 langsam, aber zielstrebig über die Zufahrt Richtung Schmitts-Hof. Er kam problemlos voran. Der Schnee stellte für die breiten Ketten kein Hindernis dar. Und sogar hier und da umgeknickte Strommasten oder gestürzte Bäume waren keine besondere Herausforderung. Er rumpelte darüber hinweg. Das Triebwerk dröhnte monoton, übertönt von der Absaugturbine. Aber den Fahrer, einen Gefreiten, der das Panzer-Chauffieren im Schnellverfahren gelernt hatte, störte das nicht mehr – er war erfroren. Der verstärkte Wärmeverlust durch die vom Alkohol erweiterten Blutgefäße sowie Müdigkeit und Benommenheit aufgrund des Rauschs hatten für eine rasche Auskühlung gesorgt.

Der RakJPz1 fuhr trotzdem weiter. Über die Zufahrt zum Schmitts-Hof, die auf der linken Seite von Bäumen, auf der rechten von Gebüsch gesäumt wurde.

Hinter den Sträuchern lagen flache Wiesen und Felder, ein Stück weiter kam ein Wäldchen, dann das Gut der Kruses. Bevor der Weg leicht nach unten und mitten hinein in den Innenhof führte, machte er einen kleinen Bogen nach links. Und das war die Stelle, an der HS 30 vom Weg abkam und den Hof verfehlte, wo die Leichen eines Punks und eines Hippie-Mädchens im Schnee lagen, zwei Männer im Stall über Schweinekadavern hingen und eine zur Fahndung ausgeschriebene, vorbestrafte Kriminelle in einem Zimmer im Erdgeschoss des Wohngebäudes ihr Leben ausgehaucht hatte.

Nein, der RakJPz1 hatte sich mit schlafwandlerischer Sicherheit ein anderes Ziel gesucht. Dort vorne lief eine Gestalt am Rand des verschneiten Wäldchens. Quälte sich durch den hohen Schnee, schwitzend, stöhnend, auf sich selbst und ihre Schwäche schimpfend, angetrieben von einer einzigen Idee: Randy retten! Denn es durfte nicht sein, dass dieser langhaarige Nazi-Druide sich an einem Angehörigen ihres Volkes verging. Sie war verpflichtet, diesen Mann zu retten, dem die SS in Auschwitz die Telefonnummer seiner Mutter in die zarte Haut des Säuglingsoberschenkels eingeätzt hatten. Und so hastete sie voran. Atemlos hechelnd, mit schmerzender Brust und bleischweren Beinen, gebremst vom eisigen Ostwind. Immer weiter. Gegen den Schnee, der aus den frisch aufgezogenen grauen Wolken fiel und ihr ins Gesicht geschleudert wurde. Immer weiter. Immer weiter.

Bis sie das Geräusch des Motors hörte. Flugzeug? Hubschrauber? Sie starrte nach oben. Nichts als eine diffuse graue Fläche und eisiger Schnee, der ihr in die Augen stach. Das Brummen eines Motors vermischt mit metallischem Klappern. Stetig, monoton. Es kam näher. Von hinten. Simona drehte sich um und wäre beinahe in den Schnee gefallen.

Ein Panzer hielt auf sie zu. Die Scheinwerfer leuchteten wie Raubtieraugen. Polizei? Militär? Die Ketten bahnten sich unbeirrt ihren Weg durch die tiefen Verwehungen. Oben auf der breiten Stirn des Ungeheuers saß eine Mütze, eine Kappe mit einem langen Stiel. Schützenturm und Kanone. Die Mündung direkt auf sie gerichtet. Ihr wurde schwindelig. Aber nein. Der Lauf nahm sie nur kurz ins Visier, dann drehte er ab, bewegte sich führungslos, schwenkte hin und her. Wo war der Schütze? Was ist mit denen los? Wollen die mich verarschen?

HS 30 rollte weiter, eine gespenstische Erscheinung wie der Fliegende Holländer, in diesem Fall jedoch 14,36 Tonnen deutscher Kruppstahl, verziert mit einem schwarzen Kreuz, bemannt mit einem Kapitän, der nicht an den Mast genagelt, sondern an die Armaturen geeist war.

Simona blieb stehen. Der Panzer bewegte sich unbeirrt auf sie zu, träge und schwerfällig wie ein Nashorn im Trab. Dröhnend, ratternd, heulend und rumpelnd. Ausbildungsreflex: Geh in Deckung. Frage: Haben die mich schon gesehen? Die Antwort überlagert die Erkenntnis: Deutsche Staatsmacht. Das hat mir noch gefehlt!

Der Panzer kippte nach unten und rumpelte in eine Bodensenke. Kein Sichtkontakt mehr: Gut. Sie preschte durchs Gebüsch in den Wald. Vage Hoffnung: Die können mich gar nicht gesehen haben, mich winzige dunkle Gestalt in diesem grellen unendlichen Weiß. Also tauch weg. Keine Bewegung mehr! Sie kauerte sich hinter einen dicken Baumstamm.

Der Panzer kroch aus der Senke und hatte ganz leicht den Kurs geändert. Ratterte auf die Stelle zu, wo sie sich verbarg. Sie brach nach rechts aus. Vorbei an den Bäumen, hinein ins Dickicht. Zweige peitschten, Äste piekten.

Das Dröhnen des Motors wurde stetig lauter. Der Panzer verfolgte sie mit debiler Beharrlichkeit. Geduckt wich sie weiter zur Seite aus. Sie durfte nicht gesehen werden, kein Ziel abgeben, nicht die geringste Aufmerksamkeit erregen, nicht verfolgt werden, und auf keinen Fall diese Vertreter der Staatsgewalt zum Hof locken, zu Schneider, der alles verraten würde. Und zu Randy, der besseres verdient hatte als ein deutsches Gefängnis.

Sie hechtete in eine Kuhle, rollte zur Seite, robbte unter tiefhängende Äste einer jungen Fichte.

Der Panzer brach mit lautem Krachen und Prasseln durchs Unterholz. Zerdrückte Sträucher und Äste, zermalmte modrige Stämme, planierte das Gebüsch, streifte einige schlanke Bäumchen, schob sie beiseite wie Grashalme. Und rammte frontal, dickköpfig und völlig übermotiviert einen hinter dem Hain auf einer verschneiten Wiese freistehenden mächtigen Baum mit ausladenden Ästen und dickem wulstigem Stamm. Doch dessen im Erdreich fest verankerten, muskulösen Wurzeln leisteten Widerstand, hielten das Monstrum auf, wollten es nicht durchlassen. Kruppstahl gegen deutsche Eiche!

Der Motor des Panzers brüllte auf, als ob er Schmerzen hätte, wollte auf Teufel komm raus weiterfahren. Die Eiche neigte sich ächzend und knarzend, mit splitternden Fasern nach hinten, zitterte und schwenkte die Äste wie Arme, um das Gleichgewicht zu halten, aber sie gab nicht nach. Das Dröhnen wurde zum Stottern, der Leib des Eisentiers bebte, ein Raunen lief durch sein Inneres. Das Zittern erstarb. Das Stottern verging.

Simona hockte im Gebüsch und wartete. Nichts geschah. Ein Zischen war zu hören. Leises Stöhnen verhauchte, als wären beide Kämpfer, Panzer und Baum, nach dieser Kraftanstrengung ohnmächtig geworden. Dann unregelmäßiges Knacken. Der Stahl kühlte ab.

Mit einer Pistole erobert man keinen Panzer. Man braucht eine Handgranate. Luke auf, Granate rein, Feind neutralisiert. Nur dass es im Leben nie so läuft wie im Manöver.

Die da drin können dir gefährlich werden. Du darfst ihnen nicht den Rücken kehren. Du musst sie ausschalten. Aber wie?

Sie wartete weiter. Immer noch nichts. Kein Lebenszeichen, nur leises metallisches Knacken. Wird denen nicht kalt da drinnen? Schämen sich die Soldaten, dass sie an einer Eiche gescheitert sind? Haben sie sich beim Aufprall verletzt? Sind sie bewusstlos?

Wenn sie noch einsatzfähig sind, kann ich hier nicht weg, dann bemerken sie mich. Wenn sie noch einsatzfähig sind, muss ich sie neutralisieren. Aber wie? Fojle Stick!

Sie stand auf, näherte sich, stieg über die schräge Stirnseite zur Luke hinauf, hielt sich an einem Ast fest. Hockte sich auf den Rücken des Panzertiers und horchte. Nichts. Sie stemmte die Luke auf und rief: „Hallo?“

Bekam keine Antwort. „He! Rauskommen!“ Nichts. Alkoholdünste stiegen auf. Sie beugte sich vor. Vage Umrisse.

„He, was ist los?“

Sie kletterte hinein und traf auf einen Gefreiten der deutschen Bundeswehr, der sie mit gefrorenem Grinsen begrüßte. Weit aufgerissene Augen, so leer wie die Schnapsflaschen zu seinen Füßen.

33

Bei Einbruch der Dunkelheit kam sie auf dem Hof an. Hier hatte sich scheinbar nichts verändert. Sie traf auf einen missgelaunten, völlig orientierungslosen Randy. Fing an zu erklären, wurde unterbrochen. Musste sich rechtfertigen. Warum war sie verschwunden, ohne ein Wort zu sagen, ohne eine Nachricht zu hinterlassen? Schwache Ausrede: „Ich wollte nur kurz nachschauen, was aus den anderen geworden ist." Randy schüttelte den Kopf, glaubte ihr nicht. Machte ihr Vorwürfe, unterstellte ihr dies und das, wollte einfach nur seinem Ärger Luft machen, nachdem er hier mit diesem dämlichen Schneider herumgehockt hatte ... diesem greinendenTrottel ...

Sie fiel ihm ins Wort, schrie ihn an: „Hör mir endlich mal zu! Sie sind alle tot!"

„Was?"

Sie schilderte knapp, was passiert war. Er starrte sie ungläubig an. Die Sache mit dem Panzer ließ sie erstmal weg, das wäre zu viel gewesen.

Draußen heulte der Wind. Schnee prasselte gegen die Fensterscheiben.

Er schüttelte den Kopf. Wirkte ratlos, bekümmert, entsetzt.

„Wo ist Schneider?", fragte sie.

Seine Gesichtszüge entgleisten.

„Was ist mit ihm?“

Randy zuckte mit den Achseln, war sprachlos. Ihm fiel nichts ein. Wozu? Zu seiner Entschuldigung? Was war denn los?

Sie eilte durch die Diele, stieß die Tür zu Schneiders Zimmer auf. Es war leer. Verlassen. „Wo ist er? Was ist mit Schneider?“, schrie sie.

Randy lehnte benommen am Esstisch, zuckte mit den Schultern. „Was soll mit ihm sein? Er wollte weg.“

Sie baute sich vor ihm auf. „Du hast ihn frei gelassen? Gehen lassen? Bewaffnet?“

Sein Gesicht verzerrte sich. „Bin ich dir Rechenschaft schuldig? Dir?“

Inzwischen ja, dachte sie, denn wegen dir bin ich doch zurückgekommen. Aber wie sollte sie ihm das erklären?

Er hob die Arme, wollte sie an den Schultern packen. Es bekam ihm schlecht. Sie parierte mit ein, zwei, drei Armbewegungen und er prallte zurück. „Fass mich nicht an!“

Ihm stand ins Gesicht geschrieben, wie schockiert er war, weil er einer Frau nicht Paroli bieten konnte.

Sie tigerte durch das gesamte Erdgeschoss, inspizierte alle Zimmer. Es war niemand da. Schließlich blaffte sie ihn an: „Wo ist er?“

Sie witterte einen Hinterhalt. Draußen bricht die Nacht herein. Ich bin hier allein mit Randy, einem unsicheren Kantonisten, und irgendwo geistert dieser verfluchte Schneider herum.

Randy starrte sie ausdruckslos an.

Sie baute sich vor ihm auf. „Was will er? Was hat er vor? Antworte!“

„Ist doch jetzt egal ...“

Sie verpasste ihm eine Ohrfeige. Er zuckte zurück, duckte sich weg. Stolperte an der Tischplatte entlang. Sie holte erneut aus. Wollte ihn treten, wollte ihn auf dem Boden sehen. Schleuderte ihm mit einem vernichtenden Blick ihre ganze Wut entgegen. Er sprang zur Seite, taumelte gegen die Wand.

„Hör auf!", sagte er tonlos. „Er ist gegangen ..." Randy starrte zu Boden.

„Ja, und?" Was hatte er denn?

„Er hat das Collier mitgenommen." Seine Arme hingen schlaff herab, die Fäuste geballt knetete er nervös seine Finger. „Kein Geld dafür ..."

„Du hast ihn gehen lassen?"

„Er hat mich bedroht."

„Aber ..." Das Collier habe doch ich, dachte sie.

„Ich musste es ihm sagen. Er ist fuchsteufelswild geworden."

Sie kniff die Augen zusammen. „Was musstest du ihm sagen?"

„Dass du das Collier im Schuppen versteckt hast. Ich hab doch gehört, wie du's getan hast."

Sie starrte ihn ausdruckslos an. Die Schatulle ...

„Es tut mir leid", sagte Randy. Er rang die Hände, erwartete seine Bestrafung.

„Er hat die Schatulle mitgenommen?"

Randy nickte. „Er ist Richtung Meer gegangen. Seine Yacht ..."

„Wenn er bis jetzt nicht zurückgekommen ist, sind wir ihn los", sagte sie. „So oder so." Es sei denn, er hat die Schatulle aufgemacht. Sie dachte nach, ihr kam eine Idee.

„Hör zu", sagte sie. „Da draußen steht ein Panzer."

„Wie bitte?"

„Im Wald."

„Was?"

„Die setzen Militär ein, um die Menschen zu retten oder zu versorgen, verstehst du?"

„Ach so."

„Der Panzer hatte einen Unfall."

„Was soll das denn jetzt heißen?"

„Der Fahrer ist erfroren. Das Ding ist gegen einen Baum gefahren."

„Okay. Und?"

„Der Fahrer war allein. Wie auch immer der hierher geraten ist. Der ist so weit ab vom Schuss, dass sie ihn in diesem Schneechaos nicht finden werden. Zumal er zwischen Bäumen steht. Es ist nicht weit. Zu Fuß leicht zu schaffen. Wir nehmen den Panzer und fahren los. Wenn Panzer und Hubschrauber unterwegs sind, werden auch die Straßen geräumt. Die Bahnstrecken, was weiß ich. Wir versuchen zur nächsten Stadt zu kommen ... und dann weiter."

„Mitten in der Nacht? Bei dem Sturm?" Randy schüttelte den Kopf.

„Das ist ein Panzer, Mann! Der kommt überall durch!"

„Ich kann keinen Panzer fahren."

„Aber ich."

Randy starrte sie ungläubig an.

„Wir müssen hier so schnell wie möglich weg", drängte sie.

„Wieso denn?"

„Falls Schneider zurückkommt ..."

„Warum sollte er zurückkommen?"

„... oder dieser wahnsinnige Hippie ..."

„Wieso?"

„Der ist scharf auf das Collier."

„Das ist doch gar nicht mehr da."

„Das können wir ihm erst mitteilen, wenn er uns schon umgebracht hat."

Randy wiegte den Kopf hin und her.

„Wenn du nicht willst, bleib hier. Dann gehe ich allein."

„Lass mich nachdenken."

„Denk schneller!"

Er lenkte ein. Sie packten Rucksäcke. Zogen sich so warm an wie nur möglich. Simona lud ihre Pistole, die einzige Waffe, die sie noch hatten. Ein paar Ersatzpatronen waren übrig, die sie in ihre Manteltasche steckte.

„Also los."

Randy öffnete die Tür und trat auf die Schwelle. „Wohin …"

Ein Schuss peitschte durch die Nacht. Randy prallte zurück, warf die Arme hoch, taumelte gegen Simona und riss sie mit zu Boden. Sie lag halb unter ihm, wand sich, schob ihn mit rohen Tritten beiseite, sprang auf und warf sich gegen die Tür, um sie zu schließen.

Sie wirbelte herum und schaute Randy an. Der trat mit den Füßen ins Nichts und gab jetzt erst einen Schreckens- oder Schmerzensschrei von sich.

Sie starrte ihn an. „Was ist?" Eine Antwort erübrigte sich. Randys Mantel hatte ein Loch. Linke Brust, oberhalb des Herzens.

Sie verrammelte die Türen und die Fenster. Hier kommt keiner lebend rein, dachte sie verbissen.

Aber wer eigentlich? War Schneider zurückgekommen, nachdem er bemerkt hatte, dass die Schatulle leer war? Lauerte der wahnsinnige Nazi-Hippie dort draußen?

Sie half Randy ins Zimmer. Legte ihn aufs Bett. Verarztete seine Wunde. Die zweite Kugel, die ihn ihm stecken geblieben war. Armer Prügelknabe.

Sie löschte sämtliche Lichter bis auf eine Kerze neben Randys Bett und einer großen vor der Eingangstür – versehen mit einem selbstgefertigten Schirm aus einem Stück Leder aus der Küche, damit sie selbst im Schatten blieb. In einer großen Kanne rührte sie Nescafé mit kaltem Wasser an. Es würde eine lange Nacht werden.

Eine Weile saß sie bei Randy. Bevor er wegdämmerte, fragte sie: „Welche jüdischen Worte kennst du?“

„Keine.“

„Jiddisch?“

„Bloß Schickse und Goj, aber ich das hab ich nur so aufgeschnappt.“

„Welche jüdischen Bräuche kennst du?“

„Keine.“

„Feste?“

„Weiß nicht.“

„Du bist bei Christen aufgewachsen?“

„Christen? Irgendwelche Leute.“

„Du weißt nichts von dem Volk, zu dem du gehörst.“

„Ich gehöre doch gar nicht dazu.“

„Du hast die Telefonnummer deiner Mutter am Oberschenkel.“

„Ja, die geht nicht ab.“

„Das genügt“, sagte Simona.

34

In der Nacht geschah nichts mehr. Irgendwann nickte sie ein und wachte von einem gedämpften Rattern auf. Wieder ein Panzer? Kamen sie jetzt, um sie zu retten? Konnte es denn Rettung geben? Sie horchte, aber da war es wieder still. Nein, natürlich nicht, wir sind auf uns allein gestellt.

Sie schaute nach Randy. Er hatte Fieber, war glühend heiß. Im Haus hingegen wurde es immer kälter, die Glut in den Öfen war erloschen, die Kacheln hatten die gespeicherte Hitze größtenteils abgegeben. Sie zog sich einen Mantel über, Mütze und Handschuhe, und schob einen Sessel und einen Beistelltisch in die Diele, um die Haustür im Auge zu behalten. Die Pistolen lagen griffbereit auf dem Tisch.

Es blieb ruhig und sie dämmerte weg. Schlief ein, was sie nicht gewollt hatte, träumte von Mevin, ihrem Ausbilder, der sie geschunden und den sie trotzdem geliebt hatte. Dann keine Träume mehr, nur noch Erschöpfungsschlaf.

Als sie aufwachte und auf die Armbanduhr schaute, stellte sie erschrocken fest, dass es schon nach Acht war. Es war eiskalt geworden. Ihre Glieder waren steif und schmerzten. Sie machte ein paar Dehnungsübungen. Schon besser. Sie ging ins Zimmer von Randy, der komplett angezogen im Bett lag. Legte ihm die Hand auf die

Stirn. Immer noch Fieber. Unwillkürlich hielt sie ihre Hand an die eigene Stirn. Die kam ihr auch sehr heiß vor. Wir leben alle in einem Fieberwahn, dachte sie.

Sie trat vor die Eingangstür, mit der Waffe in der Hand. Die Tür war aus Holz, es gab kein Fenster. Sie musste sie öffnen, um hinauszuschauen. Sie drehte den Schlüssel um. Drückte die Klinke, zog die Tür auf. Schnee rieselte ihr entgegen, verteilte sich auf dem Dielenboden. Alles weiß. Eingeschneit. Schon wieder. Neben der Tür stand eine Schaufel. Sie griff danach und versuchte, den Schnee nach draußen zu drücken. Das funktionierte nicht. Sie musste den ganzen Berg abtragen. In die Diele schaufeln. Sie zog den Mantel aus, schob die Pistolen in die Holster und machte sich an die Arbeit. Nach einer Weile hatte sie ein Loch ausgehöhlt, durch das sie schauen konnte.

Direkt gegenüber vom Gutshaus stand der Panzer. Der HS 30. Wie war der dort hingekommen? Der Fahrer war doch mausetot gewesen. Eindeutig.

Der Panzer war schräg in Stellung gebracht, mit leicht gedrehtem Schützenturm, die lange dünne Kanone direkt auf das Haus gerichtet.

Belagerungszustand. Simona schüttelte den Kopf. Sie konnte es nicht glauben. Vielleicht stand der zufällig so da? Unsinn.

In der Luke des Schützenturms war ein bunter Fleck zu sehen. Oval, nach oben hin spitz. Ein Kopf. Jetzt konnte sie das Gesicht erkenne, die langen Haare und eine bunt gemusterte Hirtenmütze aus Nepal oder Tibet. Grey war offenbar trotz seines Namens ein Farbenfreund.

Was soll das denn, Blumenkind, hast du etwa nicht den Kriegsdienst verweigert?

Rache?

Vielleicht.

Der Panzer stand ungefähr hundert Meter entfernt vom Haus. Die effektive Reichweite ihrer Pistolen lag bei maximal achtzig Metern. Aber auch nur, wenn sie das Ziel in aller Ruhe aufs Korn nehmen konnte und es groß war und sich nicht bewegte. Die Hirtenmütze setzte sich zwar sehr hübsch von der weißen Umgebung ab, war aber nicht zu treffen.

Scheißegal, gehen wir halt woanders raus. Sie drehte sich um. Die Gartentür in der Küche? Nebeneingang beim Schuppen? Durch den Anbau, wo die Waschmaschine stand? Vom Holzschuppen aus konnte man in den Wald laufen und dort Deckung finden. Durch den Anbau gelangte man auf freies Feld und wäre dem Panzerschützen schutzlos ausgeliefert. Die Küchentür bot Optionen in mehrere Richtungen. Aber hier war kein Durchkommen. Es war die Wetterseite. Nach Osten, Richtung Meer. Hier waren die Verwehungen besonders hoch, reichten bis zum Dach.

Apropos Dach. Im ersten Stock aus einem Fenster springen? Ich würde das schaffen ...

Aber da stand Randy plötzlich in der Zimmertür, stützte sich im Rahmen ab, schnaufend, schwitzend, stöhnend. Er hatte bemerkt, wie sie hektisch herumrannte.

„Was ist los?“, fragte er.

„Wir haben Besuch.“ Sie deutete auf die Haustür, die immer noch offenstand.

Randy ging mit unsicheren Schritten hin. Lugte durch das Loch im Schnee und fluchte. „Scheiße, das schwarze Kreuz!“

„Bitte?“

„Ein Panzer mit schwarzem Kreuz.“ Er drehte sich zu ihr um. Panik im Gesicht.

„Was denn?“

„Wenn die Wehrmacht kommt, müssen wir flüchten!“

„Der Krieg ist lange vorbei, Randy.“

Er schaute sie ratlos an. Irgendwas ging in seinem Kopf durcheinander.

„Weg von der Tür!“, sagte Simona.

„Ja, ja“, sagte er und steuerte den Sessel an, in dem sie die Nacht verbracht hatte.

„Nicht da“, sagte sie. „Besser du gehst in dein Zimmer. Da ist es ...“

Sicherer, wollte sie sagen.

Ja, mach ich, wollte er sagen.

Ihre Worte wurden von einem dumpfen Knall übertönt, gefolgt von einem Krachen und Knirschen. Holzsplitter flogen durch die Diele, Steinbrocken, Mörtel und Putz spritzten in alle Richtungen. Noch ein Knall, noch mal das gleiche.

Randy wurde von der Druckwelle umgestoßen und fiel zu Boden. Simona ließ sich auf den Bauch fallen.

Stille. Staub rieselte. Ein paar Mauerbrocken fielen verspätet zu Boden.

Hecheln und Stöhnen. Randy lag unter einer Staubschicht. Ein Fuß kratzte über den Boden.

Simona lag still und atmete gleichmäßig. Na gut, dachte sie, dann hauen wir jetzt ab. Sie sprang auf die Füße.

„Los, aufstehen!“, kommandierte sie.

„Ich will nicht mehr“, sagte Randy.

„Doch, doch.“

„Ich kann nicht."

„Los auf." Sie zog ihn hoch. Sein Gesicht war eine Maske der Angst. Edvard Munch hätte was daraus machen können.

„Komm, komm." Sie schob ihn durch die Diele.

„Nein, nein."

„Halt die Klappe, Randy."

Wieder ein donnerndes Dröhnen und Krachen. Die Reste der Tür flogen durch die Diele, Steinbrocken und Splitter hinterher.

„Bitte, ich will das nicht. Die sollen aufhören!"

„Weiter, weiter!"

Sie stolperten am Esstisch vorbei in den Schuppen, wo Simona sich an der Außentür zu schaffen machte. Sie schob den Riegel zurück und stemmte sich dagegen.

Noch ein Schuss. Das Haus erzitterte.

„Wir sind gefangen! Wir sind tot!", schrie Randy. Es klang, als würde er die Worte auskotzen.

„Halt die Klappe!"

Die Tür war jetzt einen Spaltbreit offen. Simona stemmte sich gegen den Rahmen und drückte sie mit dem Rücken immer weiter auf. Jetzt genügte es.

„Komm."

Randy stand da wie ein Ölgötze. Sie nahm seine Hand. Er folgte ihr. Durch den Schnee. Es wäre schön gewesen, wenn es wirklich so gewesen wäre. Ja, das hier war genau der Traum, den er in seiner Kindheit geträumt hatte: Wie seine Mutter ihn durch den weißen Schnee führte, fort von Elektrozaun und Stacheldraht, fort von den Männern mit Kanonen und Gewehren und Peitschen und Knüppeln. Fort aus der schwarzen Hölle, hinein in den weißen

Himmel, der für immer und ewig weiß und sauber und still war. Wenn es doch nur so gekommen wäre. Aber er war ja viel zu klein gewesen, hatte kaum laufen können. Oder wann und wo war dieses Bild verankert?

Das Rätsel dieser vagen Vision versuchte er jetzt Simona zu erklären, mit unzusammenhängend gestammelten Worten, laut schnaufend und nach Luft ringend.

„Hör auf zu reden. Lauf!“

Doch ein paar Worte mussten noch raus. Er wusste selbst nicht, was sie bedeuteten: „*IERF THCAM TIEBRA, IERF THCAM TIEBRA...*“

„Was redest du denn da?“

„Konnte ich damals schon lesen?“

Um die Hauswand herum, rüber zur Scheune, an der Scheunenwand entlang, die Rücken gegen die Holzbretter gedrückt, um die Ecke und jetzt ... freies Feld.

„Nein, wir müssen nach rechts!“

Randy schnaufte nur noch.

„Der Wald!“

Röhrendes Motorengeheul, lautes quietschendes Rattern. Kettenrasseln. Der Panzer fuhr auf der anderen Seite am Haus entlang.

„Geht nicht.“

Blieb nur das freie Feld. Kurz würden sie im Schutz der Scheune vorankommen, bis der Panzer sie umfahren hatte.

Aber was kommt dann, was ist da? Ist doch egal!

Sie schritt aus und zog Randy hinter sich her. Nur noch Schnaufen und Stöhnen.

Das Scharren der Füße im harschen Schnee.

Schmerzen in der Brust. Schmerzen im ganzen Körper.

Vor uns eine endlose weiße Fläche. Hinter uns das Rasseln der Panzerketten.

Neben uns ist jemand liegen geblieben. Ein Mann. Komm weiter, ihm ist nicht mehr zu helfen, er ist erfroren. In der Hand hält er eine Schatulle. Der Deckel ist aufgeklappt. Sie ist leer.

UNTER 0

Die Welt ist schön. Wunderschön. Eine Kathedrale aus Kristall. Wir haben es geschafft. Man muss nur fest daran glauben. Jetzt sind wir da.

Der Blizzard hat Tod und Verderben gebracht, Mord und Zerstörung, Leid und Verzweiflung. Und ist erstarrt. Hat sich in ein Kunstwerk verwandelt. Eine Skulptur, die sich selbst geschaffen hat, aus eigenem Antrieb heraus, mit Macht, aber ohne Willen, mit viel Sinn für Schönheit, aber ohne Bewusstsein. Der Wind hat die Wellen aufgetürmt und gepeitscht, hat Gischt versprüht, Wassermassen an Land geschleudert, hat das träge kalte Nass gezwungen Kapriolen zu schlagen, Purzelbäume, Salto mortale, und die Kälte hat sie in der Bewegung angehalten, schockgefrostet, gefriergetrocknet in der Bewegung und starre Gebilde erzeugt. Stalaktiden und Stalagmiten, die in alle Richtungen ragen und sich der Logik der Schwerkraft widersetzen. Bäume haben struppigen Bärte bekommen, die waagerecht in der Luft stehen. Felsblöcke am Ufer sind überkrustet mit wulstigen Eiskappen, aus denen spitze Stacheln nach unten ragen, als wollten sie in den Wogen Wurzeln schlagen, doch die Wogen sind erstarrt zu Schollen und Krusten, wurden übereinander gestapelt zu Gebirgen aus scharfkantigen Platten. Schneemassen haben dichte Decken aus Weiß über die Kristallgebilde gelegt, als wollten sie sie verhüllen vor neugierigen Blicken und den Schleier erst lüften, wenn genügend Publikum gekommen ist.

Wir bitten um einen Obolus, die Natur lässt sich ihre Schönheit bezahlen und verlangt einen Unkostenbeitrag. Aber lassen Sie Ihre Portemonnaies stecken, es genügt, wenn sie einen kleinen Blutzoll entrichten. Bitte sehr, Schnee und Eis sind gerne bereit, die kostbare Farbe Rot als Nuance in das Gesamtbild zu integrieren. Eis mit Heiß und obendrauf noch etwas Puderzucker. Aber bitte übertreiben Sie es nicht. Die rosigen Tröpfchen, die roten Rinnsale, die warmen Bächlein, die hübschen verwaschenen Schlieren auf hartem Eis und duftigem Schnee sollen lediglich eine Ahnung von Leben vermitteln. Einen Hauch von Dramatik. Und das auch nur für einen kurzen Moment. Denn überall da, wo der Mensch sich einmischt, wird es schnell laut, brutal und zerstörerisch.

Die beiden Gestalten, die über die Dünen taumeln, über den verschneiten Strand und die frostkalten Steine stolpern hinaus aufs Eis, sorgen für eine interessante Nuance in diesem Gesamtbild eines erstarrten Wutausbruchs der Natur. Seht! Da ist Leben! Die junge Frau zieht den älteren Mann hinter sich her. Sie sind außer Atem. Sie stoßen sich die Schienbeine an aufragenden Schollen, ihre Füße verkeilen sich in kleinen Gletscherspalten, sie hasten in einer merkwürdigen Zeitlupe immer weiter voran, die freien Arme schlenkern kraftlos, sie halten die Köpfe gesenkt, als hätten sie Angst vor einer Macht, die sie verfolgt und schon den Arm nach ihnen ausstreckt.

Und da rückt sie auch schon ins Bild, diese Macht. Unerbittlich und mit Getöse, die Eismassen zermalmend mit stählernen Ketten, rasselnd, knirschend, quietschend, jaulend. In dieser Eiszeit, die ohne Vorwarnung über die

Welt hereingebrochen ist, gibt es also urzeitliche Ungetüme, die dem Wind, dem Schnee und der Kälte trotzen.

Der HS-30 donnert die Düne hinauf, erreicht den Gipfel, sein Kanonenrohr ragt steil in die Höhe, als wollte er den lieben Gott dort oben ins Visier nehmen, ihm drohen und ewigen Ungehorsam schwören. Aber dann kippt das eiserne Monster nach vorn, nach unten und rollt ratternd die schräge Ebene hinab Richtung Strand. Erreicht das Ufer und fährt weiter. Nimmt die Verfolgung auf. Tausend donnernde Stahlhufe auf Eis.

Die Verfolgten stolpern über aufragende Eisplatten und stürzen übereinander. Simona hechelt so laut, dass Randy sich am liebsten die Ohren zuhalten würde. Aber sein Keuchen ist nicht weniger schrill.

Es ist aus, sie kommen nicht weiter. Randy kann nicht mehr. Unmöglich ihn wieder hochzukriegen. Sie zerrt an seinem Arm, aber eher reißt sie ihm den Ärmel ab, als dass er sich hochziehen lässt. Es hat keinen Zweck mehr, sie müssen sich dem Verfolger stellen. Die donnernden Ketten nähern sich, hallen drohend über die Eisfläche, kündigen ihre Vernichtung an. Beide drehen sich um, mühsam, quälend langsam.

Ich werde ihm ins Kreuz springen, ihn würgen, ihm eine Kugel in den Nacken jagen, ihn zermalmen, ihm den Kopf zertreten. Pass auf, da ...

Die Eisdecke gibt nach. Der Panzer bricht ein. Versinkt, bis nur noch der Schützenturm aus der glitzernden Masse ragt.

Das Wummern des Motors erstirbt.

„Das schwarze Kreuz“, sagte Randy.

„Ist abgesoffen.“ Simona zog beide Pistolen aus den Holstern.

Der Schützenturm bewegte sich. Die Kanone nahm sie ins Visier.

„Wenn wir im Zickzack laufen“, sagte Simona. „Trifft er uns vielleicht nicht.“

Randy hustete.

„Schon gut, war nur ein Scherz.“

Über dem Kanonenrohr tauchte die bunte Mütze auf. Simona hob die Pistole, zielte. Scheiß doch auf die effektive Reichweite.

Er war schneller.

Das Geschützrohr bebte und schickte ein Projektil, dessen effektive Reichweite eindeutig größer war.

Eis und Wasser spritzten auf. Wenige Meter neben ihnen.

Randy schrie.

Sie schoss.

Ein weiteres 20mm-Geschoss zerstörte die Eisfläche, dann noch eins. Randy duckte sich und schrie.

Simona stand auf, zielte und schoss das Magazin leer. Die bunte Wollmütze flog durch die Luft und verschwand.

Der Panzer soff ganz langsam ab. Geschafft.

Erst da merkte sie, dass ein Eisschrapnell in ihrem Oberschenkel steckte. Ein zweites in ihrer Brust. Sie stürzte.

Hinter ihr lag Randy. Wollte etwas sagen. Es gibt nichts mehr zu sagen Randy! Er würgte es trotzdem hervor: „Schwarze Kreuze!“

Dieser Idiot ist besessen davon.

Aber dann sah sie sie auch. Sie kamen näher. Mit lautem Getöse. Wummernd, dröhnend. Unter der weiten blauen Himmelskuppel sahen sie aus wie hässliche Insekten. Es wird Zeit, dass jemand die Glaskugel umdreht, damit der Sturm wieder losgeht, das Gestöber, das wilde, wirre Schneetreiben, das die Welt verhüllt und alles verdeckt und versteckt, vor allem diese Insekten mit den aufgemalten Kreuzen.

„Die kriegen es nicht“, sagte sie zu Randy.

Und prügelte auf das Eis ein. Mit bloßen Händen. Nahm die Pistole zu Hilfe. Schlug und schlug. Das Eis splitterte und bröckelte. So dick kann das doch nicht sein. Weiter schlagen. Die andere Pistole. Sie drückte ab. Und noch mal. Schoss Löcher in dieses vermaledeite gefriergetrocknete Etwas. Die Schüsse hallten über die Eisfläche und wurden von dem Wummern der kreisenden Rotorblätter aufgesogen. Das zweite Magazin war leer. Sie schlug weiter. Die Pistole brach durch und verschwand im Wasser. Wo war die andere? Sie schaute sich um. Verschwunden. Mit bloßen Fäusten schlug sie weiter zu, prügelte das Eis, bis das Loch groß genug war. Dann knöpfte sie mit blutigen Fingern ihren Mantel auf, riss den Pullover hoch und schnallte den Gurt ab, den sie um den Leib geschlungen hatte. Holte den „Blizzard“ heraus, schaute ihn kurz an und ließ ihn durch das Loch fallen.

Sie drehte sich zu Randy um, der gebannt zuschaute, wie die Helikopter am Ufer landeten und dabei Schnee versprühten, als wollten sie einen neuen Sturm provozieren.

„Schwarze Kreuze …“ Randy zitterte.

Simona legte den Arm um ihn und zog ihn an sich. Er bettete seinen Kopf auf ihre Schulter.

„Jetzt hab ich Angst“, sagte er.

„Ach was“, sagte sie, „was uns nicht umwirft, macht uns stärker.“

„Das hast du immer gesagt."

Soldaten stiegen aus den Helikoptern. Seltsamerweise hatten sie keine Waffen.

Die letzte Flocke ist herabgesunken, in der Glaskugel herrscht Ruhe. Wo ist die mächtige Hand, die uns hilft, dem Verhängnis zu entkommen? Los doch! Greif zu! Schüttle das Glas! Lass uns verschwinden im wilden Schneegestöber und mit uns die ganze Welt.

DIE PERSONEN

Gisela: wurde Bankräuberin aus Leidenschaft
Simona: ist Juwelendiebin mit strategischem Kalkül
Frieder: war Bankräuber aus Leidenschaft
Randy: liebt Giselas Knie und erschrickt über die eigene Identität
Schneider: ist Ideengeber und Hehler, lebt gern auf großem Fuß
Kid K.: vertritt uneindeutig eine neue Generation
Ein Wachmann: ist verliebt und steht damit im Weg
Grey & Pink: haben eigene Ideen bezüglich kosmischer Gerechtigkeit
Die Polizei: hat schlechte Karten
Das Wetter: hat sich gegen alle verschworen

DER AUTOR

Robert Brack 1959 geboren, kam 1981 in seine Wahlheimat Hamburg. Seit 1988 publiziert er Kriminalromane, die oftmals auf realen Ereignissen in der Geschichte der Hansestadt basieren. Für seine Romane wurde mit dem „Deutschen Krimi-Preis“ und dem „Marlowe“ der Raymond-Chandler-Gesellschaft ausgezeichnet.
Er ist Mitglied des deutschen PEN-Zentrums.
Sein letzter Thriller „Dammbruch“ stand zwei Monate auf der Krimi-Bestenliste.

Wahre Geschichten, die spannender, schockierender und monströser sind als jeder Krimi

Klaus Püschel / Bettina Mittelacher
Der Tod gibt keine Ruhe
Faszinierende Fälle aus der Rechtsmedizin
328 Seiten
978-3-8319-0735-9

Warum musste ein Mensch sterben, so plötzlich und völlig unerwartet? Was musste das Opfer ertragen? Was genau ist in den letzten Augenblicken seines Lebens geschehen? Rechtsmediziner Klaus Püschel, seit vier Jahrzehnten international gefragter Experte seines Fachs, hat alles gesehen, analysiert und rekonstruiert, was Menschen anderen Menschen antun. Und Gerichtsreporterin Bettina Mittelacher hat in zahllosen Prozessen mit angehört, wie Menschen zu Gewaltverbrechern wurden und durch welche Hölle ihre Opfer gegangen sind.

Tote schweigen nicht
256 Seiten
978-3-8319-0660-4

Tote lügen nicht
288 Seiten
978-3-8319-0702-1

„Du bist schön wie ein Engel“, raunt er ihr zu.
„Und als Leiche wirst du noch viel, viel schöner sein.“

Bettina Mittelacher / Klaus Püschel
Toten-Puzzle
Ein Thriller
328 Seiten
978-3-8319-0429-7

Wenn der neunjährige Patrick von seinen Albträumen erzählt, geht es um einen geheimnisvollen Kapuzenmann, ums Töten, um das Grauen schlechthin. Was ist wahr an den Geschichten? Und wer ist dieser Kerl im dunklen Gewand, der mit Axt und Messer hantiert und dann als Serientäter scheinbar wahllos Frauen tötet?
Als die Hamburger Kriminalkommissarin Emma Claasen und der Rechtsmediziner Kai Plathe in den Fall eingeschaltet werden, finden sie heraus, dass der kleine Patrick einziger Zeuge eines dieser entsetzlichen Verbrechen geworden ist. Polizei und Rechtsmedizin sehen sich bei der Analyse der Morde mit einem bizarren Totenpuzzle konfrontiert. Wie bei einer Schnitzeljagd sind an den Opfern gruselige Hinweise auf weitere Taten platziert. Und allen ist klar: Wenn sie den Mörder nicht bald fassen, gibt es weitere Tote.

Rolf Dieckmann
Es sind Wölfe im Wald
272 Seiten
978-3-8319-0740-3

Ein Bogenschütze jagt in den tiefen Wäldern des Wendlands. Doch nicht auf Wild hat er es abgesehen, sondern auf Männer mit einem dunklen Geheimnis, die qualvoll durch seinen Pfeil verenden. Kriminaloberkommissar Erik Corvin, der sich von Hamburg in seine alte Heimat nach Dannenberg versetzen ließ, steht vor einem Rätsel, denn zunächst ist ein Zusammenhang zwischen den Opfern nicht zu erkennen. Gleichzeitig beunruhigen Attacken des wieder heimisch gewordenen Wolfes den sonst so beschaulichen Landstrich. Durch seine Recherchen kommt Corvin den Zusammenhängen nicht nur auf die Spur, sie verändern auch sein ganzes Leben. Die Lösung dieses mysteriösen Falls findet er überraschend auf einer Insel weit im Süden ...

Rolf Dieckmann
Kalthaus
248 Seiten
978-3-8319-0751-9

Eigentlich will der ehemalige Kriminaloberkommissar Erik Corvin nichts mehr mit Ermittlungen zu tun haben, nachdem er den Beruf des Polizisten endgültig an den Nagel gehängt hat. Aber das spurlose Verschwinden einer jungen Frau aus adeligem Haus und die traurigen Augen ihrer Freundin reizen die Sinne des Spürhundes. Außerdem muss er in eigener Sache ermitteln, denn woher stammt der Plastiksack voller Geldscheine, den jemand auf seinem Hof versteckt hat? Und welches Geheimnis hütet die gepiercte Schönheit mit der widerborstigen Punkerfrisur, die sich in einem seiner schwachen Momente bei ihm einquartiert hat? Bis Corvin die Zusammenhänge erkennt, steckt er bereits mitten drin und steht einigen Leuten erheblich im Wege.

Robert Brack
Dammbruch. Ein Sturmflut-Thriller
240 Seiten
978-3-8319-0775-5

Einbrecher Lucius „Lou“ Rinke, frisch aus der Haft entlassen, plant seinen letzten großen Coup. Nur leider hat er seine Rechnung ohne das Sturmtief „Vincinette“ gemacht, das am 16. Februar 1962 mit zerstörerischer Gewalt über die Hansestadt hereinbricht. Auch ahnt er nicht, dass er ausgerechnet in dieser Nacht einer Frau begegnen wird, die ihre ganz eigene Auffassung von der Durchsetzung von Gerechtigkeit hat.
Die Straftat verläuft anders als geplant. Der Tresor, der im Freihafen geknackt werden soll, enthält eine fiese Überraschung. Dann schlägt das Sturmtief zu. Der Überlebenskampf gegen die entfesselten Elemente beginnt und wird auch nicht einfacher, als die beiden Männer auf Betty treffen …

Carola Christiansen
Die rätselhafte Frau
440 Seiten
978-3-8319-0739-7

Wer ist die Frau, die schwerverletzt am Hamburger Elbstrand aufgefunden wird? Das Wenige, woran sie sich erinnert, scheint direkt aus einem Thriller von der Bestsellerliste zu stammen. Mit Glück überlebt sie einen zweiten Mordversuch im Krankenhaus. Als Hauptkommissar Adam aus Hamburg-Altona zu ermitteln beginnt, wird im Schulterblatt die verstümmelte Leiche einer vermissten Frau aufgefunden. Zwei rätselhafte Fälle, bei denen nichts ist, wie es zu sein scheint. Als sich die Ermittler den Bruder der Vermissten und seine Villa auf Mallorca genauer ansehen, tauchen neue Ungereimtheiten auf. Überdies schaltet sich auch ein ungewöhnliches Detektivbüro in den Fall ein und ermittelt auf eigene Faust.

Bibliografische Information der Deutschen Nationalbibliothek
Die Deutsche Nationalbibliothek verzeichnet diese Publikation in der Deutschen Nationalbibliografie; detaillierte bibliografische Daten sind im Internet über http://dnb.d-nb.de abrufbar.

ISBN 978-3-8319-0802-8

2. Auflage 2022

Titelfoto: © Reisecenter Fehmarn / Heidi Maxe
Text: Robert Brack, Hamburg
Gestaltung: BrücknerAping Büro für Gestaltung, Bremen
Gesamtherstellung: CPI books GmbH, Leck

www.ellert-richter.de
www.facebook.com/EllertRichterVerlag

Die Arbeit an diesem Roman wurde unterstützt durch die Dorit & Alexander Otto Stiftung.